Jürgen Seibold

Lindner und das Keltengrab

Jürgen Seibold

Lindner und das Keltengrab

Ein Baden-Württemberg-Krimi

Silberburg-Verlag

Jürgen Seibold, 1960 geboren und mit Frau und Kindern im Rems-Murr-Kreis zu Hause, ist gelernter Journalist und arbeitet als Buchautor. Beim Silberburg-Verlag hat er bisher Kriminal- und Unterhaltungsromane sowie die Reportagensammlung »Baden-Württemberg scharf« veröffentlicht.

2. Auflage 2015

Lektorat: Michael Raffel, Tübingen.
Umschlaggestaltung: Christoph Wöhler, Tübingen.
Coverfoto: © nikitje – iStockphoto.
Druck: CPI books, Leck.
Printed in Germany.

ISBN 978-3-8425-1347-1

Mittwoch, 22. Oktober

Als gegen halb neun auch noch Fritz Aichele zu ihnen stieß, war die Runde im Gasthaus zum Hirschen in Bad Boll komplett. Das Binokeln war Stefan Lindner durch den ersten Mordfall verleidet worden, den er vor fast genau drei Jahren für das Landeskriminalamt zu lösen hatte – nun trafen sie sich einmal die Woche im Hirschen und legten einen Malefiz-Spielplan vor sich auf dem Tisch aus. Und dann hockten sie den ganzen Abend zusammen: Thomas Bruch, Lindners Hausarzt und früher sein Klassenkamerad, Fritz Aichele, der Leiter des Boller Polizeipostens, Maria Treidler, tagsüber für die Göppinger Kripo tätig und nachts oft in Lindners Jugendzimmer im elterlichen Bauernhof zu Gast, und Stefan Lindner selbst.

Es ging in der Regel lustig zu an diesen Abenden, nur Aichele wurde manchmal wütend, wenn die anderen seine Spielfiguren mit den weißen Stoppsteinen wieder einmal heillos blockierten. Aber ein spendiertes Bier später war auch er wieder besänftigt, und nicht selten würfelten sie sich durch zwei oder drei Spiele hintereinander.

Heute hatte Aichele bereits einmal gewonnen, im zweiten Durchgang sah es ebenfalls recht gut für ihn aus, und entsprechend fröhlich ging er zu Werke. Außer der munter lärmenden Runde war nur ein jüngeres Pärchen im Raum, aber die beiden sahen sich über ihre Schüsseln mit Wurstsalat so selig an, dass sie von dem Hallo am großen Tisch fast nichts mitbekamen. Chiara Aichele, die hübsche Hirschen-Wirtin, früh verwitwet und über ihren verstorbenen Mann weitläufig mit Fritz Aichele verschwägert, stellte einige frisch polierte Gläser ins Regal, kam herüber an den Malefiz-Tisch und zog sich einen freien Stuhl heran.

»Na, Leute, läuft's?«

»Klar«, rief Aichele aufgekratzt, würfelte eine Fünf und kegelte eines von Bruchs Männchen vom Spielplan. »So, jetzt fängt der Herr Doktor mal wieder schön von vorne an, gell?«

Er lachte dröhnend, und Bruch, Maria und Lindner wechselten amüsierte Blicke.

»Den Stefan darf ich ja nicht rauswerfen«, fuhr Aichele fort. »Sonst gibt der uns heute Abend womöglich kein Geburtstagsbier mehr aus! Wird übrigens allmählich mal Zeit, Stefan!«

»Oh, stimmt ja«, erwiderte Lindner, »ich hab euch ja noch immer nicht eingeladen! Und mein Geburtstag war schon vor zwölf Tagen – peinlich ... Chiara, bringst du nachher bitte jedem ein Bier auf meinen Deckel, und eine große Schüssel von deinem Spezialwurstsalat?«

Chiaras Wurstsalat Speciale war in Bad Boll und Umgebung seit Jahren berühmt und beliebt, und diese Mischung bekam man wirklich nur im Hirschen: ein schwäbischer Wurstsalat mit ordentlich Essig und Zwiebeln und mit einer einzigen Abweichung vom traditionellen Rezept – statt der Schwarzwurst waren dünne Streifen luftgetrockneter Salami untergemischt.

»Kann ich machen – oder ich richte euch eine schöne große Vesperplatte her. Meine Oma hat mir Speck und Kaminwurzen aus Südtirol geschickt, und heute habe ich Roggenbrot gebacken.«

Aichele lief schon das Wasser im Mund zusammen, und Bruch musste ihn zweimal daran erinnern, die Würfel weiterzugeben, so intensiv malte er sich das bevorstehende Vesper bereits aus. Für Speck und Wurst und Roggenbrot legten sie bald darauf eine längere Pause ein, und als Aichele, der zwei seiner Figuren schon ganz in der Nähe des Ziels platziert hatte, noch mit vollem Mund ganz eifrig zum Weiterspielen drängte, klingelte Lindners Handy.

»Ja?«, meldete er sich, dann hörte er eine Weile zu, erst genervt, dann interessiert und schließlich ungläubig. »Nürtingen?«, fragte er nach. »Hm ... ja, natürlich, aber jetzt sofort?« Wieder eine längere Pause. »Gut, dann simsen Sie mir bitte die Position durch, ich …« Er sah kurz zu Maria hin, die ihn während des Gesprächs aufmerksam beobachtet hatte und nun kurz nickte. »Ich mach mich dann gleich auf den Weg.«

»Das ist jetzt nicht euer Ernst, oder?«, protestierte Aichele, als Lindner und Maria aufstanden. »Ich bin schon fast im Loch, da kneift ihr?«

»Wir geben auf, Fritz«, versetzte Lindner lachend. »Dir ist heute nicht beizukommen. Tut mir leid, die Arbeit ruft. Chiara, schreibst du das Vesper und die Runde Bier auf meinen Deckel, ich zahl beim nächsten Mal, okay?«

* * *

Der Abend war ziemlich mild, und als Maria und Lindner aus dem Hirschen traten, hockten schräg gegenüber einige Jugendliche beisammen, die bunte Flaschen kreisen ließen. Doch das Grölen und das Gelächter, das zu hören war, kam nicht von den Jugendlichen herüber – es drang durch die gekippten Fenster des Bürgertreffs, der auf der anderen Seite der Badstraße im Alten Schulhaus untergebracht war. Dort trafen sich an diesem Abend die Boller Mädle: einige ältere Damen aus Bad Boll und Umgebung, die gerne dem Likör und Ähnlichem zusprachen und die dank solcher Hilfsmittel schon recht früh am Abend laut und lustig wurden. Die Stimme von Ruth Lindner war nicht wirklich herauszuhören, aber Lindner konnte sich gut vorstellen, dass seine rüstige Mutter auch diesmal wieder eine der verlässlichsten Stimmungskanonen war.

Auf dem Fußweg hinaus zum Lindnerschen Bauernhof an der Gruibinger Straße brachte Lindner Maria aufs Laufende, und als sie mit ihrem postgelben Zweisitzer aus dem Lindner-Hof preschte, wusste sie schon, weswegen ihr Freund gerufen worden war.

Im Wasserhochbehälter Hochen bei Nürtingen war ein Toter entdeckt worden. Ein Anrufer hatte den Fund anonym der Polizei gemeldet, die zuständige Kriminalpolizei Esslingen und das Polizeirevier Nürtingen waren bereits vor Ort, und Lindners Vorgesetzter beim Landeskriminalamt, Hans-Dieter Kortz, hatte darauf bestanden, dass Lindner für das LKA zum Fundort fuhr und sich ebenfalls ein Bild von dem Fall machte.

»Er will mich wohl als Spezialisten für die ganz besonders seltsamen Mordfälle etablieren«, brummte Lindner und verzog das Gesicht.

Maria nahm die Hand vom Schaltknüppel und legte sie Lindner auf den Arm. Sie wusste, dass er häufig schlecht schlief – dass er sich zwar besonders gut in skurrile Mordfälle hineindenken konnte, in die Täter und ihre verschrobenen Gedanken, aber dass er sehr darunter litt.

»Ein Toter auf der Streuobstwiese, offenbar mit Mostäpfeln gesteinigt«, fuhr Lindner leise fort, »und vier Leichen in Kreuzigungspose und mit Bezügen zum Pietismus – ich bin gespannt, wie da der Tote im Wasserbehälter reinpasst.«

Eine Wasserleiche kam ihm in den Sinn, die er in seiner Zeit bei der Stuttgarter Kripo mal gesehen hatte, und er schüttelte sich. Das war in der Regel eine sehr eklige Angelegenheit, die man nicht so schnell vergaß – aber doch nicht so skurril wie die Toten in seinen beiden bisher spektakulärsten Fällen.

Maria hatte ordentlich Gas gegeben, und nach kaum einer halben Stunde ließ sie ihren Wagen hinter einigen Fahrzeugen ausrollen, die auf und neben einem Feldweg aus Betonfertigteilen abgestellt waren. Lindner sah sich um. Einige Streifenwagen waren vor Ort, einige Kombis in Zivil waren vermutlich die Dienstwagen der Kripokollegen, eine schwarze Limousine war ebenfalls zu sehen, und ein weißer Transporter als typisches Gefährt der Kriminaltechniker stand neben der Limousine.

Sie befanden sich auf einem topfebenen Plateau hoch über dem Neckartal, in die meisten Richtungen ging der Blick weit hinaus, nur nach Norden und Nordwesten hin endete die Aussicht bald am Waldrand. Mit Blickrichtung nach Süden war eine Holzbank aufgestellt, daneben stand ein kleines Stück Mauer, auf dem ein Ortswappen angebracht war. Etwa einen Meter daneben begann ein umzäuntes Areal, das fast vollständig von einem Erdhügel ausgefüllt wurde, dicht mit verschiedenen Büschen bewachsen. Aus der Hügelseite in Richtung Westen schob sich das Gebäude des Wasserhochbehälters hervor, ein nicht allzu großes, recht ansehnliches Haus mit schmuckem, offenbar noch recht neuem Mauerwerk und einem Pultdach, das zum Feld hin abfiel.

Die stählerne Eingangstür des Gebäudes stand offen. Davor befand sich ein gepflasterter Eingangsbereich, das Tor, das durch die Umzäunung auf den Eingangsbereich führte, war sperrangelweit geöffnet. Dort und auf dem mit grauem Kies beschütteten Vorplatz war mit rotweißem Trassierband ein Korridor markiert, der vom Feldweg bis zur Eingangstür führte.

Der uniformierte Polizist, der sich von Lindner auf der Zufahrt zum Wasserbehälter den LKA-Ausweis hatte zeigen lassen, hatte ihm den Staatsanwalt beschrieben, der ebenfalls schon vor Ort war. Und mit »ein kleiner Dicker mit buschigem Schnauzer« war Lindner gut geholfen: Im Eingangsbereich standen innerhalb der trassierten Fläche mehrere schlanke und normal große Männer beisammen – und ein kleiner Dicker.

Lindner ging auf die Gruppe zu, Maria blieb neben einem weiteren Uniformierten stehen, der den Zugang zum Wasserbehälter argwöhnisch bewachte, und begann ein Gespräch mit ihm. Lindner konnte hören, wie die Männer im Eingangsbereich sich unterhielten – offenbar gab es um irgendetwas Streit. Der größte Mann in der Runde hatte seine Stimme erhoben und sah ziemlich wütend aus.

»Wir verstehen unser Handwerk, und wir brauchen ganz sicher keinen Klugscheißer vom LKA, der uns erklärt, wie man einen Mord aufklärt!«

Neben ihm stand Hans-Dieter Kortz und ließ die Tirade seelenruhig über sich ergehen. Er bemerkte Lindner hinter dem Staatsanwalt herankommen und nickte ihm mit einem leichten Grinsen zu.

»Da kommt ihr aus eurer Hauptstadt und wollt schnell mal den Provinzlern erklären, wie ihre Arbeit geht, was? Darauf kann ich gut verzichten!«

»Wenn Stuttgart Ihr Problem ist, Kollege«, versetzte Kortz in aller Ruhe und lächelte ihn nachsichtig an, »kann Ihnen geholfen werden. Ich stamme aus Schorndorf und habe inzwischen ein Häuschen in Korb bei Waiblingen, und mein Kollege wohnt in Bad Boll.«

Er deutete auf Lindner, der nun zwischen dem Staatsanwalt und dem erregten Kripobeamten in die Runde getreten war.

»Und Sie, Herr Pfau …?«

»Esslingen, direkt in der Altstadt«, antwortete Pfau automatisch und sah dabei zu dem Neuankömmling hin. Erst wechselte seine Miene von wütend zu verblüfft, und dann legte sich zur Überraschung der Umstehenden ein breites Grinsen auf Pfaus Gesicht.

»Da brat mir doch einer einen …«

»… einen Pfau«, fiel ihm Lindner ins Wort.

Der Esslinger Kripobeamte lachte, und beide Männer begrüßten sich mit einem herzlichen Händedruck.

»Mein Name ist Stefan Lindner, ich ermittle fürs LKA, mein Vorgesetzter, Herr Kortz, hat mich hierhergebeten«, stellte sich Lindner den anderen vor. »Und Herr Pfau und ich waren bis 2010 zusammen bei der Stuttgarter Kripo.«

Pfau nickte, und dabei verdüsterte sich seine Miene für einen Moment, als riefe Lindners Bemerkung eine unangenehme Erinnerung wach.

»Und jetzt willst du mir in die Arbeit pfuschen?«, fragte Pfau, aber er klang viel weniger aggressiv als noch vor kurzem.

»Eigentlich nicht«, versetzte Lindner. »Und ich bin selbst gespannt, warum Sie mich dazugerufen haben, Herr Kortz.«

»Das werden Sie gleich verstehen, wenn wir reingehen. Und Sie, Herr Pfau, werden natürlich mit Ihren Esslinger Kollegen die Ermittlungen durchführen – Herr Lindner wird Ihnen zuarbeiten, und glauben Sie mir: Er wird Ihnen eine gute Hilfe sein.«

»Ich weiß, dass Stefan ein guter Ermittler ist, aber …«

Pfau unterbrach sich, dann zuckte er mit den Schultern.

»Was soll's«, fuhr er fort und wandte sich an Lindner. »Lassen wir dich halt mitspielen. Auf diese Weise können wir wenigstens mal wieder zusammenarbeiten.«

Neben Lindner war ein Räuspern zu hören. Die Männer wandten sich dem kleinen Dicken zu, der es schaffte, zugleich streng und amüsiert zu Lindner und Pfau hinaufzublicken.

»Freut mich, dass sich hier alle so schön einig sind, und ich will die große Verbrüderung auch nicht weiter stören, aber die Ermittlungen leitet noch immer die Staatsanwaltschaft.«

Er gab Lindner die Hand.

»Hubert Pannemann, Staatsanwalt«, stellte er sich vor. »Und wenn Sie keine Witze über meinen Namen machen, können wir eine gute Zeit miteinander haben.«

Dabei grinste er, und zwischen den feisten Wangen und buschigen schwarzen Augenbrauen funkelten seine kleinen Augen munter hervor.

»Und nun noch die Frage an Herrn Kortz: Warum möchten Sie den Kollegen denn an den Ermittlungen beteiligt sehen? Denn so sehr mir die laute Art widerstrebt, mit der Herr Pfau sich gerade beschwert hat, so sehr muss ich ihm doch in der Sache recht geben – die Esslinger Kripo scheint mir diesem Fall durchaus auch ohne LKA-Unterstützung gewachsen.«

Kortz schilderte kurz die Fälle, in denen Lindner seit seinem Wechsel zum Landeskriminalamt ermittelt hatte, und Pannemann quittierte die Begründung mit einem anerkennenden Blick auf Lindner.

»Na, dann«, sagte er schließlich, »herzlich willkommen in meinem Team.«

Er nickte ihm zu, Lindners Gesicht wiederum wirkte wie ein einziges Fragezeichen.

»Kommen Sie am besten mit, dann werden Sie schon verstehen, was Ihr Chef sich dabei gedacht hat, Sie hierherzuzitieren.«

Pannemann watschelte auf die Eingangstür des Wasserbehälters zu, Kortz bedeutete Lindner, ihm zu folgen, und auch Pfau, der mit den anderen Männern stehen blieb, nickte ihm aufmunternd zu.

Als Lindner durch die offene Tür trat, stand er in einem Vorraum, der auf etwa sechs Metern in der Länge mit grauen Fliesen ausgelegt war. Die Breite der gefliesten Fläche betrug vorne am Eingang etwa zwei Meter und erweiterte sich weiter hinten durch eine Nische, die links Platz für einen schmalen Tisch und zwei Stühle bot. Rechter Hand ging es zu einer Treppe, die ins untere Geschoss führte. Geradeaus, gegenüber des Eingangs, waren zwei weitere Stahltüren mit eingearbeiteten Fenstern zu sehen. An den Wänden waren Schaltkästen angebracht, und zusätzlich zu einem regelmäßigen Surren erklang von Zeit zu Zeit ein weiteres Geräusch.

Kortz beugte sich zu Lindner.

»Draußen sind die beiden Wassermeister oder Wasserwärter oder wie das heißt. Die sind von den Stadtwerken und kümmern sich um die Trinkwasserbehälter. Das Surren, haben sie mir vorher erklärt, kommt von einem Luftentfeuchter, und das lautere Geräusch ist eine Druckerhöhungsanlage, die für die beiden Bauernhöfe gebraucht wird, die hier oben in der Nähe des Speichers stehen und natürlich auch von hier aus mit Leitungswasser versorgt werden.«

Lindner nickte, aber irgendwelche technischen Details dieser Anlage interessierten ihn weniger als das, was hier vermutlich nicht wirklich hingehörte. Die Kriminaltechnik hatte Scheinwerfer aufgestellt, und ihr grelles Licht inszenierte den Fundort der Leiche mit harten Schatten noch dramatischer, als er ohnehin schon aussah. Im ersten Moment war Lindner erleichtert, dass er es hier doch nicht mit einer Wasserleiche zu tun hatte, im nächsten Augenblick sah er ratlos auf die Details des skurrilen Bildes, das sich ihm bot.

In dem ursprünglich kahlen Raum war die Leiche nicht nur abgelegt, sondern aufwändig aufgebahrt und mit allerlei seltsamem Zierrat umgeben. Der Tote lag rücklings auf zwei aneinandergeschobenen schmalen Bänken, die vermutlich zu einer Biertischgarnitur gehörten. Weder das helle Holz noch die Decke, die als Unterlage auf den Bänken ausgebreitet war, wies irgendwelche Blutspuren auf, und auch der Leichnam selbst lag da, als schliefe der Mann nur tief. Friedlich sah er aus, die Beine ausgestreckt und die Arme neben dem Oberkörper auf dem Schragen abgelegt – nur die verkrampften Finger, die leicht aus den Höhlen tretenden Augen und der weit, wie zu einem verzweifelten Schrei aufgerissene Mund machten einen weniger entspannten Eindruck.

»Dieser Hut lag auf dem Gesicht des Toten«, erläuterte Pannemann und deutete auf eine Kopfbedeckung, die inzwischen in einem großen transparenten Plastikbeutel steckte. Sie ähnelte vage einem altmodischen Sommerhut, war aber nicht aus Stroh geflochten.

»Der Hut ist aus Birkenrinde gefertigt«, fügte der Staatsanwalt hinzu, als er bemerkte, wie aufmerksam Lindner die Kopfbedeckung musterte. »Sagen die Techniker jedenfalls. Ich kenn mich da nicht so gut aus.«

Lindner war deutlich anzusehen, dass er mit dieser Information herzlich wenig anfangen konnte.

»Die Hände«, fuhr Pannemann fort, »waren ursprünglich ebenfalls nicht zu sehen. Die Decke, auf der die Leiche liegt, war an den Seiten so eingeschlagen, dass die Arme etwa bis zum Ellbogen bedeckt waren.«

Lindner ließ seinen Blick über den Rest des eigenartigen Arrangements gleiten. Zu Füßen des Toten war ein wertvoll aussehendes Stück Stoff in kräftiger blauer Farbe drapiert, darauf waren auf Hochglanz polierte Gebrauchsgegenstände ausgebreitet, wie sie gut in ein Museum gepasst hätten. Am Kopfende stand eine weitere Holzbank, und darauf waren große Messer mit kunstvoll verzierten Griffen, zwei Schwerter und Hörner in unterschiedlicher Form und Größe abgelegt.

Ein kleines Stück links von der Leiche stand ein grasgrüner Motorroller, auf dessen Sitzbank eine Stoffdecke ausgebreitet war, auf ihr stapelten sich flache metallene Schüsseln, und zwei weitere Hörner waren mit Lederriemen über die Enden des Rollerlenkers gehängt.

»Na, Herr Lindner«, fragte Pannemann, der ihm einige Zeit gelassen hatte, sich alles in stillem Erstaunen anzusehen, »kann das mit Ihren anderen Fällen mithalten?«

»Sieht ganz so aus. Aber um ehrlich zu sein: Ganz schlau werde ich aus dieser seltsamen Inszenierung nicht.«

Kortz traten neben ihn, zog ein Blatt Papier aus der Jackentasche, faltete es auseinander und hielt es Lindner hin. Zu sehen war der Farbausdruck eines Fotos, das eine ähnliche Szenerie zeigte: Eine Gestalt lag rücklings auf einer schmalen Bank, gekleidet in violetten Stoff, die Füße in spitz zulaufende rote Schuhe gesteckt, Handgelenke und Hals geschmückt mit Goldreifen. Auch auf dem Bild waren Hörner und Gebrauchsgegenstände zu sehen, und auf einem vierrädrigen Karren links der Gestalt waren metallene Schüsseln aufeinandergestapelt.

»So wurde im Museum in Eberdingen-Hochdorf bei Ludwigsburg der Innenraum des keltischen Fürstengrabs nachgestellt, das man 1978 unter einem Acker entdeckt hat«, sagte Kortz. »Ich war erst vor kurzem dort, und als ich in unserem Infosystem auf die Nachricht vom Toten im Wasserhochbehälter gestoßen bin, bin ich stutzig geworden und habe mir von den Kollegen ein Foto auf den Rechner schicken lassen. Bingo!«

»Na ja, es gibt aber auch Unterschiede«, merkte Lindner an. »Statt eines vierrädrigen Karrens steht hier ein Motorroller, die beiden Bierbänke fehlen in Hochdorf natürlich, und wir haben hier leider einen echten Toten, keine Kunstfigur wie im Museum.«

»Ein solcher Karren hätte auch nicht durch die Tür gepasst«, lachte Pannemann und deutete auf den Zugang: eine normal breite Tür, durch die zwar der Roller, aber ganz sicher kein vierrädriges Fahrzeug ins Innere des Wasserbehälters bugsiert werden konnte. Pannemann schien den Fall eher unterhaltsam als erschreckend zu finden. Lindner dagegen musste schon jetzt dagegen ankämpfen, vor seinem geistigen Auge Szenen ablaufen zu sehen, wie der Mann getötet und in den Vorraum geschafft worden war.

»Und auch der Ort hier passt gut zu einem Keltengrab«, sagte Kortz. »Vielleicht ist Ihnen die Form aufgefallen, die der Wasserbehälter nach außen hin abgibt: ein Erdhügel, der ebenfalls dem Fürstengrab bei Ludwigsburg ähnelt.«

»Schön und gut, und nun? Suchen wir nach Keltenfans? Oder hat sich der Tote für einen Keltenfürsten gehalten? Wo ergeben sich da Ansätze für die Ermittlungen?«

»Das sollen Sie für uns herausfinden, Herr Lindner. Jedenfalls hab ich mir das so vorgestellt – und hoffe, dass Herr Pannemann damit einverstanden ist. In der Eile wollte ich Sie vor allem schnell vor Ort haben, damit Sie diese … Inszenierung noch im Originalzustand sehen. Fragen wollte ich hinterher – also jetzt: Herr Pannemann, was halten Sie von meiner Idee? Ich erhoffe mir davon, dass die Esslinger Kripo sich um die normale Ermittlungsarbeit kümmern kann – und dass Hauptkommissar Lindner allen denkbaren Bezügen zu dieser Keltengeschichte nachgehen kann, ohne vom Tagesgeschäft davon abgehalten zu werden.«

Pannemann nickte.

»Das können wir gerne so machen, Herr Kortz. Und da Sie, Herr Lindner, mit Hauptkommissar Pfau schon länger bekannt sind, sollte auch die Zusammenarbeit mit ihm kein Problem sein.«

Er grinste.

»Sie haben ja vorhin auch mitbekommen, dass er etwas ungemütlich werden kann, wenn er den Eindruck hat, dass die Zuständigkeiten nicht gewahrt werden.«

»Ich red gleich mit ihm, das sollte kein Problem darstellen«, gab sich Lindner zuversichtlicher, als er war. Er hatte seit seinem Weggang von der Stuttgarter Kripo keinen Kontakt mehr zu ihm, und so sehr Lindner die Geschichte um den ermordeten Kollegen damals mitgenommen hatte, so sehr konnte sie auch Pfau verändert haben.

»Sie haben sich fahren lassen«, merkte Kortz nach einer kurzen Pause an. »Können Sie denn überhaupt gleich loslegen?«

»Ja, das passt schon. Drei Bier, verteilt über den ganzen Abend – da wollte ich mich zwar nicht mehr hinters Steuer setzen, aber ich fühle mich eigentlich ganz gut.«

»Ich lass Sie hinterher von einem Streifenwagen nach Hause fahren, wenn Sie wollen«, bot Pannemann an. »Ihre Freundin muss sicher morgen früh wieder zur Arbeit.«

»Nein, sie hat gerade Urlaub. Ich frag sie gleich mal, ob sie noch so lange warten kann, bis ich mir hier von allem ein erstes Bild gemacht habe. Länger als eine Stunde werde ich wohl nicht brauchen, den Rest können wir dann sicher ab morgen früh angehen.«

Pannemann sah auf die Uhr.

»Heute früh«, korrigierte er Lindner. Er klopfte ihm auf die Schulter und ging hinaus.

Lindner ließ seinen Blick noch einmal über die seltsame Szenerie schweifen. Er hörte kaum, wie sich Kortz leise entfernte, um selbst mit Maria Treidler zu reden. Lindner war schon ganz versunken in seinen Gedanken, Maria hatte er vergessen, und stattdessen ließ er das Arrangement mit Leiche und Motorroller, mit Decken, Hörnern und Waffen, Schragen und Schüsseln auf sich wirken.

Donnerstag, 23. Oktober

Kurz vor halb acht zerriss der Wecker die Stille, und Lindner musste seinen Arm erst unter Marias warmem und weichem Körper hervorziehen, bevor er das Geplärre des Radios ausschalten konnte. Im nächsten Moment war er wieder eingeschlafen, und fünf Minuten später schnatterten die beiden Moderatoren wieder, als sei es nichts Besonderes, so früh am Morgen schon vollkommen wach und aufgedreht zu sein. Der Scherz der Moderatoren verpuffte erbärmlich, und der fiebrige Ohrwurm, der anschließend durchs Zimmer schallte, machte für Lindner das Maß voll. Er wuchtete sich hoch, schwang die Beine über die Bettkante und schlug mit der flachen Hand auf das Gerät, dass es nur so krachte.

»He!«, maulte Maria unter der Decke hervor. »Mach mein Geburtstagsgeschenk nicht kaputt!«

Lindner strich ihr sanft durch den Teil ihrer wildgelockten Mähne, der unter der Bettdecke hervorlugte, und gab ihr schließlich einen Kuss auf die linke Hand, die über der Bettkante hing. Besänftigt gurrte sie, griff nach ihm und zog ihn ins Bett zurück. Und so kamen sie erst gegen acht Uhr in die Küche, holten schlaftrunken Tassen und Teller aus den Schränken. Lindner verteilte Wurst, Butter und Brot auf dem Tisch, Maria schaltete die Kaffeemaschine ein. Dann kam sie grinsend zu ihm herübergeschlurft, einen kleinen Notizzettel in der erhobenen rechten Hand. Lindner sah kurz hin, zog eine mürrische Miene und deckte weiter den Tisch.

»Ben beim Eugen«, stand auf dem Papier, wie üblich auf Schwäbisch. »Hosch's endlich inschtallihrt?«

Maria schenkte zwei Bechertassen mit Kaffee voll, löffelte Zucker dazu und rührte beide Tassen um, bevor sie eine zu Lindner hinschob. Der schmierte sich ein Butterbrot, und er ging dabei so heftig zu Werke, als rechnete er jeden Augenblick damit, dass sich die Brotscheibe dagegen wehren könnte.

»Jetzt sei doch nicht so!«, redete ihm Maria gut zu. »Deine Mutter ist doch süß, und du solltest froh sein, dass sie in ihrem Alter noch so modern ist!«

»Modern?«

Lindner ließ sein Messer eine Spur zu heftig auf die Tischplatte fallen, funkelte Maria böse an und biss in sein Brot.

»Modern nennst du das?«, fragte er mit vollem Mund. »Dieser Eugen Rösler nimmt meine Mutter mit zu sich nach Hause, wo sie seinen sauren Most trinken, beisammensitzen bis spät in die Nacht, und dann ...«

Er schüttelte sich. Kopfkino war für seinen Beruf eine nützliche Sache, privat konnte er gut darauf verzichten. Vor allem, wenn es um seine 74-jährige Mutter ging und ihren 72-jährigen ... ja: was überhaupt? Bekannten? Freund? Liebhaber?

Lindner sträubten sich die Nackenhaare, und er biss das Brot so heftig klein, dass Maria seine Zähne aufeinanderschlagen hörte.

»Macht dir das mit deiner Mutter und dem alten Rösler so sehr zu schaffen?«, fragte Maria, als er einen neuen Bissen aus seinem Brot rupfte.

»Zu schaffen ... wie sich das anhört! Die sollte eigentlich alt genug sein, um selbst zu wissen, was sie macht. Aber sie kümmert sich einen Dreck darum, was man in ihrem Alter eigentlich zu machen hat. Die soll mit ihrem Schlepper durch den Flecken tuckern, soll ihre Hühner füttern und in ihrer Küche werkeln. Die soll meinetwegen mit ihren Boller Mädle einen Likör nach dem anderen kippen, zur Not hole ich sie auch im Bürgertreff ab, wenn ihr die Knie zu weich für den Heimweg sind – aber ...«

»Dass sie einen Freund hat, passt dir nicht«, stellte Maria fest.

Lindner nickte, kaute weiter und schwieg, aber als er den Blick hob, sah er Maria breit grinsend am Tisch sitzen.

»Was grinst du jetzt?«

»Du bist süß, Stefan.«

»Ich bin nicht süß, ich bin stinksauer. Und ich mag mir gar nicht vorstellen, was die beiden Alten da drüben auf dem Röslerschen Hof so treiben ...«

»Na ja, das wird vielleicht etwas langsamer und weniger wild sein als bei uns, aber ...«

Sie lachte, und Lindner verging der Appetit. Er legte den Rest seines Brots zurück auf den Teller und schob Teller und Tasse ein Stück von sich weg.

»Bäh«, machte er und schüttelte sich erneut.

»Meine Güte, Stefan, wenn du damit sagen willst, dass bei uns schon in dreißig Jahren der Ofen aus sein wird, sollte ich mir vielleicht einen Freund suchen, der länger im Saft steht.«

Sie schob ihm die Kaffeetasse wieder hin, und Lindner nahm schlürfend einen Schluck.

»Hat der Eugen Rösler eigentlich einen Sohn oder Neffen?«, fragte sie, und nun musste Lindner doch lachen.

»Untersteh dich!«, drohte er ihr mit gespieltem Ernst. »Aber wie muss ich mir das denn vorstellen mit meiner Mutter und dem Rösler? Hat sie da jetzt ein eigenes Glas für ihr Gebiss, und Rösler gibt ihr zur Feier des Tages einen Melissengeist aus?«

»Nein, Stefan, du weißt doch: Dem kommen nur Most und Schnaps ins Glas.«

»Und Zähne«, fügte Lindner hinzu, und beide lachten schallend.

»Damit, dass deine Mutter so modern ist, hab ich übrigens nicht ihre Besuche bei Rösler gemeint, sondern das Smartphone, das sie dir zum Geburtstag geschenkt hat.«

»Und mit dem ich nicht zurechtkomme«, brummte Lindner, dem das Lachen gleich wieder verging, wenn er an den ganzen Aufwand dachte, der ihm wegen des neuen Geräts noch bevorstand. All die Telefonnummern, die er neu speichern musste. Und vor allem diese nervige Anwendung, die ihm seine Mutter schon gleich an seinem Geburtstag hatte aufdrängen wollen.

»Und was soll ich mit dieser blöden App?«, fragte Lindner und begann, den Tisch abzuräumen. »Meine Mutter schreibt mir seit Jahren diese Zettel, die sie überall im Haus für mich hinterlegt – soll sie das doch weiterhin machen, was brauch ich das auch noch auf dem Handy?«

»Na ja, mit What's App könnten auch wir uns Nachrichten schicken. Und du könntest deine Mutter erreichen, wenn sie gerade bei ihrem Eugen ist.«

»Pah!«, machte Lindner, aber dann fing er wieder Marias amüsierten Blick auf, und er riss sich zusammen. »Meinetwegen. Ich versuch mal, das Zeug runterzuladen.«

* * *

Sina ließ es klingeln und konzentrierte sich weiterhin auf ihre Liegestützen. Als sie auch mit links die letzten zehn Einhändigen hinter sich gebracht hatte, richtete sie sich auf ihrer Gymnastikmatte auf, blieb mit geschlossenen Augen auf den Knien hocken und spürte den Schweißtropfen nach, die ihr langsam über Gesicht und Körper rannen. Als sie wieder ruhiger atmete, stand sie auf und ging zum Telefon hinüber. Hektisches Blinken zeigte zwei Anrufe von demselben Handy an. Als sie die Nummer erkannte, schnaufte sie genervt und ging in die Küche. Sie hatte die Wasserflasche fast geleert, als es wieder läutete. Langsam ging sie in den Flur zurück und nahm das Gespräch entgegen.

»Was willst du?«, schnauzte sie kurz angebunden.

Dann hörte sie schweigend zu, brummte nur ab und zu eine knappe Erwiderung und fuhr sich dabei mit den Fingerspitzen über den ausrasierten Nacken. Sanft fuhr sie die Linien ihres Tattoos nach, dann fasste sie einen Entschluss.

»Nein«, kommandierte sie, »du kommst auf keinen Fall hierher! Ich komme zu dir! Nein, wart mal ... du kennst doch diesen Parkplatz bei dir in der Nähe? Ja, da wo die Container stehen. Da gehst du jetzt hin, ich bin um ...«

Sie sah auf die digitale Zeitanzeige auf dem Display des Anrufbeantworters.

»... ich bin kurz nach halb da. Und pass auf, dass dich keiner sieht, ja? Keiner, verstanden?«

Sie hörte kurz zu, dann rollte sie genervt mit den Augen.

»Es wäre nicht das erste Mal, dass du's verkackt hast! Und wenn ich höre, was du dir jetzt wieder geleistet hast ... Mann, so blöd kann man doch gar nicht sein!«

Damit steckte sie den Hörer unsanft in die Mulde der Ladestation zurück und ging kopfschüttelnd zu den beiden großen Spiegeln, die vor dem Durchgang vom Flur ins Wohnzimmer links und rechts an der Wand hingen. Prüfend ließ sie ihren Blick über das Spiegelbild ihres durchtrainierten, von Schweiß glänzenden Körpers gleiten. Dann ging sie ins Bad, drehte die Dusche auf und dachte darüber nach, ob sie jemand zu ihrem Treffen mit dem Anrufer begleiten sollte oder ob sie sich um diesen Schwachkopf lieber allein kümmerte.

* * *

Maria gab sich alle Mühe, Lindner die Funktionsweise seines neuen Smartphones zu erklären, aber er stellte sich dümmer an, als sie befürchtet hatte. Immerhin hatte er den Akku am Abend zuvor aufgeladen, und da nun die SIM-Karte schon mal im Gerät steckte, ließ er sie auch drin, um das neue Telefon anstelle seines betagten Klapphandys zu benutzen. Gerade wollte ihm Maria noch ein paar Features zeigen, da ging eine Mail ein, die sie ihm schnell öffnete: Simon Pfau hatte ihm zusammengestellt, was bisher über den Toten im Wasserbehälter bekannt war.

Es handelte sich um den 64-jährigen Pensionär Dr. Thaddäus Kremp, der bis vor zwei Jahren im Landesdenkmalamt gearbeitet hatte. Er war alleinstehend und wohnte im Nürtinger Stadtteil Oberensingen. Der im Wasserbehälter gefundene

Motorroller war seiner, außerdem besaß er noch einen Geländewagen, ein teures Rennrad und einen Aufsitzrasenmäher. In Nürtingen gehörten ihm zwei Mietshäuser, die ihm zusammen mit seiner Pension ein sehr gutes Auskommen ermöglichten. Neben dem Einfamilienhaus in Oberensingen, das er bewohnte, und den vermieteten Wohnungen in der Stadt hatte er genügend Vermögen, um sein Leben ohne finanzielle Sorgen zu führen – und genug, um über die Jahre eine unter Historikern viel beachtete Privatsammlung zu den Themen Römer und Kelten zusammenzutragen. Diese Sammlung füllte in Kremps Haus das gesamte Untergeschoss, und die Gegenstände, die im Wasserbehälter um seine Leiche drapiert worden waren, stammten möglicherweise aus dieser Sammlung.

Je länger Lindner den Text des Kollegen las, desto mehr Gefallen fand er auch an dem größeren Display seines Smartphones, und nach einigen drolligen Fehlversuchen hatte er auch den Bogen raus, wie man sich in der Datei mit schnellen Wischbewegungen hin und her bewegen und wie man mit auseinanderstrebenden Fingerspitzen Fotos und Textpassagen vergrößern konnte.

Schließlich steckte er das Handy ein, verabschiedete sich von Maria, die zum Shoppen nach Stuttgart wollte, und machte sich auf den Weg nach Nürtingen.

* * *

Der Streifenwagen hielt vor Kremps Haus im Oberensinger Sanddornweg. Polizeioberkommissar Reinhard Peters vom Polizeirevier Nürtingen, Anfang vierzig, groß gewachsen und schlank, stieg aus und ging auf das gegenüberliegende Haus zu. Sein Kollege Serdar Keskin, Polizeihauptmeister und vier Jahre jünger als Peters, blieb am Auto stehen und behielt die kleine Straße im Blick. Im Moment war niemand zu sehen, und der Weg, in dem das Mordopfer aus dem Wasserspeicher gewohnt hatte, war so kurz, dass nicht mit viel

Verkehr zu rechnen war. Während Peters die benachbarten Wohngebäude abklapperte und mit den Nachbarn des Toten sprach, wartete Keskin auf die Kriminaltechniker, die jeden Augenblick eintreffen mussten, um Kremps Haus zu untersuchen.

Peters musste zweimal klingeln, bevor ihm die Tür des ersten Nachbarhauses geöffnet wurde, das er angesteuert hatte. Eine kleine Frau mit zerzausten grauen Haaren stand vor ihm und sah ihn blinzelnd an. Peters musterte sie schnell und routiniert: Mitte siebzig, schätzte er, ein paar Kilo zu viel um die Hüften, und die Kittelschürze mit den jugendlich wirkenden Cartoonmotiven hatte sie sich eher nicht selbst gekauft – Peters tippte auf ein Geschenk der Enkelin, falls die alte Frau eine hatte.

»Ja, bitte?«, fragte sie unterdessen, sah ihn immer noch unverwandt mit zusammengekniffenen Augen an, und Peters musste sich zur Ordnung rufen.

»Guten Tag, Frau …« Er linste kurz auf das Namensschild neben der Klingel. »… Frau Hermine Ederley?«

»Ja, die bin ich. Und wie kann ich Ihnen helfen?«

»Ich wollte Ihnen ein paar Fragen zu Ihrem Nachbarn stellen, zu Herrn Kremp.«

Er zog seinen Dienstausweis hervor, aber sie beachtete das Dokument nicht weiter, sondern sah weiterhin munter und interessiert zu Peters hinauf.

»Was wollen Sie denn wissen, Herr Wachtmeister?«

Peters musste lächeln. So, wie die alte Frau das mit ihrer dünnen Stimme sagte, klang der veraltete Dienstrang richtig heimelig.

»Wann haben Sie Herrn Kremp denn zuletzt gesehen? Können Sie sich daran noch erinnern?«

Ganz kurz huschte ein schmerzlicher Zug über ihr faltiges Gesicht, dann überstrahlte das großmütterliche Lächeln wieder alles.

»Natürlich kann ich mich erinnern, junger Mann. Ich bin ja nicht dement!«

Peters räusperte sich und murmelte eine Entschuldigung.

»Schon gut, schon gut. Also ... lassen Sie mich überlegen.«

Das tat sie lange und zeitweise mit geschlossenen Augen. In Peters keimte schon der Verdacht, dass er sich vorschnell entschuldigt hatte, doch dann kam wieder Bewegung in die Frau, und ihr Lächeln wurde so breit wie zuvor.

»Das war gestern Abend. Die Uhrzeit weiß ich nicht mehr genau, am frühen Abend, würde ich sagen. Es war noch nicht richtig dunkel, aber die Sonne war längst untergegangen.«

»Und was genau haben Sie da gesehen?«

»Na, wie er ...«

Sie stutzte und sah Peters nun etwas ernster an.

»Sagen Sie mal, Herr Wachtmeister: Ist denn etwas mit Herrn Kremp?«

»Er ...«

Peters stockte. War er denn wirklich ausdrücklich gebrieft worden, den Nachbarn nichts über den Tod des Mannes zu sagen? Eigentlich nicht, aber es konnte nicht schaden, sie einstweilen noch im Unklaren zu lassen – vielleicht konnte er damit den Kollegen von der Kripo die Arbeit noch ein wenig erleichtern. Nachbarn, die nichts wussten, konnten auch nichts irgendwelchen Reportern verraten.

»Wir suchen nach ihm, weil wir ... wir haben ein paar dringende Fragen und hoffen, dass er uns weiterhelfen kann.«

Insgeheim schalt sich Peters einen Trampel. Das musste er sich vor dem Gespräch mit den übrigen Nachbarn noch etwas besser zurechtlegen. Die alte Frau vor ihm schien jedenfalls mit seiner gestammelten Verlegenheitsantwort zufrieden zu sein.

»Ach, geht es um die Römer? Oder um die Kelten? Da ist der Herr Kremp ja wirklich ein Ass, das sage ich Ihnen! Immer bestens informiert, und seine Sammlung an keltischen Fundstücken sollten Sie mal sehen! Er hat mich vor ein paar

Wochen mal rumgeführt, sehr eindrucksvoll, wirklich sehr eindrucksvoll!«

Sie nickte dazu bekräftigend mit dem Kopf, und die wirr abstehenden Spitzen ihrer grauen Haare wippten noch etwas nach.

»Ja, genau, wir brauchen ihn als Experten.« Peters nahm den Steilpass gerne auf.

Hermine Ederley nickte weiter und lächelte dazu.

»Was genau haben Sie also gestern Abend gesehen, Frau Ederley?«

»Da ist er mit seinem Wagen aus der Garage gefahren, und dann war er auch schon weg.«

»Und die Garage blieb offen?«

»Nein. Herr Kremp hat dafür eine Fernbedienung. Er also raus mit seinem schwarzen Geländewagen, und gleich danach ist das Garagentor langsam zugegangen. Ich hab mich noch gefragt, warum er den Motorroller hinten drauf montiert hatte. Na ja, wahrscheinlich war das Knatterding kaputt, und er hat es zur Werkstatt gebracht.«

»Abends?«

»Stimmt, Herr Wachtmeister, Sie haben recht: Da hat ja gar keine Werkstatt mehr offen!«

Sie klatschte sich mit der flachen Hand gegen die Stirn und lachte.

»Dann bin ich wohl doch schon ein bisschen senil, was?«

Peters dachte an seine eigene Großmutter, die vor drei Jahren nach langem, elendem Leiden in den Tod hinübergeglitten war, und er wünschte sich, noch eine Oma wie Hermine Ederley zu haben.

»Er hatte also seinen Motorroller hinten auf seinen Wagen montiert und ist weggefahren.«

Die alte Frau nickte.

»Und Sie haben ihn am Steuer gesehen und erkannt?«

»Na, wer wird schon anderes als Herr Kremp in Herrn Kremps Wagen aus Herrn Kremps Garage fahren, junger Mann? Sie stellen ja seltsame Fragen!«

»Und seither haben Sie ihn nicht mehr gesehen?«

»Nein.«

»Und wann davor zum letzten Mal?«

»Keine Ahnung. Wissen Sie, Herr Wachtmeister, ich stehe ja nicht den ganzen Tag am Fenster und beobachte, was die Nachbarn so treiben.«

Peters musste sich zwingen, ernst zu bleiben. Wie oft hatte er diesen Satz schon gehört, meist in empörtem Ton, um dann zu erfahren, dass die Leute ihre Neugier kaum zügeln konnten. Doch Hermine Ederley klang nicht empört, sie redete einfach weiter.

»Ich habe mein eigenes Leben«, sagte sie. »Es sind sehr ruhige Tage, ich lebe eher zurückgezogen, aber mir ist es recht so.«

»Wann ging Herr Kremp denn üblicherweise aus dem Haus, und wann kam er wieder?«

Dic Frau zuckte mit den Schultern.

»Ich habe ihn ab und zu getroffen, wenn ich zum Einkaufen raus bin oder nach dem Garten oder dem Müll geschaut habe. Und manchmal, wenn ich drinnen an einem Fenster vorbeiging, und er auf die Straße trat und mich sah, haben wir uns kurz zugewinkt. Aber ich merke mir doch nicht, zu welchen Uhrzeiten mein Nachbar dies oder jenes tut!«

Jetzt schlich sich doch noch etwas Empörung in ihre Stimme, aber Peters war inzwischen überzeugt, dass sie es ernst meinte.

»Dann danke ich Ihnen herzlich, Frau Ederley.«

Er tippte sich an die Uniformmütze, und sie nickte ihm freundlich zu.

»Wollen Sie mir nicht Ihre Visitenkarte geben?«, fragte sie, als er sich schon von ihr abgewandt hatte. »Das machen Sie doch immer im Fernsehen: geben den Leuten ihre Karte und sagen, dass man sie anrufen soll, sobald einem noch etwas einfällt.«

Sie streckte ihre Hand aus, und Peters kramte eine Visitenkarte hervor und gab sie ihr.

»Gute Idee, Frau Ederley«, sagte er und nickte ihr knapp zu.

»Ich rufe Sie an, sobald Herr Kremp wieder da ist, ja?«

Einen Moment lang verharrte Peters mitten in der Bewegung, dann murmelte er: »Ja, tun Sie das, Frau Ederley.«

Mit diesen Worten ging er auf das nächste Nachbarhaus zu, und die alte Frau sah ihm nachdenklich hinterher.

* * *

Die Sonderkommission Hochen – benannt nach dem Namen des Trinkwasserhochbehälters der Nürtinger Stadtwerke, in dem die Leiche gefunden worden war – hatte sich im Polizeirevier Nürtingen eingerichtet. Der Besprechungsraum, den das Revier zur Verfügung stellen konnte, war nicht besonders groß, aber weil die Mitarbeiter des Soko-Innendienstes ihre Arbeitsplätze in einem zweiten Raum aufbauen konnten, ging es.

Als Stefan Lindners alter Kombi mit schepperndem Auspuff auf dem Hof des Polizeireviers zum Stehen kam, hatte die erste Besprechung der Soko schon begonnen. Er setzte sich im Flur auf einen Stuhl und wartete. Er hatte nicht vor, einfach so in die Runde der Ermittlungsgruppe zu platzen, zu der er eigentlich nicht gehörte – lieber wollte er sich diesmal zurückhalten und sich nach der Besprechung von Simon Pfau aufs Laufende bringen lassen. Mit schnellen Schritten und gerötetem Gesicht kam Staatsanwalt Pannemann den Flur entlang gehastet, als Lindner gerade Platz genommen hatte. Er sah den LKA-Beamten einen Moment lang verblüfft an, dann scheuchte er ihn hoch.

»Was machen Sie hier draußen? Kommen Sie mit rein.«

Damit hakte er ihn unter, so gut es der Größenunterschied der beiden Männer zuließ, drückte die Tür auf und bugsierte ihn vor sich her in den Besprechungsraum. Dort waren Tische zu einem großen Rechteck zusammengeschoben, an der Stirnseite stand Simon Pfau, eine kleine Fernbedienung in der Hand, und erläuterte den Mitgliedern der Sonderkommission gerade einige Ergebnisse der bisherigen Ermittlungen. An der Wand hinter ihm war die Projektion eines Fotos des Wasserbehälters zu sehen.

»Guten Morgen, die Herrschaften«, rief Pannemann. »Tut mir leid, ich hab verschlafen. Für die Kollegen, die ihn gestern Nacht noch nicht kennengelernt haben: Das hier ist KHK Stefan Lindner vom LKA und uns von dort als Unterstützung für unsere Ermittlungen bereitgestellt. Er hat gewisse Erfahrungen mit bizarr inszenierten Morden, und er wird vor allem nach Ermittlungsansätzen suchen, die mit dem speziellen Arrangement im Wasserbehälter zu tun haben.«

Einige Mienen in der Runde verfinsterten sich, ein paar der Anwesenden sahen gespannt zu Pfau hin, der auf »Amtshilfe« dieser Art gewöhnlich nicht sehr erfreut reagierte, doch Pfau nickte Lindner nur kurz lächelnd zu, bevor er für ihn und den Staatsanwalt kurz zusammenfasste, was bisher besprochen worden war.

Die Kriminaltechniker hatten auf dem Vorplatz und im Trinkwasserbehälter selbst einige Spuren gesichert, aber die meisten hatten mit dem Verbrechen vermutlich nichts zu tun. Reifenabdrücke neben der Einfahrt hatten sich als identisch mit den Profilen von Fahrzeugen der Stadtwerke herausgestellt, und die bisher im Inneren und an der Eingangstür genommenen Fingerabdrücke wurden gerade noch mit denen der Mitarbeiter der Stadtwerke abgeglichen, die in den vergangenen Wochen und Monaten im Behälter oder auf dem umliegenden Gelände zu tun hatten; auch ein Elektriker, der dort vor ein paar Wochen Arbeiten ausgeführt hatte, wurde überprüft. Von ihnen wurden außerdem Genproben genommen, um sie mit DNA-Spuren vergleichen zu können, die am Fundort der Leiche gesichert worden waren. Die Kriminaltechnik hatte die ganze Nacht durchgearbeitet, und kurz nach neun war der gesamte Bereich um den Behälter von ihnen freigegeben worden.

Inzwischen waren Kriminaltechniker damit beschäftigt, auch das Wohnhaus des Opfers nach Spuren zu untersuchen, aber dabei waren sie noch nicht weit gekommen. Zwei Beamte aus dem Polizeirevier Nürtingen hatten die Nachbarn des Toten befragt, zunächst ohne etwas vom Tod Kremps zu erwähnen, und nur eine einzige Frau hatte etwas gesehen, das sie möglicherweise weiterbrachte: Gestern irgendwann nach Sonnenuntergang und bevor es völlig dunkel war, war Kremp wohl in seinem Geländewagen aus der Garage gefahren.

Das ließ sich – wenn die Aussage der Nachbarin verlässlich war – nach den derzeitigen Zeiten von Sonnenuntergang und Dämmerung wie folgt eingrenzen: Die Sonne war am 22. Oktober um 18.20 Uhr untergegangen, die erste Phase der Dämmerung, an deren Ende man noch gerade so ein Buch oder eine Zeitung im Freien lesen konnte, endete kurz vor 19 Uhr, und ab etwa drei viertel acht würde man den Abend vermutlich schon als »richtig dunkel« empfinden, auch wenn die letzte Phase der Dämmerung noch nicht abgeschlossen war. Damit dürfte sich die Beobachtung der Nachbarin auf den Zeitraum zwischen kurz vor 19 Uhr und 19.45 Uhr beziehen, eher zwischen 19 und 19.30 Uhr, weil Frau Ederley sonst vielleicht nicht einmal mehr der hinten ans Auto montierte Roller aufgefallen wäre.

Hermine Ederley, eine sehr freundliche Mittsiebzigerin, hatte den Fahrer nicht eindeutig als Kremp erkannt, sie hatte aber keinen Grund daran zu zweifeln, dass ihr Nachbar am Steuer des Wagens gesessen hatte. Seither war das Auto verschwunden. Es stand nicht in der Garage, auch nicht in den Straßen in der direkten Umgebung von Kremps Wohnhaus oder des Wasserbehälters, in dem seine Leiche gefunden worden war. Das Kennzeichen war schon ins System eingegeben und der Wagen als »gesucht« markiert worden.

Der Versuch, mit Kremps Familie Kontakt aufzunehmen, hatte bisher nichts gebracht: Er lebte allein, seine einzige Schwester wohnte in Aich, war aber nach Auskunft ihrer

Nachbarn für einige Tage in Urlaub gefahren – außerdem habe sie seit einem Streit vor einigen Jahren keinen Kontakt mehr zu ihrem Bruder.

Der Bestatter hatte Thaddäus Kremps Leiche bereits in die Rechtsmedizin gebracht, die Obduktion war für halb zwölf angesetzt, und Pfau wollte gleich nach der Besprechung mit einem Kollegen losfahren, um die Untersuchung des Opfers zumindest teilweise noch mitverfolgen zu können und dabei gleich die ersten Ergebnisse zu erfahren.

Im Innenraum des Wasserbehälters waren die Techniker noch zugange. Die Hörner hatten sich als alte Trinkhörner entpuppt, das Tuch, auf dem einige Gebrauchsgegenstände – ebenfalls historisch und einigermaßen wertvoll – ausgelegt waren, wurde noch untersucht. Die metallenen Schüsseln und die Messer schienen keltischen Ursprungs zu sein. Erste Abfragen in einschlägigen Museen ergaben, dass dort nichts Entsprechendes fehlte.

An Türen, Wänden und Armaturen im Inneren waren zahlreiche Spuren zu finden – und viele von ihnen waren auf eine Art und Weise verwischt, die darauf hindeutete, dass jemand im Behälter mit Handschuhen hantiert hatte, nachdem die Fingerabdrücke dort hinterlassen worden waren.

»Die KT«, erläuterte Pfau und kam damit zum ersten Punkt, der nicht nur für Pannemann und Lindner, sondern auch für die meisten anderen Anwesenden neu war, »hat schon erste Fingerabdrücke zwei Mitarbeitern der Stadtwerke zuordnen können, und weil diese die anderen überlagern, gehen die Kollegen inzwischen von folgendem Szenario aus: Die Fingerabdrücke stammen von den Stadtwerkern, danach hat sich jemand Zugang zum Behälter verschafft, der Handschuhe trug – und mit diesen Handschuhen beim Eindringen sowie beim Platzieren der Leiche und der diversen Gegenstände die vorhandenen Fingerabdrücke verwischt.«

»Unser Mörder?«, fragte Pannemann knapp. Pfau nickte.

»Leider war er sehr sorgfältig, das hat mir jedenfalls Kollege Brabach vorhin am Telefon gesagt.«

Pfau wandte sich an Lindner.

»Holger Brabach leitet die KT unseres Präsidiums.«

Dann sah er wieder zu Pannemann hin.

»Der Kollege lässt sich übrigens entschuldigen, die Techniker arbeiten noch unter Hochdruck droben im Behälter.«

»Sollen sie, sollen sie.«

»Also: Unser Täter hat, wie es scheint, nirgendwo seine Handschuhe ausgezogen oder sonstwie auffällige Spuren hinterlassen. Es gibt – bis auf eine Ausnahme, auf die ich gleich zu sprechen komme – keine vernünftigen Reifenspuren vor dem Behälter und bislang keine nennenswerten sonstigen Spuren drinnen. Klar, wenn wir alle DNA-Vergleiche mit den Stadtwerkern durchhaben, wird wohl noch das eine oder andere übrig bleiben – aber ob uns das weiterhilft ... Wir wissen ja alle, dass DNA auf die unterschiedlichste Weise dorthin gelangt sein kann – und zu den unterschiedlichsten Zeiten.«

Lindner kamen die vier Toten in den Sinn, die alle gleich bizarr inszeniert worden waren – auch in den Ermittlungen zu dieser Mordserie hatten DNA-Spuren eine besondere und letztlich nicht sehr hilfreiche Rolle gespielt.

»Und offenbar war der Täter nicht der Letzte, der sich Handschuhe übergestreift hat, bevor er den Fundort der Leiche betreten hat«, fuhr Pfau fort.

Es dauerte einen Moment, dann hatten alle in der Runde erfasst, was er gerade gesagt hatte. Dann aber sahen sie gespannt zu ihm hin: Warum sollte jemand Fingerabdrücke vermeiden wollen, wenn er selbst nichts von den Mordermittlungen zu befürchten hatte?

»Die Leiche wurde ja von jemandem entdeckt, der uns anonym informiert hat. Wir haben dazu schon alle Mitarbeiter der Stadtwerke befragt – nach eigener Aussage hat keiner von ihnen den Toten entdeckt, und es hätte ja auch keiner von ihnen einen Grund dafür gehabt, uns anzurufen, ohne seinen Namen zu nennen. Im Grunde genommen hätte auch jeder andere, der zufällig am Wasserbehälter vorbeikam, reingehen und den Toten dort liegen sehen können – die Tür und das Zufahrtstor in der Umzäunung waren aufgebrochen worden, vom Täter, wie wir vermuten. Vielleicht standen das Tor oder die Tür sogar ein bisschen offen, das wissen wir aber natürlich nicht. Als die ersten Kollegen vor Ort eintrafen, sah beides verschlossen aus, entpuppte sich aber schnell als nur angelehnt.«

Pfau legte eine kurze Pause ein und genoss mit einem leichten Grinsen die Aufmerksamkeit der anderen. Dann drückte er die Fernbedienung, und ein neues Bild wurde auf die Wand projiziert: Es zeigte die Tür zum Wasserbehälter, einen kleinen Teil des Vorplatzes und einen Streifen Wiese rechts daneben. Das Gras war an einigen Stellen etwas eingedrückt.

»Ich habe vorhin Reifenspuren erwähnt, die wir vor dem Behälter sichern konnten. Man kann sie hier auf dem Foto sehen. Diese Spuren passen zu einigen Einbrüchen in Wasserhochbehälter aus den vergangenen Monaten. In allen Fällen wurde Metall gestohlen. Mal wurden nur die Dachrinnen und die Fallrohre außen am Gebäude geklaut, dann wieder brachen die Unbekannten die Türen zum Innenraum auf und bedienten sich auch im Behälter selbst.«

»Metalldiebe!«, entfuhr es Pannemann.

»So schaut's aus. Und immer sind sie mit demselben Fahrzeugtyp unterwegs: einem Lieferwagen, ein recht gängiges Modell, mit leicht abgefahrenen Reifen – diesmal übrigens etwas mehr abgefahren als vor sechs Wochen bei Plochingen, noch etwas mehr als vor neun Wochen bei Reutlingen und deutlich mehr als Mitte Mai zwischen Winnenden und Backnang. Das passt alles ganz gut zueinander. Außerdem haben die Burschen wohl Probleme mit irgendwelchen Dichtungen: Die Karre verliert etwas Öl.«

»Und das alles haben die Kollegen auch in unserem Fall so vorgefunden?«

Pfau nickte.

»Ich könnte mir, was da gestern Abend passiert ist, so vorstellen«, dozierte er. »Jemand platziert die Leiche im Vorraum des Wasserbehälters und verschwindet wieder, ohne dass ihn jemand dabei erwischt hat. Später kommen die Metalldiebe, wollen wie üblich den Zaun um das Behältergelände mit der Drahtschere aufschneiden, sehen dann aber, dass das Tor nicht verschlossen ist. Sie gehen rein, betreten auch den Behälter durch die aufgebrochene Tür, sehen den Toten und hauen in aller Eile wieder ab.«

»Und dann hat einen von ihnen das Gewissen geplagt und er hat uns informiert?«

Pannemann grinste und schüttelte den Kopf.

»Ja«, antwortete Pfau und wirkte ebenfalls belustigt. »Und es war nicht der Schlaueste der Bande: Seinen Namen hat er uns zwar nicht verraten, aber die Rufnummer seines Handys wurde auf dem Display der Kollegen in der Zentrale angezeigt – er hat wohl vergessen, die Rufnummernunterdrückung zu aktivieren. Womöglich hat er sich sogar darauf verlassen, dass er eine Prepaid-Karte benutzte – für die er sich aber trotzdem online hat registrieren müssen. Na, jedenfalls läuft die Anfrage an den Netzbetreiber schon, wir werden Name und Adresse des Kameraden wohl bald haben.«

Lachen rundum, einige schüttelten ungläubig den Kopf.

»Wenn er einen guten Anwalt hat, wird er sich vielleicht wegen der Metalldiebstähle rauswinden können – und das ist mir eigentlich im Moment auch herzlich egal. Ich hoffe nur, dass er uns irgendetwas erzählen kann, was uns im Mordfall weiterbringt.«

* * *

Darauf, dass sich diese Hoffnung bestätigte, mussten sie einstweilen noch etwas warten. Zwar stellte sich der anonyme Anrufer schnell als Kevin Klein heraus, zumindest war der Leichenfund über seine Prepaid-Karte der Polizei gemeldet worden, doch Klein war von der Polizei in seiner Wohnung in Kirchheim unter Teck nicht angetroffen worden.

Immerhin war er ein alter Bekannter. Er war seit einigen kleineren Einbrüchen, bei denen er sich in der Regel selten dämlich angestellt hatte, aktenkundig. Und weil er sich in seiner Blödheit schnell hatte fassen lassen und sich in den Vernehmungen obendrein immer wieder verplapperte, waren auch diejenigen bekannt, mit denen er am häufigsten zusammenarbeitete: die übliche Mischung aus saufenden Schlägern, Gelegenheitsdieben und Kleindealern, die phasenweise selbst ihre besten Kunden waren.

Doch Klein hatte einmal auch von Sina Waller gefaselt, einer ehemaligen Profikickboxerin, die in Owen bei Kirchheim ein altes Bauernhäuschen gemietet hatte, und die immer wieder ins Visier der Polizei geriet, ohne dass ihr bisher konkret die Beteiligung an etwas Verbotenem hätte nachgewiesen werden können. Anscheinend zog Waller lieber im Hintergrund Strippen, als sich selbst die Hände schmutzig zu machen – und sie stellte sich dabei offenbar sehr geschickt an.

Zu allen, mit denen Kevin Klein in den vergangenen Jahren häufiger Kontakt hatte, waren bereits Streifenwagen unterwegs; um Sina Waller wollten sich zwei Soko-Mitglieder selbst kümmern – das Kirchheimer Revier hatte zwar zwei Streifenwagen nach Owen geschickt, doch sollten sich die uniformierten Beamten einstweilen im Hintergrund halten.

»Komm, Stefan«, sagte Pfau und stand auf, »wir gehen schnell was essen, bevor die Geschichte mit Klein so richtig ins Rollen kommt. Wenn die Kollegen ihn erwischen oder wenn ihn einer seiner Freunde verpfeift, kann es etwas dauern, bis wir wieder Zeit für eine Pause haben.«

Lindner nahm die Gelegenheit gerne wahr, sich mit seinem alten Kollegen außerhalb des Reviers in Ruhe unterhalten zu können, und Pfau versuchte, sich seine Enttäuschung nicht anmerken zu lassen, als er mit seinem Vorschlag nicht durchkam, ein kleines Stück die Straße hinunterzugehen und im Asia-Imbiss im Europahaus sein Lieblingsgericht zu probieren. Stattdessen landeten sie im Schlachthausbräu, bestellten Knödel mit Pfifferlingen von der Tageskarte und schwelgten in alten Erinnerungen.

Beide Männer waren entspannt und plauderten munter über alles Mögliche. Bis sie auf jenen Tag vor vier Jahren zu sprechen kamen, der sie beide – jeden auf seine Weise – vom bisherigen Weg abgebracht hatte. Simon Pfau hatte Urlaub damals, Stefan Lindner besuchte den letzten Kurs, den er vor seinem Wechsel zum LKA absolvieren musste – und weil auch andere Kollegen der Mordkommission frei hatten oder krankgemeldet waren, musste Tage vor seiner Pensionierung der altgediente Kollege Kieber einen eigenartigen Mordfall übernehmen.

Kurz darauf war Kieber tot, und obwohl Pfau, Lindner und die anderen seither kein einziges Mal miteinander darüber gesprochen hatten, war jedem klar, wie sehr dieses Ereignis sie alle mitnahm. Und wie sehr sich jeder Einzelne von ihnen ausmalte, ob der Kollege noch leben könnte, wenn man selbst nicht gerade Urlaub, Husten oder einen Lehrgang gehabt hätte. Lindner erzählte von seinen psychischen Problemen, die ihm eine vorübergehende Beurlaubung beim LKA einbrachten – und Pfau beschrieb, wie es ihm immer schwerer gefallen war, seinen Dienst in Stuttgart zu versehen, und wie er sich schließlich zur Kripo Esslingen hatte versetzen lassen. Lindner hatte wieder die Beerdigung von Anton Kieber vor Augen: mit den Kollegen, die betreten um das Grab herumstanden und die teils Tränen in den Augen hatten – auch wegen des Umstands, dass außer dem Pfarrer, den Polizisten und zwei älteren Damen, die vermutlich gewohnheitsmäßig jedes Begräbnis besuchten, niemand gekommen war. Kieber, der einsame Wolf – was sich in Romanen und Filmen manchmal so edel und tapfer machte, war auf dem Friedhof einfach nur erbärmlich und traurig.

»Inzwischen ist kaum einer mehr aus der alten Truppe in Stuttgart«, sagte Pfau. »Rödelmann ist natürlich geblieben, und mit jedem Kollegen, der sich hat versetzen lassen, ist er wieder eine Stufe nach oben gestolpert. Mit den anderen telefoniere ich ab und zu, aber weil keiner wirklich über Kieber reden will, bleibt es meistens bei ein paar belanglosen Sätzen. Ich werde das wahrscheinlich bald einschlafen lassen. Und du?«

»Ich hab seither mit keinem der Kollegen mehr gesprochen. Strich drunter, fertig – so hatte ich mir das vorgestellt. Hat aber nicht richtig geklappt. Eine Zeitlang habe ich immer von diesem verdammten Zug geträumt, in dem sie Kieber gefunden haben. Das ist zuletzt etwas besser geworden, aber ...«

Lindner zuckte mit den Schultern.

»Aber richtig abgeschlossen habe ich mit der Geschichte noch immer nicht.«

Dann lachte er freudlos auf.

»Du weißt doch noch, dass ich immer dieses Gesundheitslexikon bei mir im Zimmer versteckt hatte, damit es meine Mutter nicht entdeckt und wegwirft?«

Pfau nickte.

»Das hab ich immer noch, und nach Kiebers Tod hab ich häufiger reingesehen als früher. Mein alter Schulfreund Thomas – er hat eine Hausarztpraxis in Boll – ist phasenweise schier daran verzweifelt, wenn ich wieder mit einer neuen Krankheit bei ihm aufgekreuzt bin. Das ist jetzt auch etwas besser geworden.«

»Wegen deiner Freundin, nehme ich an?«, fragte Pfau.

»Auch, und weil ich jetzt wieder meine Arbeit habe. Wobei ich gut darauf verzichten könnte, für meinen Chef der Spezialist für die ganz abgedrehten Fälle zu sein. Jetzt träum ich halt von meinen Fällen ...«

»Aber Krankheiten suchst du dir keine mehr aus?«

»Na hör mal: aussuchen! Wenn ich zum Beispiel hier am Hals diese Stelle drücke, dann ...«

Lindner bemerkte das Grinsen, das sich auf Pfaus Gesicht ausbreitete. Er unterbrach sich und lächelte.

»Hast ja recht, das meiste werde ich mir schon eingebildet haben. Aber wenn du nur lange genug in deinen Körper reinhörst ...«

»Deine Mutter spart sich das. Wie geht's ihr denn?«

Nur zwei oder drei Mal war Simon Pfau in Bad Boll zu Besuch gewesen, aber an die schaffige Ruth Lindner, die ihren Sohn auch vor seinen Kollegen gern mit seiner Wehleidigkeit aufzog, erinnerte er sich noch gut.

»Der geht's prächtig, wie immer. Manchmal glaube ich fast, ihr geht's *zu* gut.«

Pfau sah ihn fragend an.

»Sie hat einen ... *Lover*! Der ist zwei Jahre jünger als sie, aber damit halt auch schon 72. Ich mag mir gar nicht ausdenken ...«

Lindner schüttelte sich. Pfau lachte, prostete ihm zu und sagte im Spaß ein paar tröstende Floskeln. Dann klingelte sein Handy.

* * *

Kevin Klein sah völlig zerschunden aus. Ein Passant hatte ihn hinter einem Papiercontainer unweit seines Wohnorts entdeckt und die Polizei gerufen. Die Streifenbeamten hatten seine ärgsten Verletzungen noch vor Ort notdürftig behandelt, aber bevor Pfau mit ihm reden konnte, legten ihm die von der Streife ins Polizeirevier gerufenen Sanitäter richtige Verbände an und untersuchten, ob er sich mehr als ein paar blutende Schürfwunden, Blutergüsse und Prellungen eingehandelt habe. Klein quittierte jede noch so sanfte Berührung mit lautem Stöhnen, aber er schien wohl mehr oder weniger mit dem sprichwörtlichen blauen Auge davongekommen zu sein. Und schließlich ließen die Sanitäter ihrem Patienten noch ein leichtes Schmerzmittel da und verabschiedeten sich.

»So, Herr Klein«, sagte Pfau, »dann wollen wir mal.«

Er ging dem Mann voran und führte ihn in ein kleines, helles Vernehmungszimmer. Auf einem Stuhl in der Ecke saß schon Lindner, den Pfau vorausgeschickt hatte. Die beiden uniformierten Beamten, die den Verletzten eskortiert hatten, gingen wieder hinaus und zogen die Tür hinter sich zu. Pfau bot Klein einen Stuhl an, dann setzte er sich gegenüber. Zwischen ihnen stand ein Tisch mit weißer Kunststoffplatte, und Lindner konnte an Pfau vorbei alles gut beobachten.

Pfau beugte sich nach vorn, schaltete ein Aufnahmegerät an, richtete das Mikrofon aus, dass es die Stimmen beider Männer aufnehmen konnte, und sagte: »Vernehmung Kevin Klein, 23. Oktober …« Er sah auf die Uhr. »… 13.45 Uhr. Herr Klein verzichtet auf eigenen Wunsch auf rechtlichen Beistand. Das ist richtig, Herr Klein?«

Der andere nickte.

»Wären Sie so freundlich und würden mir laut und deutlich antworten, Herr Klein? Ihr Nicken kann ich nicht aufnehmen.«

»Ja, ich verzichte auf einen Anwalt. Ich habe ja auch nichts zu –«

»Wir werden sehen«, unterbrach ihn Pfau, dann sprach er weiter ins Mikrofon. »Herr Klein weist Verletzungen auf, einige Hautabschürfungen, Blutergüsse, Prellungen. Die Wunden wurden von Sanitätern versorgt, und Herr Klein fühlt sich trotz der Verletzungen in der Lage, meine Fragen zu beantworten. Das ist richtig, Herr Klein?«

»Ja«, meldete sich Klein zu Wort.

»Danke, Herr Klein«, sagte Pfau und nickte ihm zu. »Zunächst möchte ich Sie fragen, wodurch Sie sich Ihre Verletzungen zugezogen haben.«

»Dazu möchte ich nichts sagen.«

»Sie wurden verprügelt, nehme ich an?«

»Dazu möchte ich nichts sagen.«

»Sie haben gestern Nacht meine Kollegen angerufen und haben durchgegeben, dass Sie im Trinkwasserhochbehälter Hochen bei Nürtingen-Neckarhausen einen Toten liegen sahen. Dafür möchte ich Ihnen im Namen der Kripo Esslingen herzlich danken, das haben Sie gut gemacht.«

»Bitte, gern.«

Kurz huschte ein Lächeln über Kleins Gesicht, dann erschrak er und versteifte sich ein wenig.

»Ich meine: Ich weiß gar nicht, wovon Sie reden.«

Ein schneller Blick zu Lindner, dann musterte Klein wieder sein direktes Gegenüber.

»Ich ruf doch nicht bei der Polizei an, sag eben mal: ›Hallo, ich bin's, der Kevin, ihr kennt mich sicher noch, und ich hab gerade bei Nürtingen eine Leiche entdeckt.‹ So gern habe ich mit Ihren Kollegen nun auch wieder nicht zu tun.«

Er verschränkte die Arme, lehnte sich zurück und legte ein dünnes Lächeln auf, das durch seine zerfurchte Stirn und seine ängstlich funkelnden Augen aber sehr gekünstelt wirkte. Klein war ein miserabler Schauspieler.

Pfau schaute ihm eine Weile stumm in die Augen, und als der andere seinem Blick auswich, zog er ein Blatt Papier aus dem kleinen Stapel, der vor ihm auf dem Tisch lag.

»Stimmt, Sie gehen uns lieber aus dem Weg. Und trotzdem wächst Ihre Akte. Es scheint ganz so, als sei Ihr krimineller Ehrgeiz größer als Ihr Geschick.«

Pfau las die Liste der Einbrüche vor, die Klein bisher nachgewiesen werden konnten. Zum bisher letzten Mal war er erst Ende vorigen Jahres aus der Haft entlassen worden.

»Das klingt schon sehr nach einer verpfuschten Gaunerkarriere, was, Herr Klein?«

Ein trotziger Zug spielte um Kleins Mund.

»Ich habe meine Lektion gelernt, Herr Kommissar. Ich mach nichts Verbotenes mehr. Ich breche nirgendwo mehr ein, und ich habe mit nichts zu tun, was verbotener wäre als auf die Straße zu spucken.«

Pfau schwieg, und Lindner beobachtete gespannt, warum sein Kollege zuließ, dass der verunsicherte Klein dadurch wieder ein wenig Oberwasser zu bekommen glaubte.

»Warum«, fragte Pfau schließlich, »haben Sie denn nicht Ihren Namen genannt, als Sie die Kollegen anriefen?«

»Weil ich …« Klein schluckte, dann setzte er neu an. »Weil ich gar nicht angerufen habe.«

Pfau nickte bedächtig.

»Warum sollte ich Sie anrufen? Und von diesem Behälter weiß ich auch nichts! Wo liegt der überhaupt?«

Klein nahm die Arme herunter, hakte seine Daumen in seine Jeanstaschen und lümmelte nun in sehr entspannter Haltung vor den beiden Beamten.

»Und außerdem«, versetzte er lächelnd, »wenn dieser Unbekannte am Telefon seinen Namen nicht genannt hat – wie kommen Sie denn dann drauf, dass ich das gewesen sein soll?«

»Herr Klein, haben Sie an Ihrem Handy auch wirklich die Rufnummernunterdrückung aktiviert? Sind Sie sich da ganz sicher?«

Das Lächeln wurde dünner, etwas Farbe wich aus Kleins Gesicht. Dann fasste er sich wieder, und er zuckte mit den Schultern.

»Warum sollte ich? Ich hab ja nicht angerufen. Und wenn der Unbekannte ein Prepaid-Handy benutzt hat, können Sie mit der Nummer allein eh nichts anfangen.«

Pfau zog ein weiteres Blatt aus dem Stapel vor sich. Er drehte das Papier so, dass Klein es lesen konnte, und schob es langsam über den Tisch.

»Da haben Sie recht, Herr Klein, mit der Nummer allein fangen wir nichts an.«

Klein sah ungläubig auf den Computerausdruck, in dem neben der Nummer seiner Prepaid-Karte auch sein Name, seine Adresse und seine Bankverbindung standen.

»Schon vergessen, dass Sie sich für die Handykarte online registrieren mussten?«

Pfaus Stimme bekam einen ätzenden Unterton, und Lindner erinnerte sich an die gemeinsame Zeit bei der Stuttgarter Kripo und daran, dass es Pfau Ganoven durchaus übelnahm, wenn sie die Polizei so krass unterschätzten wie Klein.

»So, nun können wir den Kinderkram vielleicht mal sein lassen! Sie haben uns gestern Abend angerufen und haben gemeldet, dass Sie im Wasserbehälter Hochen eine Leiche entdeckt haben. Das steht fest. Was ich von Ihnen wissen will: Was hatten Sie dort droben gestern Abend zu suchen?«

»Ich …«

Klein sah gehetzt von Pfau zu Lindner und von Lindner zu Pfau.

»Ich …«

Hinter Kleins Stirn arbeitete es. Dann schien ihm eine Idee zu kommen.

»Ich war joggen.«

Er war sichtlich stolz auf seinen Einfall, und gleich spielte wieder ein dämliches Grinsen um seinen Mund, er verschränkte die Arme wieder vor der Brust und sah Pfau herausfordernd an.

»Gut, das nehme ich jetzt mal so zu Protokoll. Sie waren also joggen. Sie wohnen in Kirchheim und joggen bei Nürtingen.«

Klein zuckte mit den Schultern.

»Ist das neuerdings verboten?«, fragte er.

»Nein, nein, das nicht.«

Pfau fixierte ihn einen Augenblick lang.

»Aber warum mussten Sie joggen? War im Lieferwagen denn kein Platz mehr für Sie?«

Kleins Mund klappte auf, er sah den Kommissar erschrocken an, dann räusperte er sich und setzte eine Miene auf, die wohl Selbstsicherheit darstellen sollte.

»In welchem Lieferwagen?«, brummte er mit brüchiger Stimme.

»Ihre … Kollegen sind alle miteinander im Lieferwagen zu diesem Hochbehälter gefahren. Da saßen Sie mit drin, Herr Klein, richtig?«

»Äh …«

»Vor dem Behälter sind Sie und die anderen ausgestiegen, wie geht man da vor?«

»Was meinen Sie?«

»Na ja, wo kommt man an oder in diesen Behältern am schnellsten an Metall?«

Klein senkte den Blick.

»Wie genau sind Sie denn über den Toten gestolpert? Sind alle rein in den Vorraum des Behälters, oder nur Sie?«

Klein blickte weiterhin zu Boden, irgendwann murmelte er: »Ich ... ich war joggen, das hab ich Ihnen ja schon gesagt. Und da war niemand außer mir. Nur der Tote halt noch.«

Pfau schnaubte und winkte ab.

»Lassen wir die Spielchen, Herr Klein. Ich würde Ihnen vorschlagen, dass Sie jetzt vielleicht doch lieber einen Anwalt anrufen.«

Er gab Lindner ein Zeichen, und der stand auf, öffnete die Tür und bat die beiden Beamten herein, die draußen im Flur darauf gewartet hatten, Klein wieder abzuführen.

»Wir unterhalten uns später weiter«, sagte Pfau und machte mit der Hand eine abfällige Geste, dass Klein sich jetzt aus dem Raum entfernen dürfe.

Der stand auch zügig auf, grinste auf den Kommissar hinunter und stapfte sehr zufrieden mit sich auf die beiden Uniformierten zu. Als er sie gerade erreicht hatte, ließ sich Pfau noch einmal hören.

»Herr Klein? Einen Moment noch, bitte.«

Der Mann wandte sich um.

»Wurmt es Sie eigentlich nicht, dass Sina Waller Sie so übel zugerichtet hat? Ich meine: Das ist ein Mädchen!«

»Sina, ein Mädchen!«

Klein lachte kurz auf.

»Kommen Sie der lieber nicht in die –«

Pfaus Grinsen ließ Klein mitten im Satz verstummen. Er presste seine Lippen aufeinander und stand starr vor Wut in der Tür.

»Sagen Sie lieber nichts mehr, Herr Klein, bevor Ihr Anwalt da ist.«

* * *

Es war nicht ihr Tag. Erst hatte Kevin sie am Telefon um Hilfe angefleht, und nun meldete sich auch noch der schmierige Winkeladvokat bei ihr, dessen Nummer sie Kevin zugesteckt hatte. Offenbar hatte den die Polizei hinter dem Container entdeckt und gleich mitgenommen. Nun saß er in Nürtingen im Polizeirevier und hatte den Anwalt angerufen. Sina gab dem Juristen grünes Licht und versprach ihm auch, für die Kosten aufzukommen, falls Kevin mal wieder nicht flüssig war. Dafür sagte sie ihm, was Kevin gefälligst zu sagen und was er zu verschweigen habe.

Als der unangenehme Anwalt wieder aufgelegt hatte, um sich auf den Weg zu seinem Mandanten zu machen, hatte Sina einen schalen Geschmack im Mund. Sie trank etwas Wasser, schaltete dann die Kaffeemaschine ein und stellte sich ans Fenster. Die beiden Polizisten in Zivil hatte sie schon vor einer halben Stunde bemerkt. Sie standen auffällig unauffällig vor dem Schaufenster der Apotheke gegenüber, und ihre uniformierten Kollegen waren unvorsichtig genug gewesen, mit ihren Streifenwagen zweimal innerhalb der vergangenen Stunde die Bahnhofstraße entlangzufahren.

»Anfänger«, ging es Sina durch den Kopf.

Dann röchelte hinter ihr die Kaffemaschine. Sie wandte sich ab und nahm eine schwarze Bechertasse mit silberfarbenen chinesischen Schriftzeichen aus dem Regal.

* * *

»Weißt du, Stefan«, sagte Pfau und schenkte Lindner und sich dünnen Kaffee ein, »manchmal komm ich mir echt veräppelt vor, wenn ich mit solchen Trotteln wie diesem Kevin Klein zu tun habe. Der ist dumm wie Weißbrot!«

»Immerhin wissen wir jetzt schon etwas mehr. Hätte er sich weniger dämlich angestellt, wären wir wegen seiner

Verbindung zu dieser Sina Waller und den Metalldieben noch immer auf unsere Vermutungen angewiesen.«

»Das stimmt schon, aber irgendwie geht es mir gegen die Berufsehre, wenn ich es mit solchen Stümpern zu tun habe. Außerdem: beweisen können wir ihm und Sina Waller bisher nichts – sein Anwalt wird ihm dazu raten, alles als Missverständnis hinzustellen. Am Ende werden wir ziemlich sicher nichts Verwertbares gegen ihn und die Waller in der Hand haben.«

»Aber deine Vermutung scheint sich zu bestätigen: Klein und seine Kumpel wollten Metall klauen und haben dabei die Leiche entdeckt – und es scheint ganz so, als stecke auch diese Sina Waller irgendwie mit drin. Wenn sie ihn verprügelt hat, war sie vermutlich sauer auf ihn. Ich könnte mir vorstellen, dass er Hilfe suchte, dass er deswegen zu ihr ging – und als sie ihn fragte, was sein Problem sei, musste er ihr notgedrungen erzählen, dass er uns den Leichenfund gemeldet hat. Wenn sie ihn daraufhin verdroschen und hinter den Container in der Nähe seiner Wohnung geschafft hat, befürchtete sie wohl, dass uns Kevin in seiner Dummheit noch zu ihr führen konnte – und das könnte ihr ziemlich egal sein, wenn sie nichts mit dem geplanten Metalldiebstahl zu tun hätte.«

»Ja, so sehe ich das auch. Aber in unserem Mordfall bringt uns das nicht weiter. Selbst wenn die Diebe und unser Toter gleichzeitig im Behälter gewesen wären – warum sollten die ihn gleich umbringen? Und warum sollten sie ihn dann so kunstvoll mit Waffen und Trinkhörnern umgeben? Nein – ich bin mir sicher, dass diese Metalldiebe nichts mit dem Mord zu tun haben, das war einfach schlechtes Timing.«

Lindner gab Milch und Zucker in seinen Kaffee und rührte das Gebräu mit einem der herumliegenden Löffel um.

»Ich hoffe nur«, fuhr Pfau nach einer Pause fort, »dass wir irgendwann etwas Nützliches von Klein erfahren. Vielleicht will ihm der Staatsanwalt ja einen Deal anbieten.«

»Und wenn er darauf eingeht, kann er sich schon auf die nächste Tracht Prügel einstellen.«

»Tja, da hast du wohl recht, Stefan. Mal sehen, was die Kollegen uns nachher über Sina Waller erzählen können.«

* * *

Lindners Handy war auf lautlos gestellt, weil er die laufende Soko-Besprechung nicht stören wollte. Aber als es in seiner Hosentasche vibrierte, stand er auf, ging ans Fenster und nahm das Gespräch entgegen. Kortz war dran.

»Und? Hat sich schon was ergeben?«

»Nicht viel«, teilte er mit gesenkter Stimme mit. »Wir haben den verhinderten Metalldieb, der uns den Leichenfund gemeldet hat, aber der streitet natürlich alles ab und wartet im Moment auf seinen Anwalt. Offenbar hat er Angst vor jemandem, vermutlich vor einer Komplizin, die ihn heute früh verdroschen hat. Und wir wissen, dass die um die Leiche verteilten Requisiten aus der Privatsammlung des Toten stammen.«

»Ein paar Infos über diesen Dr. Kremp hat mir Pfau heute früh per Mail geschickt. Haben Sie das auch bekommen?«

»Ja«, sagte Lindner. »Gleich heute früh. Außerdem hat keiner ein Problem damit, dass ich bei den Soko-Besprechungen mit in der Runde sitze – das lässt sich recht erfreulich an. Vorhin hat mich der Kollege Pfau auch dabei sein lassen, als er den Metalldieb vernommen hat, der die Leiche entdeckte. Ein Beamter vom Revier Nürtingen hat mir einen Keltenexperten hier in der Stadt genannt, von dem ich mich über das Thema informieren lassen kann. Und nachher fahre ich zum Haus des Toten und schau mich da mal um – das wurde ebenfalls problemlos abgenickt. Ich kann mich bisher nicht beschweren.«

»Gut«, sagte Kortz. »Ich treffe nachher jemanden vom Landesdenkmalamt. Ich will mir mal anhören, was Kremp vor seiner Pensionierung zuletzt auf dem Schreibtisch hatte, vielleicht ergibt sich daraus ein Ansatz.«

* * *

Der Notarztwagen kam vor dem Einfamilienhaus in der Hinteren Straße in Dettingen unter Teck ruppig zum Stehen, zwei Sanitäter und eine Ärztin eilten auf die Eingangstür des Hauses zu, neben der eine ältere Frau in geblümter Schürze stand und ihnen mit sorgenvoller Miene entgegensah. Die Ärztin ging vorneweg, die beiden Sanitäter folgten ihr mit einer fahrbaren Trage.

»Na, Frau Dippler«, fragte die Frau, während die Männer hinter ihr schon mit der Trage bereitstanden, »hat's Ihr Hansjoachim wieder mal versucht?«

Sie nickte, wischte sich Tränen aus den Augenwinkeln und wies ins Treppenhaus.

»Danke, Frau Dippler, ich kenn mich ja schon aus. Und Sie werden sehen: Er schafft's auch diesmal nicht, sich umzubringen.«

Damit stürmte sie ins Haus, gefolgt von den Sanitätern. Die Frau ging ihnen langsam nach und drückte sich in eine Nische, um den Helfern nicht im Weg zu sein, als die Sanitäter mit der Trage zurückkehrten.

»Haben Sie gesehen, was er heute geschluckt hat?«, fragte die Ärztin.

Rosemarie Dippler schüttelte nur den Kopf.

»Ist nicht schlimm, glauben Sie mir«, beruhigte sie die Frau. »Wir kriegen Ihren Sohn wieder hin, wie jedes Mal. Übel wird ihm sein, aber wahrscheinlich kann er morgen schon wieder heim.«

»Ja, ich …«

»Sollen wir Sie mitnehmen?«

»Nein, nein, lassen Sie nur. Ich putze heute Fenster und hab noch Wäsche zu machen. Da kann ich nicht jedes Mal, wenn Hansjoachim etwas nimmt, bei ihm am Krankenbett hocken und darauf warten, dass der Tag vergeht.«

Die Ärztin lächelte sie traurig an, dann legte sie ihr eine Hand auf die linke Schulter, nickte ihr freundlich zu und verabschiedete sich. Rosemarie Dippler sah dem Notarztwagen nach, bis er um die nächste Ecke aus ihrem Blickfeld verschwand. Dann drückte sie den Rücken etwas durch, kramte ein Papiertaschentuch aus der Schürze, schnäuzte sich und ging ins Haus.

* * *

Das Haus von Thaddäus Kremp im Sanddornweg in Nürtingen-Oberensingen war schön. Nicht allzu groß, aber groß genug. Nicht allzu neu, aber doch hinreichend sorgfältig hergerichtet, und obendrein umgeben von einem großen Garten, in dem alles üppig wucherte. Direkt in der Abzweigung in die kleine Straße musste Lindner einen Moment warten, weil ihm ein weißer Transporter entgegenkam – offenbar war die Kriminaltechnik mit der Arbeit in Kremps Wohnhaus für heute fertig.

Vor dem Haus stand ein Streifenwagen, zwei uniformierte Polizisten lehnten auf der Fahrerseite am Auto, hielten ein Schwätzchen und rauchten. Als einer von ihnen Lindners alten Kombi bemerkte, der auf den Streifenwagen zuhielt, stellte er sich schnell gerade hin und hielt die linke Hand mit der Zigarette hinter seinem Körper verborgen. Lindner stieg aus und grüßte.

»Kann ich gleich rein?«, fragte er die beiden.

»Klar«, kam postwendend die schneidige Antwort. »Wir gehen mit Ihnen ins Haus, wenn Sie wollen. Und wenn nicht, bleiben wir hier draußen. Und sobald Sie fertig sind, geben wir Bescheid, dass die Kollegen das Polizeisiegel an der Tür anbringen können.«

»Gut, danke. Sie können ruhig hier bleiben, und ...« – er deutete lächelnd am vorderen der Beamten vorbei – »... meinetwegen müssen Sie nicht heimlich rauchen.«

In Kremps Haus roch es ein wenig muffig, als läge irgendwo alte Wäsche herum. Und wirklich konnte Lindner durch die offene Badezimmertür einen großen Wäschekorb auf einem halbhohen Schränkchen stehen sehen, der gut gefüllt war mit Socken und Herrenunterwäsche. Im Flur hingen an großen Pinnwänden mehrere Listen, die Tage und Uhrzeiten enthielten und in ununterbrochener Reihe mit einer Unterschrift versehen waren. Damit organisierte Kremp wohl seine Haushaltshilfen, jedenfalls war den Listen zufolge vorgestern am späten Vormittag die Putzfrau zum bisher letzten Mal hier gewesen, während sich heute Nachmittag gegen 15 Uhr jemand hätte einfinden sollen, der für den Hausherrn die Wäsche besorgte. Hier fehlte die Unterschrift, weil die Kriminaltechniker ja schlecht jemanden alle Spuren im Haus verwischen lassen konnten, nur weil alte Socken in die Waschmaschine mussten.

Die Küche war zweckmäßig und eher schlicht eingerichtet. Eine Kaffeemaschine oder ein Vollautomat waren nirgendwo zu sehen, dafür deuteten zwei dunkel verfärbte Teestrümpfe, die an einem Regal über der Spüle zum Trocknen aufgehängt waren, darauf hin, dass Kremp gerne Schwarztee getrunken hatte. Es gab keine Mikrowelle, und das Gewürzregal war außer mit Salz, Pfeffer und Paprika nur noch mit verschiedenen Gewürzmischungen gefüllt, die von den Etiketten auf den Gläsern als Salat- oder Grillmix ausgewiesen wurden. Am einen Ende der Küchenarbeitsplatte stand ein kleines metallenes Gestell, in dem einige Weiß- und Rotweinflaschen lagerten. Am anderen Ende befand sich eine aufgeklappte Brotschneidemaschine, übersät mit Krümeln und kleineren Rindenstücken. Eine Spülmaschine schien es nicht zu geben: Links vom Spülbecken waren Schüsseln und Gläser übereinandergeschichtet, die sauber aussahen, über und zwischen ihnen waren die Scherben einer Glasschüssel verstreut; rechts vom Becken stapelten sich einige benutzte Teller.

Im Wohnzimmer waren in einer Ecke mehrere Sessel um einen steinernen Couchtisch aufgestellt, in der anderen stand ein wuchtiger länglicher Holztisch an der Wand, an dessen Längsseiten jeweils zwei gepolsterte Stühle. Der Couchtisch war leer, der Holztisch dagegen war zur Hälfte mit Papieren und Büchern übersät. Lindner sah sich einige der Blätter und der Buchcover an: Es ging um Nürtingen, um Geschichte und lokale Besonderheiten. Ein karierter DIN-A4-Block war mit handschriftlichen Notizen gefüllt, aber die Schrift war zu krakelig, als dass Lindner sie wirklich hätte entziffern können. Auf einem der Bücherstapel lag eine Lesebrille, auf der freien Tischfläche stand eine kleine Schale mit einer Nussmischung.

Lindner streunte durch Bad und Schlafzimmer, dann ging er die Treppe hinauf in den ersten Stock. Oben war ein Raum als Gästezimmer eingerichtet, akkurat aufgeräumt und mindestens seit dem letzten Besuch der Putzfrau nicht mehr benutzt. Hier standen in einem schmalen Wandregal krumm und rau aussehende Töpfchen aus schlampig glasiertem Ton, dazwischen Bücher über die Kunst der Entspannung, Ratgeber für ein sorgenfreies Leben und einige Romane von Hermann Hesse.

Die anderen Zimmer im Obergeschoss waren vollgestellt mit Möbeln, die nicht zueinander passten, mit Regalen, in denen sich Ordner mit Konto- und ähnlichen Unterlagen aneinanderreihten, und mit einem selten hässlichen Sofa. Lindner ging die Treppe wieder hinunter und folgte ihr diesmal bis in den Keller. Hier, so hatten ihm die Kollegen erzählt, bewahrte Kremp seine stattliche Sammlung an römischen und keltischen Fundstücken auf.

Hinter einer Stahltür brummte die Heizung, eine nicht mehr sehr ansehnliche Kellertür verbarg die Waschküche. Lindner trat durch eine recht neu wirkende, schwere Holztür in einen großen Raum, der durch Mauerdurchbrüche aus mehreren kleineren entstanden war. Je ein schwarz lackierter Stahlträger stützte die Decke an den Stellen, wo Mauern entfernt worden waren. Der Raum nahm gut die Hälfte des gesamten Untergeschosses ein. Irgendwo surrte es leise, und das Klima kam Lindner angenehmer, weniger feucht vor als im Rest des Kellers. Gut möglich, dass das Surren von einer versteckt installierten Klimaanlage oder von einem Luftentfeuchter herrührte, aber so überladen wie der Raum war, konnte er kein solches Gerät entdecken.

Überall standen Regale und Vitrinen, auf mehreren Tischen, die vor einer Wand zu einer langen Tafel zusammengeschoben waren, lagen Tücher ausgebreitet, auf denen vom kleinsten Gebrauchsgegenstand bis zur glänzenden Waffe die unterschiedlichsten Sammlerstücke zu sehen waren – von der winzigen Münze bis zum stattlichen Kessel, und nicht immer wurde Lindner so recht klar, worum es sich bei einem Exponat handelte. In einer hölzernen Halterung steckte zum Beispiel eine Art Rohr, das unten klein und gebogen begann und nach oben hin immer dicker wurde, bis es am Ende einer weiteren Biegung in einen angriffslustig aufgerissenen Wildschweinkopf mündete.

Zwischen Tischen und Regalen waren Büsten und Statuen aufgestellt, die kleine Kleber am Sockel als Duplikate wahrscheinlich berühmter Stücke auswiesen. Lindner beugte sich hinunter, um das Etikett einer mannshohen Statue zu lesen, die direkt neben den Tischen stand: »Der Keltenfürst vom Glauberg« war dort zu lesen, und darunter »mit freundlicher Genehmigung der Keltenwelt am Glauberg«.

Der Statue fehlten die Füße, stattdessen stand sie auf schwarz lackierten Kunststoffstümpfen, aber der Rest der Figur war sehr eindrucksvoll: Die sandfarbene Statue zeigte einen missmutigen Mann, der seine rechte Hand auf die Brust legte und dessen linke hinter einem ovalen Schild verborgen war. Um den Hals hatte er eine Kette mit drei länglichen Anhängern, er trug einen sauber gestutzten Vollbart, und um seinen von einer Kappe bedeckten Schädel standen zwei unförmige Gebilde nach oben. Auf Lindner wirkten sie ein wenig wie Mickys Mäuseohren, aber eine erklärende Tafel neben der Statue beschrieb sie als Mistelblattkrone, die vermutlich den Dargestellten als keltischen Priester charakterisierte.

Die Texttafel deutete darauf hin, dass Kremp diesen Raum nicht nur zu seiner eigenen Freude eingerichtet hatte – denn dass er alles über alle Exponate wusste, davon durfte man wohl ausgehen. Vermutlich führte er von Zeit zu Zeit interessierte Besucher durch seinen unterirdischen Schauraum, und die Inszenierung der Ausstellungsstücke war teilweise auch recht gut gelungen. So war hinter der Statue ein großformatiges Foto aufgehängt, das dieselbe Statue zeigte – postiert auf einem kreisrunden Podest und dramatisch ausgeleuchtet – vermutlich war das Original der Figur in dieser Aufmachung in der »Keltenwelt am Glauberg« zu bestaunen.

Weitere Bilder in Postergröße zeigten, wie Lindner vermutete, nachgebaute Keltensiedlungen. Darauf, was einige Holzpfähle im Dämmerlicht zu bedeuten hatten, kam er nicht, aber die typische Form der Erdhügel, in denen die Kelten ihre Fürsten oder Priester begraben hatten, erkannte er auf einigen der Fotos sofort. Die Ähnlichkeit zu dem Erdhügel bei Nürtingen, in dem sich der Wasserhochbehälter verbarg, war wirklich nicht zu leugnen.

Lindner sah sich um. Auch Kremps Kellermuseum war mit Strahlern und indirekter Beleuchtung ausgestattet, die Steuerung dafür fand sich unterhalb des Kippschalters, mit dem er die profane Neonröhre eingeschaltet hatte. Einen Augenblick lang zögerte er, dann knipste Lindner das Neonlicht wieder aus und drückte stattdessen die Knöpfe, mit denen sich die Lightshow des kleinen Museums starten ließ.

Erst blieb es dunkel, Trommeln schlugen einen leisen Rhythmus, dann glommen nach und nach erste Lichter im Raum auf. Eine sonore Stimme war zu hören. In bemühtem Hochdeutsch mit leicht schwäbischem Einschlag sprach sie salbungsvolle Worte zur Bedeutung der keltischen Stämme für die europäische Geschichte, vor allem für die frühe Neuzeit und im Besonderen für die Eisenzeit.

Lindner hörte nur halb zu und behielt stattdessen die Lichteffekte im Blick, die nach und nach einzelne Exponate hervorhoben. Das war nicht schlecht gemacht, und wenn diese Präsentation Thaddäus Kremps eigenes Werk war, hatte er sich dafür mächtig ins Zeug gelegt. Der Sprecher erzählte immer weiter, und wenn Lindner die Augen schloss und sich das Gesicht des Toten im Wasserbehälter in Erinnerung rief, konnte er sich gut vorstellen, dass es sich um Kremps Stimme handelte.

Nun erklang Musik, der Sprecher machte eine kurze Pause, und während ein Saiteninstrument eine etwas klagend klingende Trompete begleitete, strahlte ein Spot das seltsam gebogene Rohr mit dem Wildschweinkopf an.

»Die Carnyx der Kelten«, begann der Sprecher nun wieder, »eine Art Trompete, kennen wir unter anderem von Fundstücken aus der La-Tène-Zeit, von Münzen und einem Kessel, auf dem das Instrument dargestellt wurde. Auf die Form der keltischen Saiteninstrumente können wir ebenfalls aus Abbildungen auf Münzen schließen. 1988 wurde schließlich eine Statue gefunden, in der ein Mann ein solches Saiteninstrument in Händen hält – durch Ausgrabungen in einer keltischen Festung in der Bretagne, in der Nähe der Ortschaft Paule. Danach wurde auch der Fundort der Festung benannt: Paule-Saint-Samph… Scheiße! Schneiden, schneiden.«

Man hörte aus den Lautsprechern Papier rascheln, die Stimme hustete, dann war Stille, und damit war die Tonwiedergabe beendet. Nur die Beleuchtung wechselte weiterhin, was nun – ohne musikalische Untermalung und ohne den Kommentar des Sprechers – etwas gespenstisch wirkte. Nach einigen Minuten verlor Lindner das Interesse, und er stoppte die Inszenierung.

* * *

Unter der Adresse in Nürtingen-Raidwangen, die ihm mit dem Namen des zweiten hiesigen Keltenexperten notiert worden war, fand Lindner ein Ladengeschäft vor. Das große

Schaufenster an der Großbettlinger Straße war auf halber Höhe mit knalliger Werbung für Waschmaschinen, Trockner und Geschirrspülautomaten plakatiert, und der Laden hatte in der sehr dörflich wirkenden Umgebung vermutlich nicht allzu viel Laufkundschaft – vielleicht genoss das Geschäft ja einen guten Ruf und konnte sich deshalb über Wasser halten. Allerdings wies nirgendwo etwas auf eine Wohnung hin oder gar auf einen Bezug zu den Kelten. Und der Schriftzug auf der Eingangstür lautete auch nicht »Hintze«, sondern »Kniele«.

Kurz überlegte Lindner, ob sich der Kollege aus der Soko vielleicht in der Adresse vertan hatte, dann befand er, dass er ebenso gut erst einmal im Laden nach diesem Heinrich Hintze fragen konnte. Also trat er ein und erschrak zuerst wegen der direkt über ihm losbimmelnden Türglocke. Er trat an die Theke, auf der eine Registrierkasse stand und mehrere Quittungsblöcke, Kugelschreiber und ein Stapel mit schwäbischen Witzbüchle lagen, und wartete, dass sich etwas tat.

Nach etwa zwei Minuten hörte er hinter einem Vorhang, der neben der Verkaufstheke den Zugang zu den hinteren Räumen verdeckte, ein leises, rollendes oder schleifendes Geräusch und dann ein Quietschen. Kurz darauf schob eine Frau Mitte fünfzig den Vorhang beiseite, schloss ihn gleich wieder hinter sich und stellte sich mit einem freundlichen Lächeln hinter die Theke.

»Guten Tag, Frau …?«

Lindner wusste nicht recht, wie er beginnen sollte.

»Frau Kniele?«

»Das war ich mal«, erwiderte die Frau und lächelte noch ein wenig breiter. »Frieda Hintze ist mein Name, den Laden führe ich mit meinem Mann zusammen.«

Hinter dem Vorhang hüstelte jemand leise.

»Und mit meinem Vater«, ergänzte sie schnell. »Er hat das Geschäft aufgebaut. Wie kann ich Ihnen denn helfen?«

»Ich würde gerne mit Heinrich Hintze reden. Das ist Ihr Mann?«

»Ja, das ist mein Mann. Aber leider ist er gerade nicht hier. Kann ich Ihnen denn weiterhelfen?«

»Ich fürchte nicht. Oder kennen Sie sich mit der Geschichte und der Kultur der Kelten aus?«

»Oh nein, wirklich nicht.«

Sie lachte, es klang sehr nett.

»Da müssen Sie tatsächlich mit meinem Mann reden.«

Sie beugte sich ein wenig vor und senkte ihre Stimme.

»Der hat einen richtigen Knall mit seinen Kelten.«

Frieda Hintze kicherte, und hinter dem Vorhang war wieder ein Hüsteln zu hören. Nun zwinkerte sie Lindner zu, kam um die Theke herum, hakte ihn unter und führte ihn ein Stück weit von dem Vorhang weg. Dabei redete sie mit erhobener Stimme auf Lindner ein, dessen verblüffte Miene sie mit einem weiteren Zwinkern quittierte.

»Ja, das Modell ist das teuerste der Firma«, dozierte sie und grinste dabei, »aber dafür bekommen Sie auch erstklassige Qualität. Ich zeig Ihnen das Gerät mal. Schauen Sie, hier …«

Damit hatten sie das andere Ende des Ladens erreicht, und die Frau senkte ihre Stimme wieder.

»Entschuldigen Sie bitte das seltsame Schauspiel, aber mein Vater sitzt dort hinter dem Vorhang und horcht wie ein Luchs. Na ja, wie ein schwerhöriger Luchs. Ständig ruft er irgendetwas dazwischen, und nichts ist ihm gut genug, was Heinrich und ich hier im Laden unternehmen. Es ist ein Elend, aber was will man machen?«

Sie zuckte mit den Schultern und lächelte unverdrossen, als hätte sie längst ihren Frieden mit der Situation gemacht.

»Wie gesagt, mein Mann ist leider nicht da, und ich erwarte ihn auch nicht vor Sonntag zurück. Er recherchiert für eine Geschichte, natürlich geht es wieder um die Kelten. Ins Hohenlohische ging's diesmal, es gibt da wohl ein Oppidum in der Nähe von Rothenburg, das er in einem größeren Artikel vorstellen will.«

Sie rollte etwas genervt mit den Augen.

»Wann ist er denn losgefahren?«, fragte Lindner aus Gewohnheit.

»Gestern früh, gleich nach dem Frühstück.«

Frieda Hintze gab ihm bereitwillig Auskunft, dann stutzte sie doch und musterte Lindner mit gerunzelter Stirn.

»Und warum wollen Sie das wissen?«

»Entschuldigen Sie bitte, ich habe mich noch gar nicht vorgestellt.«

Er zog eine Visitenkarte hervor und hielt sie ihr hin. Sie las den Namen Lindners und seinen Dienstrang, las den Zusatz »Landeskriminalamt« und sah ihn überrascht an.

»Was will denn das LKA von meinem Mann, um Himmels willen?«

»Er wurde mir als Keltenexperte empfohlen, und da würde ich gerne für einen Fall, in dem ich derzeit ermittle, eine Art Schnellkurs bei ihm machen.«

Er zuckte die Schultern und lächelte, weil er selbst fand, dass sich sein Anliegen etwas seltsam anhörte.

»Na, das würd mich jetzt schon interessieren«, sagte Frieda Hintze und grinste, »was die alten Kelten mit einem aktuellen Kriminalfall zu tun haben könnten – aber ich vermute mal, dass Sie mir das nicht sagen dürfen, richtig?«

Lindner dachte kurz nach, dann brachte ihn sein Bauchgefühl dazu, doch etwas zu sagen.

»Na ja, wahrscheinlich werden Sie es morgen ohnehin aus der Zeitung erfahren«, sagte er. »In einem Vorraum des Trinkwasserbehälters drüben bei Neckarhausen wurde gestern Nacht ein Toter gefunden. Ebenfalls ein Experte für keltische Geschichte, vielleicht kennt Ihr Mann ihn sogar.«

»*Doktor* Thaddäus Kremp«, sagte Frieda Hintze mit eisiger Stimme.

Ihr Gesicht hatte jede Farbe verloren, und sie presste ihre Lippen zu einem schmalen Strich zusammen.

»Woher wissen Sie das denn schon?«

Lindner war überrascht. Wenn er die Kollegen von der Soko richtig verstanden hatte, wollten sie die Medien erst in gut einer Stunde in einer Pressekonferenz informieren. Damit wären die Journalisten der Tageszeitungen noch in der Lage, morgen über den Mord zu berichten – würden aber zumindest am heutigen Tag nicht mehr allzu viel durch ihre Recherchen durcheinanderbringen können.

»Ich hab es eben erst von Ihnen erfahren, Herr Lindner.«

»Aber Kremps Namen habe ich nicht erwähnt, bevor Sie ihn ausgesprochen haben.«

»Nürtingen ist nicht gerade das deutsche Zentrum der Keltenforschung, meines Wissens gibt es eben nur zwei Männer hier, die sich ernsthaft mit dem Thema befassen. Und das ist neben meinem Heinrich eben Kremp. Leider.«

»Sie mochten ihn nicht?«

»Wenn Sie es so freundlich ausdrücken wollen: Nein, ich mochte ihn nicht. Der hat meinem Mann das Leben schwer gemacht, schon seit Jahren. Er hat sich überall in den Vordergrund gespielt und Heinrich geschadet, wo er nur konnte.«

Sie schüttelte sich, als müsste sie eine unangenehme Erinnerung loswerden.

»Damit hat's ja jetzt ein Ende.«

Sie stierte finster auf den Boden, dann hob sie den Blick wieder und schaute Lindner an.

»Und wie ist er gestorben?«

»Das weiß ich noch nicht. Die Obduktion war für heute Nachmittag angesetzt, ich hab das Ergebnis noch nicht erfahren.«

»Herzinfarkt oder so etwas?«

Lindner schüttelte den Kopf.

»Selbstmord?«

»Eher nicht.«

»Oh …«

Von der Theke her war ein Quietschen und wieder das schleifende Geräusch von vorhin zu hören. Lindner sah hinüber. Der Vorhang war zur Seite geschoben, und im Durchgang kauerte ein kleiner, alter Mann in seinem Rollstuhl.

»Ond? Kauft er des deire Deng, Frieda?«

Seine Stimme war ein heiseres Krächzen, und obwohl er eigentlich nichts Schlimmes gesagt hatte, klang die Frage wie Gezeter. Der Alte schien unleidig, wie er unter seinen langen, zerzausten Augenbrauen hervorstarrte.

»Noi, Vadder, der Herr überlegt sich's no.«

»Schenk em a Pfond Waschmiddl drzua, no nemmt er's.«

»Gute Idee, Vadder, so mach i's.«

Sie nickte ihm zu, drehte sich dann wieder grinsend zu Lindner hin, und der sah dem Alten hinterher, der mit leisem Grummeln wieder nach hinten rollte.

»Machen Sie sich nichts draus. Dass er über jemanden redet, als sei der gar nicht da, macht er seit ein paar Jahren. Ich hab mich schon daran gewöhnt.«

Lindner versuchte sich an die Frage zu erinnern, die ihm vorhin auf der Zunge gelegen hatte. Dann fiel sie ihm wieder ein.

»Sie haben vorhin den Doktortitel von Herrn Kremp so komisch betont – war das ein Streitpunkt zwischen ihm und Ihrem Mann? Dass Kremp promovierter Historiker war und Ihr Mann nicht? Ich meine … Ihr Mann ist von Beruf ja wohl eher …«

Er machte eine Geste, die das ganze Ladengeschäft umfasste.

»Nein, mein Mann ist sehr wohl Historiker. Er hat das studiert, damals in der DDR, leider hat es mit dem Diplom nicht geklappt, aber das soll er Ihnen selbst erzählen. Heinrich war nie neidisch auf Kremp und seinen tollen Titel. Wozu auch? Wissen Sie, worüber der promoviert hat?«

Sie grinste, schloss die Augen und rezitierte genüsslich den umständlichen Titel von Kremps Arbeit: »›Der Wandel der Thermo-Biometrie von Christoph Bernoulli bis heute – Bedeutung, Facetten, Messverfahren‹.«

Frieda Hintze lachte und öffnete die Augen wieder.

»Heinrich hat das mal rausgefunden, und wir haben uns dann lange einen Spaß daraus gemacht, den Titel der Arbeit aufzusagen, wenn Kremp meinen Mann mal wieder geärgert hat.«

Sie zuckte die Schultern.

»Albern, aber wenn's hilft?«

Sie wurde ernst.

»Verstehen Sie: Der hat einen Doktortitel in Biologie, übrigens mit Ach und Krach geschafft – von wegen ›summa cum laude‹! Ein ›opus idoneum‹ und ein ›rite‹ hat er bekommen, er hat also gerade noch bestanden. Aber das hat er später nicht mehr erwähnt, und wenn er dann wieder bei einer Podiumsdiskussion, Gemeinderatssitzung oder Pressekonferenz vorne saß, stolz wie Bolle hinter seinem Namensschildchen mit dem ›Dr.‹, hat natürlich jeder gedacht, dass er promovierter Historiker sei! Und meinen Heinrich haben sie mit seiner soliden und seriösen Arbeit links liegen lassen!«

Frieda Hintze schüttelte den Kopf, als könnte sie diese Ungerechtigkeit noch immer nicht fassen.

»Kann ich Ihren Mann im Hohenlohischen erreichen?«, fragte Lindner, nachdem er eine kleine Pause gelassen hatte.

»Nein, tut mir leid. Er ist nicht so der Freund von Handys.«

»Geht mir ähnlich.«

»Aber ich kann Ihnen die Telefonnummer der Familie geben, bei der er untergebracht ist. Nette Leute, der Mann ist stellvertretender Ortsvorsteher und sehr engagiert in dem Verein, der das Oppidum hergerichtet hat.«

Sie ging zur Theke, sagte ein paar Worte durch die Verbindungstür und kramte dann einen Notizblock und einen Kugelschreiber aus einer Schublade der Theke. Dann schrieb sie eine Adresse und eine Telefonnummer aus einem zerfledderten Ringbuch ab. Lindner war ihr inzwischen zur Theke gefolgt, aus dem dämmrigen Raum nebenan funkelten ihn die Augen des alten Mannes im Rollstuhl an, und die zerfurchte Miene ließ den Blick mürrisch, feindselig oder aggressiv, auf keinen Fall aber kundenfreundlich wirken.

»Hier, bitte«, sagte Frieda Hintze und gab Lindner den Zettel. Von Creglingen hatte er schon mal gehört, der Stadtteil Finsterlohr sagte ihm nichts, aber allzu groß konnte der Ort nicht sein, wenn die Adresse keine Straße, sondern nur eine Hausnummer nannte.

Noch auf dem Weg zurück ins Auto wählte Lindner die Telefonnummer, aber es ging niemand dran. Erst nach dem Aussteigen, als er wieder das Polizeirevier Nürtingen betrat, meldete sich eine Frau. Sie ließ das »r« schön fränkisch rollen, konnte Lindner aber nicht wirklich weiterhelfen: Der Herr Hintze sei draußen am Oppidum, auch ihr Mann sei dort und alle anderen, die das große Spektakel am Wochenende vorbereiteten. Im Soko-Raum setzte sich Lindner an einen freien Rechner und gab eine Suchanfrage zum Oppidum Finsterlohr ein. Es war offenbar eine stattliche Anlage, erst vor wenigen Jahren hergerichtet, und für das kommende Wochenende war im Oppidum ein großes Keltenfest geplant, mit Schaukämpfen, kostümierten Laiendarstellern und Musikgruppen.

Er hatte sich gerade die Fahrtzeit nach Finsterlohr anzeigen lassen, als Pfau zu ihm trat.

»Hallo Stefan! Und? Wie hat's dir gefallen in Kremps Museum?«

»Ist ganz schön dort, aber unser Toter hatte noch die Präsentation seiner Sammlung in Arbeit.«

Lindner beschrieb dem Kollegen die Lightshow und die Tonspur mit Sprecherstimme und Musik.

»Das wird nun wohl so unvollendet bleiben. Die Obduktion hat übrigens eine Todesursache ergeben, die mit deinem Mostapfelfall mithalten kann, würde ich sagen.«

»Ach? Irgendetwas Keltisches, nehme ich an? Ein altes Ritual oder so?«

»Nein, nicht ganz. Kremp ist ... nun ja, das ist schwer auszudrücken. Im Prinzip ist er erstickt, ertrunken und vergiftet worden – und alles trifft's nicht genau.«

Pfau grinste und ließ den Kollegen kurz zappeln, Lindner sah ihn zunehmend ungeduldig an.

»Der Mörder – oder die Mörderin, natürlich – hat das Opfer gefesselt, vermutlich an einen Stuhl, dann hat er ihm Spülmittel eingeflößt und später mit reichlich Wasser nachgeschwenkt.«

»Hä?«

»Du hast noch immer keine Kinder?«

»Nein, wieso?«

»Kremp hat den Albtraum aller Eltern von kleinen Kindern erlebt: Spülmittel trinken, Wasser nachtrinken – und dann am Schaum ersticken, der sich durch diese fatale Mischung bildet.«

»Klingt nicht sehr angenehm.«

»Und ist auch für die KT blöd – denn an Spülmittel kommt man ja allemal leichter als an irgendein exotisches Gift. Immerhin lässt sich der Todeszeitpunkt recht genau eingrenzen: am Mittwoch zwischen 18 und 19 Uhr.«

»Hm ... habt ihr sonst verwertbare Spuren gefunden?«

»Viel zu wenig. Auf den Kleidern des Toten fanden sich Fussel, aber die könnten genauso gut auch von anderen Kleidungsstücken des Opfers stammen und etwa drangekommen sein, als Hemd und Hose im Schrank lagen. Unser KT-Chef tippt drauf, dass der Mörder sein bereits totes Opfer im Kofferraum seines Wagens oder auf einer Ladefläche transportiert hat, vermutlich auf einer großen Plastikfolie abgelegt, und als er ihn in den Wasserbehälter getragen hat, war er vermutlich in einen Ganzkörperanzug geschlüpft, wie ihn unsere Techniker auch tragen.«

»Was aber noch nichts heißt – solche Anzüge, zumindest so ähnliche, bekommst du zum Malern heute auch in jedem Baumarkt.«

»Genau«, stimmte Pfau ihm zu.

»Und dass der Mörder oder die Mörderin die Leiche ein Stück weit tragen musste ...«

»... weist auf einen kräftigen Mann hin, auf eine starke Frau oder auf jemanden, der Helfer dabei hatte.«

»Was alles auch auf unsere Metalldiebe passt, im Fall von Sina Waller sogar gleich doppelt: Die hatte Helfer und ist wohl selbst auch sehr kräftig«, sagte Lindner. »Aber da habt ihr bisher keine Verbindung zu Kremp herstellen können, oder?«

»Nein. Außerdem wären die ja schön blöd, nach dem Mord auch noch selbst bei der Polizei anzurufen und auf die Leiche hinzuweisen.«

»Na ja, an fehlender Blödheit würde es zumindest bei diesem Kevin Klein nicht scheitern, und dann hätte Sina Waller natürlich gleich noch einen Grund, den Kerl zu verprügeln.«

»Meinst du echt, dass die Waller und ihre Pappnasen etwas mit dem Mord zu tun haben?«, fragte Pfau.

»Eigentlich nicht, aber ...«

»Wir behalten die Frau und diesen Klein ohnehin im Auge. Wir haben ihn übrigens vorhin wieder laufen lassen. Sein Anwalt war nicht besonders gut, aber wir haben so getan, als ließe er uns keine andere Wahl. Inzwischen sind zwei Teams in Zivil an Klein dran und eines an diesem Anwalt.«

* * *

Als er an diesem Abend nach Hause kam, saßen seine Mutter Ruth und Maria Treidler am Küchentisch und ließen sich frisches Bauernbrot, kernigen Speck und Rettich schmecken. Jede hatte ein halb geleertes Glas Most vor sich stehen. Lindner setzte sich mit einem Teller und einer Bierflasche zu ihnen und griff zu. Mit vollem Mund erzählte er von seinem neuen Fall, ließ sich das kühle Bier schmecken und hatte sich bald so sehr entspannt, dass das nervöse Zucken in seinen Augenwinkeln, das ihm den Tag über an sich aufgefallen war, fast ganz verschwand. Er räumte ab, flüchtete aus der Küche, bevor es ans Spülen ging, und holte sein Medizinlexikon aus dem Versteck hinter dem Nachttisch. Nervöses Zucken in den Augenwinkeln – er fand nichts Passendes zu diesem Symptom, aber er war sich fast sicher, dass es einen schwerwiegenden Grund haben musste.

Also klappte er den Laptop auf, den sich Maria und er teilten, wenn sie in der Gruibinger Straße über Nacht blieb. Er fuhr das Gerät hoch, startete den Browser und wollte schon seine Suchanfrage eingeben, als ihm die Seite auffiel, die auf dem Monitor angezeigt wurde: ein Immobilienportal, das eine ganze Reihe von Drei-, Vier- und Fünf-Zimmer-Wohnungen in Göppingen und Umgebung auflistete.

Suchte Maria eine Wohnung? Er wusste ja, dass sie sich nach den Ereignissen vom März vergangenen Jahres in ihrer jetzigen Wohnung nicht mehr allzu wohl fühlte, aber dass es so schlimm war …? Und warum suchte Maria dann gleich eine so große Wohnung – für sich allein?

Die Tür schwang auf, Maria kam ins Zimmer und lächelte ihn an. Er wollte sie gerade nach der Immobilienseite fragen, da klingelte sein Handy. Umständlich fingerte er das Gerät aus der Tasche. Die Nummer im Fränkischen wurde angezeigt, die er vorhin gewählt hatte, Heinrich Hintze war am anderen Ende der Leitung.

»Nein«, antwortete Lindner, nachdem er kurz zugehört hatte, »das würde ich Ihnen lieber persönlich sagen. Sie bleiben bis Sonntag dort? Gut, dann … ja … morgen könnte ich vorbeikommen. Hätten Sie dann etwas Zeit? … Na, vielleicht eine gute Stunde? … Und eher morgens? Gut, ja, das könnte ich schaffen. Wie? … Nun ja, es betrifft Sie in gewisser Weise schon, aber … Ja, in erster Linie geht es mir um Informationen zu Kultur und Geschichte der Kelten.«

»Du fährst morgen weg?«, fragte Maria, als er das Gespräch beendet hatte.

Lindner nickte und dachte noch einmal über das Telefonat nach. Vermutlich rief Hintze schon in diesem Augenblick seine Frau in Nürtingen an, und von ihr würde er brühwarm erfahren, dass sein alter Rivale tot war. Wie immer er dazu stand: bis Lindner morgen bei ihm sein würde, hatte er alle Zeit der Welt, sich eine angemessene Reaktion auf die Nachricht zurechtzulegen.

»Na, egal«, dachte Lindner. »Das ist jetzt auch nicht mehr zu ändern.«

Marias Wohnungsgesuch und sein nervöses Zucken hatte er komplett vergessen.

»Wo geht's denn hin, morgen?«, fragte sie.

»In die Nähe von Rothenburg ob der Tauber. Dort hält sich gerade der Keltenexperte auf, von dem ich euch vorhin erzählt habe.«

»Der mit Kremp Probleme gehabt hat?«

»Genau der.«

»Und wann willst du dort sein?«

»Um halb neun – Hintze ist gegen zehn Uhr mit ein paar Hobbyforschern verabredet. Die haben da ein Oppidum rekonstruiert, eine keltische Befestigungsanlage. Davor wollen wir uns treffen.«

»Okay …«, sagte Maria und grinste. »Du weißt aber schon, wie lange du dorthin brauchst, oder?«

»Na ja, so etwa …«

Er erinnerte sich an die Fahrtzeit, die ihm auf dem PC angezeigt worden war, dann wurde er blass.

»Oh, Mist: gute zwei Stunden.«

»Plus die Baustellen auf der Autobahn – und fahr bloß nicht durch Gruibingen«, fügte sie lachend hinzu, »nicht, dass dich dort noch ein wütender Bauer mit seinem Traktor stellt!«

Sie lachte perlend weiter, ging hinaus, kam mit einer Flasche Rotwein und zwei Gläsern zurück.

»Dann machen wir's uns halt jetzt gleich gemütlich statt erst in zwei Stunden.«

Freitag, 24. Oktober

Der Abend war noch sehr gemütlich geworden, und als Maria und Lindner endlich einschliefen, war es viel später, als ihm für seinen morgendlichen Termin zuträglich war. Entsprechend müde folgte Lindner am Morgen den Kommandos der weiblichen Stimme seines Navis, und als er durch Rothenburg ob der Tauber kurvte und sich ein ums andere Mal ein »Bitte wenden« einhandelte, stellte er den Wagen vor einer Bäckerei mit Stehcafé ab und kaufte sich einen Pott Kaffee und eine Quarktasche.

Der Kaffee war zu heiß, aber erfreulich stark, und zusammen mit der Quarktasche brachte der Pausensnack Lindner weit genug auf Vordermann, dass er nun auch noch die wenigen restlichen Kilometer bis zu seinem Ziel schaffte. Zwischendurch hatte er zwar das Gefühl, sein Navi wolle ihn veräppeln, weil er von der Straße durchs Taubertal nach links auf einen Weg geleitet wurde, der erst durch einen kleinen Weiler und dann so schmal und steil und bucklig einen Waldhang hinaufführte, dass er sich kaum vorstellen konnte, dass diese Strecke wirklich für den normalen Autoverkehr freigegeben war.

Doch bald tauchte vor ihm das gesuchte Dorf auf, die Abzweigung von der Umgehungsstraße führte am Friedhof vorbei, und das Navi lotste ihn quer durch die Ortsmitte, vorbei an einem kleinen Laden, rechter Hand war ein Gasthaus zu sehen, vor dem sich Bäume, einige Mauern und die Dorfkirche zu einem idyllischen Fleckchen verbanden. Auf den letzten Metern bis zur einprogrammierten Adresse ging es auf der Dorfstraße erst steil den Berg hinunter und kurz darauf wieder ein Stück bergauf. Das Haus, in dem Hintze ihn erwartete, war gleich das erste Gehöft nach dem tiefsten Punkt der Straße, und auf dem asphaltierten Hof, der vom Wohnhaus und den Nebengebäuden eingefasst wurde, stellte Lindner seinen Kombi neben einem Geländewagen mit Esslinger Kennzeichen ab, der mit verdrecktem und an einigen Stellen auch verkratztem Lack so aussah, als würde er auch wirklich als Geländewagen benutzt.

Auf einer schmalen Holzbank neben der Eingangstür saß ein Mann Ende fünfzig. Er hielt eine Bechertasse in der linken Hand und sah Lindner interessiert entgegen.

»Herr Hintze?«, fragte Lindner, und als der andere nickte, sich erhob und ihm die freie rechte Hand gab, zeigte Lindner ihm mit der Linken seinen Dienstausweis.

»Schon recht, Herr Lindner. Setzen Sie sich doch. Die Tasse dort ist für Sie.«

Er deutete auf eine zweite Bechertasse, die auf der freien Seite der Bank bereitstand, und setzte sich wieder.

»Der Kaffee wird nur noch lauwarm sein, fürchte ich. Sie sind etwas zu spät.«

Lindner war zu müde, um sich dafür zu entschuldigen, dass er es nicht auf halb neun, sondern erst auf dreiviertel geschafft hatte. Also schnappte er sich den Becher, prostete Hintze kurz zu und nahm einen Schluck. Tatsächlich war das Gebräu nicht mehr allzu warm, aber es schmeckte trotzdem noch besser als der Kaffee in Rothenburg.

»Ich nehme an, Sie wissen inzwischen, in welchem Fall ich ermittle?«, fragte er dann.

Hintze nickte. Er wirkte etwas angespannt.

»Da nur meine Frau wusste, wo ich mich aufhalte, habe ich sie natürlich angerufen und gefragt, ob sie mit Ihnen gesprochen hat. Da hat sie mir alles erzählt.«

Er trank von seinem Kaffee und sah Lindner finster an.

»Gleich gestern, nach unserem Telefonat, nehme ich an?«

»Natürlich, Herr Lindner. Und ich sag Ihnen was: Mir ist seit gestern Abend kein Grund eingefallen, warum ich den Tod dieses Mannes bedauern sollte!«

»Warum sagen Sie mir das? Wollen Sie sich unbedingt als Täter verdächtig machen?«

»Als Täter ... pah! Ich bin seit Mittwoch mit dem hiesigen Oppidum beschäftigt, da kann ich ja kaum nebenbei noch Kremp töten.«

Hintze wirkte wütend, dann sah er schnell zu Lindner hin.

»Er wurde doch ermordet, oder? Meine Frau meinte, wörtlich hätten Sie das nicht gesagt.«

»Ja, Dr. Thaddäus Kremp wurde ermordet.«

»Den Doktor können Sie ruhig weglassen: Kremp hat nicht als Historiker promoviert, sondern ...«

»Als Biologe, ich weiß. Ihre Frau konnte mir sogar den Titel seiner Arbeit nennen. Kremp muss Sie und Ihre Frau sehr umgetrieben haben.«

»Er hat uns zugesetzt, das trifft es eher. Mir vor allem, und meine Frau hat halt darunter gelitten, dass er meinem Ruf als Historiker schadete, wo er nur konnte.«

»Ist das üblich, dass sich zwei Menschen, die sich intensiv mit demselben Themengebiet beschäftigen, sich so sehr in die Haare geraten, wie das bei Ihnen und Herrn Kremp der Fall gewesen zu sein scheint?«

»Was weiß ich. Und meinetwegen hätten wir uns nicht streiten müssen – aber Kremp hat sich überall in den Mittelpunkt gedrängt, hat gegen mich seine Intrigen gesponnen und hat immer wieder erreicht, dass meine solide und seriöse wissenschaftliche Arbeit nicht die Anerkennung fand, die sie verdient hat.«

Er horchte seinen Worten noch kurz nach.

»Hm ... macht mich das jetzt verdächtig, Herr Kommissar?«

»Schon.«

»Und dass ich Ihnen alles einfach so von mir aus erzähle und mit meiner Abneigung gegen Kremp nicht hinter dem Berg halte: müsste mich das nicht eher entlasten? Ich meine: ich könnte ja auch ganz betroffen tun und kein schlechtes Wort über ihn verlieren – da müsste ich doch ganz schön blöd sein, wenn ich mich Ihnen ans Messer liefere, indem ich unsere Rivalität auch noch betone, oder?«

»Ganz schön blöd«, sagte Lindner und nickte, »oder ganz schön gerissen.«

Hintze funkelte ihn einen Augenblick lang zornig an, dann zuckte er mit den Schultern, trank noch einen Schluck Kaffee und lehnte sich auf der Bank zurück.

»Sie wollten mich über die Kelten ausfragen, haben Sie am Telefon gesagt. Was wollen Sie denn wissen?«

»Alles, was mir einen groben Überblick über dieses Volk, seine Geschichte und seine Kultur gibt.«

Hintze lachte bitter und winkte ab.

»Können Sie vergessen. Ich kann Ihnen einen kurzen Abriss geben, aber eine Art Schnellbleiche, die Sie in zehn Minuten zum Keltenkenner macht, gibt es leider nicht.«

»Gut, dann ein kurzer Abriss.«

Hintze nickte, schloss die Augen und begann nach einer kurzen Pause zu erzählen: von den Kelten, von ihren Waffen und Gebräuchen, von ihrer Kunst, von Musikinstrumenten und Bestattungsritualen.

»Aber schon mit dem Begriff ›Volk‹ gehen Sie in die Irre«, erklärte er nach einer Weile. »Die Kelten als *einen* Stamm oder *ein* Volk gab es wohl nie. Wir Historiker reden von einer Volksgruppe, und die Kelten selbst haben sich vermutlich nie als Volk begriffen – die einzelnen Stämme hatten sicherlich verwandtschaftliche Verbindungen, aber vor allem wiesen sie einfach kulturelle Gemeinsamkeiten auf, die sie unter sich ähnlicher erscheinen ließen als etwa den Römern, mit denen sie sich damals auseinanderzusetzen hatten. Die Sprachen der keltischen Stämme gehören zur indogermanischen Gruppe, und oft wird ein ›Kelte‹ in der heutigen Wissenschaft nicht mehr nach ethnischen Gesichtspunkten definiert, sondern danach, ob er eine der keltischen Sprachen gesprochen hat.«

Hintze warf Lindner einen prüfenden Blick zu, doch der sah weiterhin interessiert aus, wenn auch noch etwas müder als vorher. Also fuhr er fort.

»Der Begriff der Kelten geht auf die griechische Geschichtsschreibung zurück. Dort wurden viele Bewohner zwischen dem oberen Donaugebiet bis ins Umland von Marseille *keltoi* genannt. Die Römer sprachen dagegen eher von *galli*, was wir heute als Gallier kennen. Ihre größte Ausdehnung hatte die keltische Kultur in der Eisenzeit, und da unterscheiden wir die Hallstattzeit – 800 bis 450 vor Christus – und die La-Tène-Zeit – 450 vor Christus bis etwa zur Zeitenwende. Die Hallstattkultur war in etwa nördlich der Alpen bis hinauf zum Hunsrück verbreitet und in Ostwestrichtung ungefähr vom Balkan bis in den Nordosten Frankreichs. Der La-Tène-Kultur schreiben wir ihre größte Ausdehnung etwa um 275 vor Christus zu: mit dem größten Teil der iberischen Halbinsel, den britischen Inseln, fast ganz Mitteleuropa von der französischen Westküste bis nach Ungarn ... einen Stamm hat es durch Wanderungen sogar bis nach Anatolien verschlagen: Die Galater kennen Sie vielleicht aus der Bibel.«

Lindner war nicht besonders bibelfest, aber er nickte mechanisch, um Hintze zum Weiterreden zu ermuntern.

»So, und damals, etwa zur Mitte des dritten Jahrhunderts vor Christus, kamen in der keltischen Gesellschaft auch befestigte Siedlungen wieder mehr in Mode, wie es sie schon in der Hallstatt- und der frühen La-Tène-Zeit gegeben hatte – vielleicht haben Sie schon mal von der Heuneburg gehört, einer befestigten Stadt nahe Sigmaringen, die um 600 vor Christus erbaut wurde? Die hatte in ihrer Blütezeit bis zu 10 000 Bewohner, einige umliegende, ebenfalls befestigte Ortschaften mit eingerechnet. Oppidum nennen wir dagegen vor allem die Befestigungen der späten La-Tène-Zeit, und hier geht die Bezeichnung erneut auf Römer zurück: Sie nannten die Festungen *oppidum*, nach dem lateinischen Begriff für ›Festung‹, ›befestigter Platz‹ oder ›Stadt‹. Das größte Oppidum in ganz Mitteleuropa habe ich praktisch vor meiner Haustür: den Heidengraben bei Erkenbrechtsweiler. Und das Oppidum Finsterlohr ist ein weiteres sehr schönes, ein herausragendes Beispiel.«

»Und deshalb sind Sie hier und recherchieren für einen Artikel? Sind Sie neben Ihrer Mitarbeit im Ladengeschäft in Raidwangen noch freier Journalist?«

»Sagen wir es lieber so: Ich bin Historiker und helfe im Ladengeschäft mit, auch wenn ich meinen Lebensunterhalt vorwiegend mit dem Verkauf von Waschmaschinen und solchem Zeug bestreite, das muss ich zugeben.«

»Ihre Frau hat mir erzählt, dass Sie Geschichte studiert haben, aber nach Ihrer Diplomarbeit soll ich Sie lieber selbst fragen. Was hat sie damit gemeint?«

»Ach, das war eine dieser blöden Geschichten, über die man sich lange ärgert, und irgendwann kann man dann doch drüber lachen. Ich stamme aus Greifswald, habe meine Jugend an der Ostsee sehr genossen, wollte aber aus meinem Interesse an Geschichte etwas machen. Mein Geld habe ich in einem Bootsverleih verdient, und nebenbei habe ich ein Fernstudium an der Humboldt-Universität in Berlin aufgenommen. Irgendwann war ich so weit, eine Diplomarbeit anzugehen. Ein Professor erklärte sich bereit, mich bei einer Arbeit über Lenins Reise 1917 von der Schweiz im verplombten Zug quer durch Deutschland bis nach Russland zu betreuen. Dann habe ich meiner Arbeit im Titel wohl einen Zungenschlag verpasst, der damals in der DDR nicht erwünscht war: ›Lenins Zugreise nach Russland – das deutsche Kaiserreich als Wegbegleiter der kommunistischen Revolution‹. Na ja ... die Arbeit wurde abgelehnt, ein Diplom habe ich nicht bekommen, und bald darauf habe ich es in den Westen geschafft, habe meine heutige Frau kennengelernt und bin in Raidwangen hängengeblieben.«

»Und Ihr Studium?«

»Na ja, das war Geschichte.«

Hintze lachte.

»Und das Thema ›Erster Weltkrieg und Kommunismus‹ habe ich danach auch lieber gemieden. Aber auch ohne Diplom habe ich ja den Nachweis, dass ich Geschichte studiert habe, und mein neues Lieblingsthema wurden die Kelten. Das hat mir Türen geöffnet, und als ich mich 1987 bei einigen einschlägigen Zeitschriften als freier Mitarbeiter beworben habe, gab es wohl gerade einen Mangel an Keltenexperten. Seither bin ich ganz gut im Geschäft, und sehr oft, wenn ein großes Keltenthema ansteht, rufen mich die unterschiedlichsten Zeitungen und Zeitschriften an. Jetzt zum Beispiel recherchiere ich für einen mehrseitigen Artikel in einer bekannten Zeitschrift über das Oppidum Finsterlohr, der am Wochenende durch das ›1. Finsterlohrer Keltenfest‹ mit schönen Bildern bereichert wird. Das wird recht gut bezahlt, auch wenn ich davon allein – wie gesagt – nicht wirklich leben kann. Aber das muss ich ja zum Glück auch nicht.«

Lindners Handy klingelte. Er zog das Gerät aus der Hosentasche, Hintze nickte anerkennend, als er das neue Spitzenmodell des Smartphone-Herstellers erkannte.

»Und?«, fragte er. »Sind Sie zufrieden damit?«

Lindner zuckte nur mit den Schultern. Kortz wurde auf dem Display als Anrufer angezeigt.

»Wollte ich mir demnächst auch kaufen«, sagte Hintze, »und vor allem …«

Er verstummte mitten im Satz, als Lindner kurz die Hand hob, eine kurze Entschuldigung murmelte und dranging. Kortz wollte wissen, wo er gerade sei, und ließ sich nach Lindners Hinweis, mit wem er sich gerade unterhielt, mit Infos über die Rivalität von Kremp und Hintze auf später vertrösten.

»Erzählen Sie mir das ruhig nach Ihrem Besuch. Vielleicht könnten Sie auf der Rückfahrt kurz bei mir im Büro vorbeikommen? Ich habe ohnehin ein Thema, das ich gerne persönlich mit Ihnen besprechen würde. Es ist mir … ich muss zugeben, es ist mir etwas peinlich, aber … na ja, Sie werden es ja erfahren. Was glauben Sie denn, wann Sie in Cannstatt sein könnten?«

»So gegen eins, vielleicht.«

»Gut, das passt. Bis dahin also.«

Damit legte Kortz auf, und Lindner steckte sein Handy wieder weg.

»Mein Chef«, erklärte er. »Entschuldigen Sie bitte die Unterbrechung.«

»Kein Problem, aber das Handy ... was haben Sie denn bezahlt?«

»Nichts. War ein Geburtstagsgeschenk von meiner Mutter.«

Hintze sah ihn verblüfft an, dann nickte er bewundernd.

»Noch einmal zurück zu den Kelten: Was genau ist denn an diesem Oppidum so besonders?«

»Wann müssen Sie denn los zu Ihrem Chef?«

»Ich habe noch Zeit, und wenn es später werden sollte, rufe ich ihn einfach an.«

»Na gut, dann kommen Sie.«

Hintze stand auf, stellte die Tasse auf der Bank ab und ging zu seinem Geländewagen. Lindner nahm noch einen letzten Schluck, dann ließ er sich neben Hintze auf den Beifahrersitz gleiten. Es roch nach alten Kleidern, und das kleine Duftbäumchen, das am Rückspiegel baumelte, hatte keine Chance, dagegen anzukommen. Im Fußraum vor Lindner lagen zerknüllte Papiertüten, Erdkrumen und Brötchenbrösel. Auf der Rückbank hinter Lindners Sitz herrschte ein heilloses Durcheinander, auf Hintzes Seite dagegen lagen ein silberfarbener Metallkoffer und eine schwarze Umhängetasche akkurat nebeneinander.

Der Wagen konnte noch nicht alt sein. Lindner erinnerte sich vage, dass er vor knapp einem Jahr einen Testbericht über das Modell gelesen hatte, als sein alter Kombi wieder einmal den Geist aufzugeben drohte. Und doch hatte es Hintze geschafft, das Fahrzeug schon so zu strapazieren, dass es in manchen Kurven ähnliche Geräusche von sich gab wie Lindners Karre. Das mochte zum Teil auch daran liegen, dass Heinrich Hintze ein lausiger Fahrer war. Er rupfte und drückte am Schalthebel wie ein Berserker, er ließ die Kupplung oft zu abrupt kommen, hantierte hastig und ruppig mit Gas und Bremse, und was Bordstein und Schlaglöcher mit den Reifen anstellten, schien ihn nicht zu interessieren.

Immerhin kamen sie auf diese Weise recht schnell an ihr Ziel. Hintze lenkte den Geländewagen an den Wegrand, sprang heraus und wartete mit strahlendem Lächeln darauf, dass sich Lindner neben ihn stellte.

»Das ist es«, sagte er und beschrieb mit seinem rechten Arm einen Bogen.

Lindner sah vor sich einen sanften Graben, aus dem sich das Gelände zunächst zu einer etwa zwei Meter breiten ebenen Fläche erhob. Dahinter folgte ein weiterer Hang, etwa mannshoch und grasbewachsen, alles zudem bestanden mit einem sehr lichten Wald aus Laubbäumen. Das sah sehr schön aus, aber Hintze strahlte vor allem wegen eines kleinen Stücks einer altertümlich wirkenden Mauer, die auf einigen Metern den hinteren Hang ersetzte.

Das Mauerstück war nur wenige Meter breit. Zwischen mehreren in gleichmäßigen Abständen aufgestellten Holzbalken war eine Trockenbaumauer aus bunten und verschieden großen Steinen zu sehen, die in ihrer Höhe in etwa dem Wiesenhang entsprach. Offenbar war hinter den Steinen der Hang senkrecht abgegraben und Erde angeschüttet worden. Über der Steinmauer bildeten waagrecht eingelassene Holzbalken eine weitere Barriere.

»Schön«, sagte Lindner dahin.

Hintze nickte zufrieden.

»Das hätte Kremp sicher auch gefallen, oder?«

Lindner hatte fürs Erste genug gelernt über Kelten, die Spannungen zwischen Hintze und seinem Widersacher interessierten ihn deutlich mehr. Hintze versteifte sich, als Kremps Name fiel.

»Hat Ihr Kollege auch Artikel für Zeitschriften geschrieben?«

»Nein«, knurrte Hintze zerknirscht. »Das immerhin hat er mir gelassen. Er hatte wohl auch kein besonderes Talent fürs Schreiben. Er war mehr für Gutachten zu haben, für fade Beiträge im Amtsblatt und in historisch angehauchten Grußworten, wenn es um irgendwelche unbedeutenden

Ortsjubiläen ging. *Doktor Thaddäus Kremp, der große Kenner der lokalen Geschichte!*«

Hintze hatte die letzten Worte beinahe ausgespuckt. Die beiden Männer mussten sich gehasst haben. Aber reichte das für einen Mord? Und hatte Hintze nicht ein Alibi?

»Von einem Fest, wie es die Leute hier am Wochenende auf die Beine stellen werden, hat er ohnehin nichts gehalten, der gute Herr Doktor!«

Hintze hatte sich wieder beruhigt, aber die Bitterkeit in seiner Stimme war geblieben.

»Was genau war denn eigentlich Ihr Problem mit Herrn Kremp?«

»Abgesehen davon, dass er ein Arschloch war, meinen Sie?«

Er lachte kurz auf, seine Miene blieb dabei ernst und finster.

»Sagen wir es mal so: Er hat mich in Nürtingen und Umgebung nichts gelten lassen.«

»Und was bedeutete das konkret?«

»Immer wieder mal werden vor Straßenbauten oder wenn irgendwo ein Gewerbegebiet entstehen soll, auch Historiker gefragt. In Oberensingen zum Beispiel wurde 1988 bei Erschließungsarbeiten entdeckt, dass dort mal eine Villa Rustica gestanden haben muss – die Reste, die gefunden wurden, lassen auf einen der größten römischen Gutshöfe im ganzen Land schließen. Was damals aus dem Boden geholt wurde, können Sie sich heute im Nürtinger Stadtmuseum ansehen. Schon damals hat sich Kremp unheimlich aufgespielt, er wohnte ja nicht weit von der Fundstelle entfernt. Ich war zu der Zeit noch ganz neu in der Gegend und habe der Stadt angeboten, an der Sicherung der Funde mitzuarbeiten, ehrenamtlich, versteht sich. Die Leute im Rathaus wollten schon zusagen, da hat Kremp deswegen ein Riesenfass aufgemacht – so bin ich zum ersten Mal auf den lieben Kollegen getroffen. Ich weiß gar nicht recht, was er gegen mich hatte, es hätte in der Gegend genug Arbeit für uns beide gegeben, aber vielleicht wollte er den Platz im Rampenlicht nicht mit mir teilen.«

Er zuckte mit den Schultern.

»Ich habe eben Pech gehabt mit Kremp. Wissen Sie: Die meisten anderen Historiker, die ich hier im Land kennenlernen durfte, sind großartige Menschen, sehr gut in ihrem Metier *und* angenehm im Umgang. Vielleicht ist das ja auch der Punkt: Vielleicht war Kremp ein zu kleines Licht, um souverän und freundlich mit einem Kollegen umgehen zu können.«

Hintze lächelte, die Miene drückte auf eine schwer zu fassende Art zugleich Amüsement und Widerwillen aus.

»Und von den Kelten hatte er nicht wirklich viel Ahnung.«

»Und trotzdem konnte er als Experte auftreten?«, meldete Lindner seine Zweifel an. »Na, ich weiß nicht recht ...«

»Kremp konnte Ihnen natürlich die Fakten aufsagen, er konnte Jahreszahlen und Fundstellen nennen, das ist schon klar. Aber wenn er dann anfing, Details aus der Hallstatt- und der La-Tène-Zeit zu verwechseln, wurde es schnell peinlich. Von den Laien in den Rathäusern und den meisten Besuchern seiner Vorträge hat das keiner bemerkt, aber Fachleute haben schon manchmal den Kopf geschüttelt. Aber er war halt auch im Landesdenkmalamt tätig, da hat ihm das keiner aufs Gesicht zugesagt, wenn er sich mal wieder vertan hat. Ich habe es mal ... *gewagt*, da ist er fast ausgerastet. Seither habe ich ihn halt dilettieren lassen, wie er wollte. Jeder blamiert sich, so gut er kann.«

Während ihres Gesprächs waren Hintze und Lindner den Wiesenhang hinaufgegangen, und vor ihnen breitete sich ein geräumiges Plateau aus, auf dem einige Zelte und Pavillons unterschiedlicher Größe aufgebaut waren. Das größte war ein riesiges Festzelt, das fast zweihundert Meter von ihnen entfernt stand und dessen Stirnseite zu ihnen wies. Über den zurückgeschlagenen Planen des Eingangs war der Schriftzug einer hiesigen Brauerei aufgedruckt. Links und rechts des

Festzeltes erstreckte sich eine Reihe von Tischen und Theken, die mit Zeltplanen vor Sonne und Regen geschützt waren und am Wochenende vermutlich als Wurst- und Ausschankbuden dienen würden. Auf der großen Fläche zwischen dem Wall, bei dem sie jetzt standen, und den Verpflegungsständen war ein Areal mit Holzbalken abgeschrankt. Daneben stellten kleinere Zelte vermutlich eine Art Keltendorf dar. Die Zelte waren um eine Feuerstelle aufgebaut, über der ein großer Topf an einem Dreibein aus Metall hing. Eine Frau in Jeans und Flanellhemd rührte mit einem riesigen Holzlöffel in dem Topf, und überall machten sich Männer und Frauen am Aufbau und an der Ausstattung der Stände, Zelte und Abschrankungen zu schaffen.

»Das scheint ja etwas Größeres zu werden«, sagte Lindner.

»Ja, die Leute hängen sich gewaltig rein, und für meine Story ist das natürlich ein Segen«, pflichtete Hintze ihm bei. »Na, und sie selbst haben auch etwas davon: Die Reportage über Fest und Oppidum wird ihre Anlage hier ziemlich berühmt machen, jedenfalls hoffe ich das.«

Ein Mann, der sich neben einer der Abschrankungen mit einigen anderen beraten hatte, wurde auf Lindner und Hintze aufmerksam und kam zu ihnen.

»Darf ich Ihnen den Mann vorstellen, ohne den vieles von dem hier überhaupt nicht möglich wäre?«, sagte Hintze, und seinem veränderten Tonfall war anzuhören, dass er sich bei dem Mann beliebt machen wollte. »Werner Luckner, stellvertretender Ortsvorsteher von Finsterlohr und von Beginn an eine treibende Kraft hinter den Arbeiten an diesem Oppidum.«

Luckner war ein freundlicher Mann in den Fünfzigern, mit hoher Stirn und randloser Brille. Er hatte einen festen Händedruck und stutzte kurz, als ihm der Fremde als Beamter des Landeskriminalamts vorgestellt wurde.

»Keine Sorge«, beruhigte ihn Lindner, »von Herrn Hintze verspreche ich mir nur Infos zu den Kelten – auf sehr seltsame Weise spielt die keltische Kultur in einen Fall hinein, in dem ich gerade ermittle.«

Luckner nickte zufrieden, und Hintze war offensichtlich auch ganz froh, dass seine persönliche Verbindung zu dem Fall nicht erwähnt wurde.

»Da haben Sie auf jeden Fall den Richtigen erwischt«, sagte Luckner. »Herr Hintze ist ein absoluter Keltenexperte. Seit er bei uns zu Gast ist, lerne ich abends bei einem Viertele Wein mehr über diese faszinierenden Menschen als zuvor jahrelang aus Büchern und in Ausstellungen. Nur meine Rolle hat er heillos übertrieben: Ich habe vor ein paar Jahren ein bisschen mitgeholfen, die Geschichte mit dem Oppidum auf den Weg zu bringen. Heute haben wir zum Glück genug Leute, die sich in unserem Verein Keltisches Oppidum Finsterlohr-Burgstall e. V. um alles Wichtige kümmern. Natürlich bin ich noch immer Mitglied, aber nur noch passiv. Das Sagen haben andere, und das ist mir auch ganz recht so. Aber ich helfe, wo ich kann. Und Sie sehen ja …«

Er deutete hinter sich.

»Im Moment kann man viel helfen.«

»Wohnt Herr Hintze bei Ihnen im Haus?«

»Ja, wir haben ihn in einem unserer Gästezimmer einquartiert, solange er hier ist. Wissen Sie, wenn die älteren Kinder aus dem Haus sind, wird ja das eine oder andere Zimmer frei.«

Er plauderte munter drauflos, schien bester Laune und warf nur ab und zu einen schnellen Blick zu den Arbeiten, die auf dem Plateau im Gange waren.

»Ich hab meinen Wagen bei Ihnen auf dem Hof abgestellt – ich hoffe, das ist in Ordnung?«

»Ja, natürlich, kein Problem. Sie können auch gerne heute Mittag noch mit uns essen, wenn Sie mögen. Es gibt saure Zipfel.«

Hintze leckte sich die Lippen, es schien sich um eine regionale Spezialität zu handeln, Lindner jedenfalls sagte der Name nichts.

»Nein, ich muss nachher gleich wieder los. Besprechung mit dem Chef in Stuttgart.«

»Kommen Sie am Sonntag noch einmal her? Es lohnt sich wirklich, wir haben ein tolles Programm zusammenbekommen.«

»Mal sehen, vielleicht kann ich's einrichten. Es sieht jedenfalls nach einem ordentlichen Spektakel aus.«

»Ja, kleiner wollten wir's nicht machen.«

Er beugte sich etwas vor, zwinkerte Lindner zu und sagte mit einem verschmitzten Lächeln: »Gleich dort hinter dem Wald, drunten im Tal, liegt Tauberzell, da bauen sie jeden Frühsommer ein riesiges Zelt für ihr Weinfest auf – so etwas Großes wollten wir hier oben halt auch einmal auf die Beine stellen.«

Luckner lachte.

»Und Ihr Keltenfest bereiten Sie schon lange vor?«

»Oh ja, das ging mit den ersten Besprechungen schon im vorigen Herbst los, und seither haben wir uns erst jeden Monat, dann jede Woche getroffen. Im Moment wird es uns allen ein bisschen viel, wir hatten ja gerade erst unsere Kirbe, und jetzt das Keltenfest ... Na ja, inzwischen sitzen wir praktisch täglich beim Kammleiter zusammen.«

Lindner sah ihn fragend an.

»Das ist unser Gasthaus, der Grüne Baum, aber das nennt jeder im Dorf nur Kammleiter, nach dem Wirtsehepaar. Da gingen die Sitzungen fürs Keltenfest manchmal länger, als es uns am nächsten Morgen gutgetan hat. Wir werden auch nicht jedes Jahr eines veranstalten können. Vielleicht alle zwei Jahre oder alle drei, mal sehen.«

»Und Herr Hintze«, fragte Lindner betont beiläufig, »begleitet Sie seit Donnerstag bei Ihren Vorbereitungen?«

Hintze sah Lindner irritiert an, dann fixierte er Luckner. Der behielt seine lockere Fröhlichkeit und korrigierte Lindner ohne groß nachzudenken.

»Nein, Herr Hintze kam schon am Mittwoch nach Finsterlohr. Seither liegt er ständig mit seinem Fotoapparat auf der Lauer und streift durch die Umgebung unseres Oppidums. Er gibt uns aber immer wieder auch mal Tipps, wenn es darum geht, ein Detail noch etwas authentischer auszugestalten.«

* * *

Auf dem Rückweg ließ sich Lindner über eine andere Route lotsen, die ihm als kürzerer Weg angezeigt wurde, und nach langem Geruckel über schmale und kurvige Sträßchen erreichte er bei Schwäbisch Hall endlich wieder eine Bundesstraße. Immerhin hatte er bis dahin einige Besonderheiten gesehen, darunter das schön auf einem Bergsporn gelegene Städtchen Langenburg, eine riesige Erdbeere aus Pappmaché am Straßenrand und die hoch über ihm das Kochertal querende Autobahnbrücke.

Hans-Dieter Kortz, der ihn schon ungeduldig in seinem LKA-Büro in der Taubenheimstraße in Stuttgart-Bad Cannstatt erwartete, hatte für solche Details im Moment keinen Sinn. Und auch die Neuigkeiten, die ihm Lindner aus Hohenlohe berichtete, schienen ihn weniger zu interessieren als die Nachricht, die er vorhin angekündigt hatte.

Schließlich war Lindner am Ende seines Berichts angekommen.

»Schön, schön, Herr Lindner, das klingt ja alles ganz gut. Ich habe ... wie gesagt ... auch noch etwas, das ich mit Ihnen besprechen muss.«

Er stand auf, ging zu dem Kaffeeautomaten hinüber, der auf einem halbhohen Schrank neben seinem Schreibtisch stand.

»Sie nehmen doch auch einen Espresso?«

Lindner hatte eigentlich schon genug Kaffee getrunken, aber er nickte trotzdem. Kortz hätte eine Ablehnung ohnehin nicht mitbekommen – gleich nach seiner Frage hatte er zwei kleine Tässchen unter den Auslass gestellt und den

Knopf für zwei Espressi gedrückt. Der Automat mahlte, gurgelte und zischte, und die ganze Zeit über stand Kortz an der Maschine und wandte seinem Gast den Rücken zu. Lindner hatte den Eindruck, sein Chef müsse sich für das nun kommende Gesprächsthema erst noch sammeln. Schließlich stellte Kortz die beiden Tassen auf den Besprechungstisch, ließ sich selbst umständlich auf den Stuhl sinken, löffelte Zucker in den Espresso und rührte um. Dann sah er Lindner an, bis er sich endlich einen Ruck gab.

»Das war nicht meine Idee, Herr Lindner, ich sag's Ihnen lieber gleich, aber …«

Er zuckte mit den Schultern, trank seinen Espresso und ließ noch eine kleine Pause.

»Kollack hat mich gebeten, Sie zu fragen.«

Theodor Kollack war Abteilungsleiter im LKA, stand in der Hierarchie des Amts recht weit oben, und direkt hatte Lindner noch nie mit ihm zu tun gehabt. Er galt im Haus nicht unbedingt als der Fleißigste, und vor allem altgediente Beamte verdrehten gern genervt die Augen, wenn die Rede auf Kollack kam. Manche summten die Erkennungsmelodie der alten Fernsehserie »Kojak«, wenn ihr groß gewachsener, kahl rasierter Vorgesetzter in einiger Entfernung vorbeiging und dabei der Stiel eines Lollis aus seinem Mund ragte – und in solchen Momenten ähnelte er wirklich sehr seinem Beinahenamensvetter Theo Kojak. Kollack selbst hätte den Vergleich vermutlich genossen, mehr als den zweiten jedenfalls, der im Haus die Runde machte: Er war als fanatischer Krimifan bekannt, und weil er am liebsten die Venedig-Krimis von Donna Leon las, nannten ihn viele im LKA hinter vorgehaltener Hand nur »Vice Questore«, nach Commissario Brunettis eitlem und eher einfältigem Chef Patta. Leider ähnelte Kollack viel eher dem venezianischen Polizeichef Patta als dem New Yorker Lieutenant: Keiner wusste so recht, womit er seine Arbeitstage zubrachte, aber wann immer eine Pressekonferenz anstand oder auch nur ein einzelnes Mikrofon auftauchte, war Kollack nicht lange fern.

»Sie wissen ja, dass er Krimifan ist«, begann Kortz. »Nun hat sich wohl ein Autor an ihn gewandt, ob er nicht mal …«

Kortz sah Lindner fast flehend an.

»… ob er nicht mal einen LKA-Ermittler bei der Arbeit begleiten kann.«

»Aber nicht mich, oder?«

Lindner war entsetzt.

»Wir haben einen Mord aufzuklären, es gibt skurrile Bezüge, die wir mit aller Mühe unter dem Deckel halten, damit sich die Journalisten nicht wer weiß was für hanebüchene Storys aus den Fingern saugen und uns damit die Arbeit erschweren. Und Sie wollen allen Ernstes …?«

»Nicht ich, sondern Kollack.«

Kortz versuchte ein Lächeln.

»Der *Vice Questore* …«

»Nein, tut mir leid. Für solche Kaspereien habe ich keine Zeit. Ich bin hier nicht Pressebetreuer oder Kindermädchen, sondern ich soll Verbrechen aufklären!«

Lindner war pathetischer geworden, als er wollte – aber diesen Mumpitz konnte er unmöglich mitmachen! Kortz seufzte, machte sich noch einen Espresso und kam mit der vollen Tasse an den Tisch zurück.

»Um ehrlich zu sein: Kollack hat mich nicht wirklich *gebeten* – es war schon eher eine Anweisung. Und er hat mir auch nicht etwa freie Hand gelassen, wem ich diesen Autor zur Seite stelle – er hat ausdrücklich auf Ihnen bestanden, weil Sie doch gerade – wie er sich ausdrückte – ›so einen schön skurrilen Fall‹ haben.«

Kortz hob abwehrend die Hände.

»Bitte: nicht meine Worte!«

Lindner schnaubte.

»Wir halten alle nicht viel von Kollack, aber … er hat beste Verbindungen, und wenn er Sie auf dem Kieker hat, könnte es für Sie mühsam werden in den nächsten Jahren. Das sollten Sie wissen.«

»Aber das kann doch nicht bedeuten, dass …«

»Bitte, Herr Lindner, jetzt tun Sie Kollack schon diesen Gefallen. Er steht wohl im Wort, dieser Autor muss jemanden im Innenministerium gut kennen oder dort sogar verwandtschaftliche Beziehungen haben, was weiß ich. Jedenfalls wird Kollack nicht locker lassen.«

Lindner verzog das Gesicht und ließ sich noch einen Espresso bringen.

»Schauen Sie: einen Nachmittag mit diesem Griffelspitzer und Sie haben wieder Ihre Ruhe. Ich will doch selbst, dass Sie ungestört arbeiten können – aber ein Nachmittag wird schon gehen.«

»Einen Nachmittag lang?«

»Ja, nicht länger, versprochen.«

»Gut, ich überleg's mir und geb Ihnen Bescheid, wann ich es einschieben kann.«

»Das ... äh ... wird nicht nötig sein, Herr Lindner.«

»Wie meinen Sie das?«

»Nun ja ... Kollack stellt sich vor, dass Sie den Mann gleich morgen mitnehmen. Ich weiß ja, da ist Samstag, aber ich hatte Sie am Telefon so verstanden, dass Sie auch am Wochenende an dem Fall dranbleiben wollten. Kollack kennt da auch nichts: Als Krimifan geht er morgen Mittag noch mit dem Autor essen, danach sollen Sie ihn hier vor dem LKA abholen und hinaufbringen zum Wasserbehälter, in dem der tote Kremp gefunden wurde.«

»Aber ...«

»Der Autor erwartet Sie kurz nach 13 Uhr morgen hier vor dem Gebäude. Mit der Kripo und der Staatsanwaltschaft ist schon alles geklärt, Pannemann und KT-Chef Brabach sind einverstanden, und Pannemann wollte auch noch Ihren alten Bekannten Pfau informieren.«

»Schön, und ich erfahr's ja jetzt auch schon! Vielen Dank!«

Lindner stand so zügig auf, dass der Stuhl ein wenig nach hinten geschleudert wurde. Kortz zuckte erneut die Schultern und sah seinen Mitarbeiter betreten an.

»Ich würd's Ihnen ja gern ersparen, aber da ist nichts zu machen, glauben Sie mir. Kollack hat versprochen, dass er den Autor eine Erklärung unterschreiben lässt, dass er über alles Stillschweigen zu bewahren hat, was er erfährt, während er Sie begleitet.«

* * *

Kortz hatte Lindner allerdings auch positive Neuigkeiten mitzuteilen. Er hatte mit den Keltenmuseen in Eberdingen-Hochdorf und Herbertingen Kontakt aufgenommen, und Lindner nahm gerne an, dass er ihm gleich für heute Gespräche mit Museumsmitarbeitern vermittelte. Das Hochdorfer Museum war sein erstes Ziel, und er kam trotz des dichten Verkehrs recht zügig voran.

Auf dem Weg zum Museumseingang zog eine riesige Metallkonstruktion seinen Blick auf sich: ein geschwungenes Stahlrohr, das sich mehrere Meter hoch über ihm erhob.

»Herr Lindner?«, sprach ihn ein Mittvierziger an, der aus dem Gebäude trat und auf ihn zukam.

Lindner nickte, und der andere stellte sich vor: Friedhelm Gallus, Mitarbeiter des Museums.

»Der Stahlbogen zeichnet die ursprünglichen Maße des Grabhügels nach, in dem unser berühmte Kelte seine letzte Ruhestätte gefunden hat. Sechs Meter hoch, sechzig Meter breit. Ganz ordentlich, nicht wahr?«

Gallus wartete die Antwort erst gar nicht ab, winkte Lindner, ihm zu folgen, und ging auf den Eingang zu.

»War der Grabhügel genau hier?«, fragte Lindner.

»Nein, nein, der war dort hinten, er ist inzwischen wieder aufgeschüttet. Wir können nachher gern rübergehen, ist nicht weit.«

Dabei deutete er grob in Richtung Westen. Lindner folgte der Geste mit dem Blick.

»Dort, auf dem Friedhof?«

Gallus lachte und ging zügig weiter.

»Nicht schlecht, Herr Lindner. Nein, ein Stück weit außerhalb des Ortes, etwa 200 Meter hinter dem hiesigen Friedhof.«

Er folgte dem Museumsmitarbeiter in das Kernstück der Ausstellung, die Grabkammer, die Kortz ihm schon auf dem Foto gezeigt hatte. Gallus stand eine Zeitlang schweigend neben seinem Gast, sah ihn ab und zu an und wartete geduldig, bis der etwas sagte.

»Sehr eindrucksvoll«, murmelte Lindner schließlich. »Wirklich sehr eindrucksvoll. Die keltische Kultur scheint ein faszinierendes Thema zu sein.«

»Das ist sie allerdings. Soll ich Ihnen kurz einen Abriss geben, ein paar Infos zu Hallstatt und La-Tène?«

»Nein, danke, ich habe mir schon heute früh einen groben Überblick geben lassen.«

Gallus wirkte enttäuscht.

»Ich habe mir das Oppidum Finsterlohr angesehen und dort einen Experten getroffen.«

»Sie kommen ja ganz schön rum«, lobte ihn Gallus und grinste.

»Das kann man so sagen, und nach unserem Gespräch will ich noch zur Heuneburg, da hat mein Chef noch einen Termin für mich verabredet.«

Das Grinsen des Museumsmitarbeiters wurde breiter.

»Dann sollten wir zusehen, dass Sie hier fertig werden – zur Heuneburg ist es ein ganzes Stück Weg, und der Verkehr auf der Strecke ist manchmal eine echte Plage.«

Er schaute freundlich drein, und Lindner fand es angenehm, dass es zwischen den Museumsleuten in Hochdorf und in Herbertingen keine Eifersucht zu geben schien, keinen Drang, nun unbedingt als das bedeutendere kulturelle Angebot zum Thema Kelten zu gelten.

»Was wollen Sie denn dann wissen, wenn ich Ihnen über die keltische Kultur nichts erzählen darf?«

»Mir geht es eher um einen Experten für Ihr Thema. Ich hoffe, dass Sie sich als Fachleute untereinander kennen.«

»Kommt drauf an«, sagte Gallus und sah Lindner gespannt an. »Wen meinen Sie denn?«

»Dr. Thaddäus Kremp.«

Gallus nickte.

»Den kenne ich natürlich. Sehr eifrig als Sammler und gut vernetzt, wenn es um Gutachten geht. Ich staune immer wieder, wie häufig er dazugerufen wird, wenn es zum Beispiel irgendwo eine Podiumsdiskussion um ein Projekt gibt, das mit Kelten zu tun hat – sei es ein Museum, sei es eine Ausgrabung.«

Sein Respekt vor Kremp wirkte aufrichtig, und wieder war keine Spur von Neid zu erkennen, auch nicht, als er die Podiumsdiskussionen erwähnte.

»Stört es einen Fachmann wie Sie denn nicht, wenn da Herr Kremp gerufen wurde und nicht Sie?«

»Ach, du meine Güte, bloß nicht! Wissen Sie: Die einen zieht es ins Rampenlicht, aufs Podium und vor die Kamera – und ich habe lieber meine Ruhe, arbeite an meinen Forschungen, recherchiere für die Aufsätze von befreundeten Kollegen. Und mehr Öffentlichkeit als ab und zu eine Führung mit einer Schulklasse oder mit einer Gruppe interessierter Laien brauche ich nun wirklich nicht!«

Er lachte.

»Kremp liebt den großen Auftritt, und ich arbeite lieber hinter den Kulissen. Ich bin heilfroh, dass es so Leute wie Kremp gibt, die mir solche Auftritte ersparen.«

»Herr Kremp ist tot.«

Gallus ließ sein Lachen verebben, dann sah er Lindner bestürzt an.

»Wie – tot?«

»Er wurde ermordet, ich ermittle in diesem Fall.«

Gallus war ganz verdattert, er schüttelte den Kopf, blinzelte ein paar Mal und fuhr sich mit der Hand durchs Gesicht, bevor er nachfragen konnte.

»Thaddäus Kremp wurde ermordet? Aber von wem denn, um Himmels willen?«

Er schaute entgeistert drein, dann zuckte er mit den Schultern.

»Ach so, das wissen Sie natürlich noch nicht. Sie sagten ja gerade, dass Sie noch ermitteln …«

Einen Moment lang dachte Gallus nach, dann sah er Lindner wieder an, diesmal fragend.

»Und … hat dieser Mord mehr mit der keltischen Kultur zu tun als einfach nur die Tatsache, dass Kremp ein Experte für dieses Thema war?«

Lindner überlegte, was er dem Mann sagen durfte, ohne allzu viele Details preiszugeben, die nur der Täter wissen konnte – und mit deren Kenntnis sie den Täter überführen konnten, wenn es kein Geständnis oder keine eindeutigen Beweise gab.

»Genau darf ich es Ihnen nicht beschreiben, aber die … Situation, in der Herr Kremp aufgefunden wurde, ähnelt der Inszenierung Ihres Fürstengrabs.«

»Was?«

»Seine Leiche lag im Vorraum eines Wasserspeichers bei Nürtingen, der in einem Erdhügel untergebracht ist. Der Tote war ähnlich aufgebahrt wie Ihr Hochdorfer Fürst, Grabbeigaben inklusive.«

Gallus schüttelte wieder den Kopf.

»Meine Güte, wer macht denn so was?«

»Wie genau kannten Sie Herrn Kremp denn?«

»Na, wir waren im selben Forschungsbereich engagiert, er war, wie ich schon sagte, bestens vernetzt, und es gab wohl kein Thema, das mit Kelten zu tun hatte und das an ihm vorbeigekommen wäre.«

»Und was sind das für Themen?«

»Oft geht es um Ortsgeschichte, um die Bewertung von Fundstücken, um Aufsätze für Fachzeitschriften, um die Einweihung von Sonderausstellungen in einem der Museen, die sich mit den Kelten beschäftigen. Auch um solche Geschichten wie das Oppidum Finsterlohr, das Sie heute früh besucht haben.«

Gallus stutzte.

»Wo genau bei Nürtingen steht denn dieser Wasserspeicher?«, fragte er nach einer kurzen Pause.

»Oberhalb von Neckarhausen. Hochen heißt der Behälter.«

Gallus schien erleichtert.

»Oberhalb …«, murmelte er. »Hat man von dort eine gute Aussicht?«

»Ja, sogar eine sehr gute. Das Neckartal, die Albkante … sehr eindrucksvoll. Wenn man auf dem Hügel steht, der über dem Behälter angehäuft wurde, hat man nach Osten, nach Süden und auch nach Südwesten freie Sicht – nur nach Norden und Nordwesten hin begrenzt ein Wald das Panorama.«

Gallus nickte.

»Das passt. Auch unser Toter wurde ja mit bester Aussicht bestattet.«

Er lächelte traurig.

»Hatten Sie befürchtet, dass Herr Kremp in einem anderen Behälter gefunden wurde?«, fragte Lindner.

»Wieso fragen Sie?«

»Als ich den Wasserspeicher Hochen erwähnt habe und dessen Lage bei Neckarhausen, war es mir so, als seien Sie erleichtert.«

»Ja, ich … Ich kenne die Gegend um Nürtingen nicht so genau, und ich weiß auch nicht, wo da solche Trinkwasserspeicher stehen. Aber ich hatte befürchtet, dass Herr Kremp in der Nähe des Nürtinger Stadtteils Roßdorf ermordet worden sein könnte.«

»Wie kommen Sie darauf?«

»Dort gibt es ein größeres Bauprojekt, oder ich sollte wohl besser sagen: gab es. Herr Kremp hat sich für die Stadt Nürtingen nach jemandem umgesehen, der ein Gutachten zu angeblichen Spuren einer keltischen Besiedlung erstellen könnte.«

»Warum hat er das nicht selbst gemacht?«

»Im Landesdenkmalamt hat das nicht zu seinen Aufgaben gehört, und seit seiner Pensionierung hat er zwar viel Zeit mit der wissenschaftlichen Arbeit an diversen keltischen Themenbereichen aufgewendet – aber er ist eben doch ein Quereinsteiger. Wenn es um solche größeren Projekte geht, werden Fachleute beauftragt, deren wissenschaftlicher Background keinen Zweifel an ihrer Expertise aufkommen lässt. Kremp hat mich gefragt, ob ich das Gutachten erstellen wolle – aber dazu fehlte mir die Zeit. Ich habe ihm ein Institut in Mainz empfohlen, das in solchen Dingen einen guten Ruf genießt – und die Mainzer Kollegen haben den Auftrag dann auch bekommen.«

»Und warum bringen Sie das mit dem Mord an Herrn Kremp in Verbindung?«

»Es ist noch nicht lange her, dass er mich wegen des Gutachtens fragte – und es gab zu dieser Zeit bereits ein Gutachten zu dem Areal bei Roßdorf. Dort hieß es, dass es keine hinreichenden Hinweise gebe, dass Grabungen nach keltischen Spuren Erfolge versprechen würden.«

Gallus sah, dass Lindner stirnrunzelnd über seinen letzten Satz nachdachte, und er fügte grinsend hinzu: »Das heißt ›Bagger marsch‹, Herr Lindner.«

»Und warum sollte es dann ein zweites Gutachten geben?«

»Keine Ahnung. Herr Kremp klang auch nicht sehr glücklich, als er mich deswegen anrief. Das hat mich noch gewundert, denn schauen Sie: Wenn ein Gutachter zu dem Schluss kommt, auf dem vorgesehenen Areal kann ruhig gebaut werden, weil dort wohl nichts Keltisches im Boden ruht, und ein Keltenexperte wie Kremp soll für die Stadt Nürtingen noch ein weiteres Gutachten einholen … dann heißt das doch, dass es Zweifel an der ersten Expertise gibt, dass vielleicht doch Keltenfunde zu erwarten sind und dass Herr Kremp nun praktisch vor seiner Haustür auf bedeutende Funde hoffen darf. Er wohnt ja meines Wissens auch in Nürtingen. Sollte er sich da nicht freuen, wenn die Stadt trotz des ersten Gutachtens solche Funde doch noch für möglich hält?«

»Eigentlich schon«, gab ihm Lindner recht.

»Darauf wollte ich Herrn Kremp demnächst mal in Ruhe ansprechen. Als er mich wegen des Gutachtens anrief, war er etwas unter Zeitdruck, da passte das nicht – und jetzt ist es nicht mehr möglich.«

Gallus versank in brütendes Schweigen.

»Wissen Sie denn Genaueres über das Bauprojekt in Roßdorf?«, fragte Lindner nach einer Weile.

»Nur das, was darüber in der Zeitung zu lesen war. Ein Kollege von mir stammt aus Altenriet, seine Eltern wohnen dort und bewahren akribisch alle Ausgaben der Lokalzeitung für ihn auf. Die packt er alle paar Wochen, wenn er die Eltern besucht, in den Kofferraum und nimmt sie mit. Der liest die alle, ich weiß gar nicht, wann er dazu die Zeit findet, und wenn was mit unserem Thema, den Kelten, zu tun hat, schneidet er die Artikel aus und heftet sie ab.«

Die Angewohnheit des Kollegen brachte Gallus sogar jetzt, da er davon erzählte, dazu, ungläubig den Kopf zu schütteln.

»Als Kremp mich angesprochen und ich dem Kollegen davon erzählt hatte, brachte er mir die Berichte über das Bauprojekt mit. Ich habe sie ihm erst vorgestern wieder zurückgegeben.«

»Ist der Kollege denn gerade da?«

»Nein, der hat seit gestern Urlaub und kommt erst übernächste Woche wieder. Soll ich Ihnen seine Privatnummer geben?«

»Nicht nötig, die Zeitungsartikel kann ich mir auch von der Redaktion geben lassen. Die wird in Nürtingen sitzen, nehme ich an.«

»Ja. Und ein paar Details habe ich mir gemerkt. Vor allem ein gewisser Hansjoachim Dippler wurde immer wieder genannt – der hatte als Investor oder Generalunternehmer schon einen Batzen Geld in das Projekt gesteckt, und schon die Verzögerung durch das erste Gutachten hatte ihn in wirtschaftliche Schwierigkeiten gebracht. Ich glaube, inzwischen musste er seine Firma dichtmachen – die hatte, wenn ich mich recht entsinne, ihren Sitz in Owen.«

Sie plauderten noch ein wenig, Lindner schlug das Angebot aus, sich von Gallus zum wieder aufgeschütteten Grabhügel begleiten zu lassen, und der gab ihm recht, denn so würde die Zeit für die Fahrt zur Heuneburg zu knapp. Gallus brachte seinen Besucher noch zum Parkplatz.

»Sagen Sie«, fragte Lindner noch, bevor er in den Wagen stieg, »wissen Sie von der Privatsammlung von Herrn Kremp?«

»Natürlich. Sehr ehrgeiziges Projekt, und er hatte, glaube ich, vor, sein kleines Kellermuseum der Öffentlichkeit zugänglich zu machen. Er hat mir davon erzählt, und ich habe ihm ein paar Tipps gegeben, wie er die Präsentation anlegen kann.«

»Wäre das nicht Konkurrenz für Ihr eigenes Museum?«

Gallus lächelte nachsichtig.

»Ich will dem Kollegen Kremp ja nicht zu nahe treten – aber mit uns hier in Hochdorf oder mit der Heuneburg kann sich eine private Einrichtung nicht messen. Er war sehr fleißig als Sammler, und wenn die Schau mal fertig ist, lohnt sich die Fahrt zu Kremps Haus ganz sicher. Wobei ... jetzt, wo er tot ist, wird daraus wohl nichts mehr. Schade, eigentlich. Die Fotos, die er mir zuletzt zeigte, sahen schon sehr vielversprechend aus. Ich habe schon mit meinem Chef gesprochen – er war der Idee gegenüber durchaus aufgeschlossen, dass wir eine Kooperation mit Herrn Kremp eingehen könnten. Für Schulklassen aus dem Landkreis Esslingen wäre das eine schöne Alternative gewesen, nicht so weit entfernt, interessant aufgebaut, und mit Kremp hätten sie einen echten Fachmann als Begleiter gehabt.«

Lindner fiel Hintzes hämischer Kommentar vom Vormittag ein.

»Sie scheinen ja sehr von Kremps fachlichen Qualitäten überzeugt zu sein.«

»Absolut!«

»Mir sagte heute früh der Experte, den ich im Hohenlohischen getroffen habe, dass Kremp nicht immer ... wie soll ich sagen? Dass er nicht immer Kunstgegenstände sicher der richtigen Ära zuweisen konnte.«

Gallus lachte.

»Sie wollen mich auf den Arm nehmen, oder? Das ist ja nun wirklich das grundlegendste Rüstzeug in der Keltenforschung: Hallstatt, La-Tène, Merkmale der verschiedenen Epochen und Unterepochen – also ich bitte Sie!«

Lindner zuckte mit den Schultern.

»Wer hat das denn behauptet?«, hakte Gallus nach.

»Heinrich Hintze, ebenfalls Keltenexperte und ...«

»Und ein tragischer Fall«, knurrte Gallus und nickte finster.

»Warum das?«

»Hintze ist fachlich sehr gut, aber er hat wohl irgendein Trauma aus der alten DDR mit herüber in den Westen gebracht. Vielleicht hat es mit seinem fehlenden akademischen Titel zu tun, vielleicht hat er auch charakterlich ein Problem – so genau kenne ich ihn nicht. Ich hatte viel häufiger mit Kremp zu tun, ich habe Ihnen ja schon erzählt, dass Thaddäus Kremp die Öffentlichkeit suchte – das mag Hintze im einen oder anderen Fall genervt haben, weil wieder einmal Kremp und nicht er als Fachmann zu einem Projekt gefragt wurde. Wie gesagt: Kremp war bestens vernetzt, besser als Hintze, nehme ich mal an.«

Er schaute betrübt drein.

»Aber dass er seinem toten ... na ja: Rivalen jetzt noch auf diese Weise Dreck hinterherwirft, finde ich schon übel. Das gehört sich nicht.«

Gallus sah wirklich zutiefst angewidert aus.

»Aber da können Ihnen die Kollegen in der Heuneburg mehr sagen. Mit wem sind Sie denn dort verabredet?«

Lindner nannte den Namen, und ein verträumtes Lächeln huschte über das Gesicht des Museumsmitarbeiters.

»Da sind Sie genau richtig: Sie hat Kremp für sein kleines Privatmuseum beraten, und in Sachen Ausstellungsgestaltung und Museumspädagogik halte ich sie für die Beste im ganzen Südwesten. Grüßen Sie die Kollegin bitte recht herzlich von mir, ja?«

Gallus sah aus, als würde er am liebsten gleich mit Lindner zur Heuneburg fahren, und Lindner war schon sehr gespannt auf die Historikerin mit dem ungewöhnlichen Namen.

* * *

Der Streifenwagen parkte vor dem Blumenladen, und während sich der Beifahrer einen kleinen Tischstrauß für seine Frau zusammenstellen ließ, hörte der Fahrer, der im Wagen sitzen geblieben war, im Funk die Nachricht von einem Verkehrsunfall auf der Südumgehung. Er wollte schon durchgeben, dass er und der Kollege sich gleich auf den Weg machen würden, weil sie sich nicht allzu weit von der Unfallstelle entfernt aufhielten, da zuckelte ein schwarzer Geländewagen recht langsam an ihm vorbei.

Eine Eingebung ließ ihn mit dem Ruf zur Zentrale noch kurz warten, gespannt blickte er dem dahinschleichenden Geländewagen nach. In dem Fahrzeug schien ein einzelner Mann zu sitzen, der beim kurzen Blick durch das Seitenfenster sehr entspannt in seinem Gurt hing. Der Beamte war sich nicht ganz sicher, ob der Mann tatsächlich etwas dümmlich gegrinst hatte, aber als er zur dritten Runde im Kreisverkehr vor der Neckarbrücke ansetzte, waren die letzten Zweifel verflogen.

Der Kollege kam mit einem in Papier verpackten Sträußchen heraus, und als er die Blumen vorsichtig auf den Rücksitz legte, herrschte der Fahrer ihn an, er solle sich sofort reinsetzen. Der Beifahrer war noch nicht angeschnallt, da machte der Streifenwagen auch schon einen Satz nach vorn, und Sekunden später fädelte sich das Polizeiauto auch schon direkt hinter dem noch immer unverdrossen kreisenden Geländewagen ein.

»Bekifft, oder?«, fragte der Beifahrer.

»Sehr wahrscheinlich«, brummte sein Kollege. »Außerdem – suchen wir nicht einen schwarzen Geländewagen? Frag doch mal in der Zentrale nach.«

Zwei Kreiselrunden später blickte der Fahrer des Geländewagens schläfrig in den Rückspiegel, seine Augen weiteten sich und er setzte sich so gerade hin, wie es eben ging. Eine halbe Runde fuhr er noch im Kreis, dann blinkte er vorschriftsmäßig und bog nach rechts ab, zuckelte über die Neckarbrücke und setzte erneut den rechten Blinker. Der Streifenwagen folgte ihm gemächlich, und als nach 150 Metern auf der B 313 die Bestätigung der Zentrale kam, dass vor ihnen tatsächlich der gesuchte Wagen des ermordeten Thaddäus Kremp fuhr, schaltete der Fahrer das Blaulicht ein, ließ zweimal die neue »Yell!«-Sirene aufheulen und setzte sich, als der Wagen vor ihnen noch etwas langsamer wurde und schließlich stehenblieb, direkt hinter den Geländewagen.

Beide Polizisten stiegen aus, der Beifahrer zog seine Pistole, der Fahrer legte zumindest seine rechte Hand aufs Holster, und ganz vorsichtig gingen sie zu dem Auto hin. Auf dem Fahrersitz des schwarzen Geländewagens saß ein Mann von etwa 30 Jahren, der brav beide Hände aufs Lenkrad gelegt hatte, mit feuchten Augen durch die Windschutzscheibe stierte und dessen Adamsapfel sich mit jeder nervösen Schluckbewegung hob und senkte. Neben dem rechten Arm des Mannes züngelte eine dünne Rauchfahne nach oben, und als die Polizisten links und rechts des Wagens in Position gegangen waren, konnten sie den stattlichen Joint sehen, der glimmend und qualmend auf dem herausgezogenen Aschenbecher lag.

* * *

Der Fahrer des Geländewagens wurde ohne großes Federlesen auf den Rücksitz des Streifenwagens gepackt und ins Revier verfrachtet. Für den Geländewagen selbst wurde ein Abschlepplaster geordert, der das Auto auf schnellstem Weg zur Spurensicherung bringen sollte. Und Kriminalhauptkommissar Simon Pfau bereitete sich mit zwei Kollegen auf die Vernehmung des Mannes vor, der sich als Thomas Kremp ausgab, den Neffen des Toten droben im Wasserbehälter, und als gemeldete Anschrift eine Adresse in Linsenhofen nannte.

Die Personalien des Mannes waren schnell überprüft, und tatsächlich zeigte der Eintrag des Melderegisters ein Foto, das dem Fahrer des Geländewagens hinreichend ähnlich sah. Auch die Adresse stimmte, ebenso wie das Alter, das der Mann mit 30 Jahren angegeben hatte. Es schien sich also wirklich um Thomas Kremp zu handeln, nur: Was machte er mit dem Geländewagen seines ermordeten Onkels, der seit dessen Tod spurlos verschwunden war?

Pfau rief Lindner auf dem Handy an und informierte ihn über die neueste Entwicklung. Lindner, der etwas genervt klang, bot gleich an, zur Befragung ins Nürtinger Polizeirevier zu kommen.

»Ich kann wahrscheinlich in einer halben Stunde da sein, Simon, im Moment stecke ich sowieso irgendwo bei Reutlingen im Stau. Da schaffe ich meinen nächsten Termin ohnehin nicht mehr, und ich kann genauso gut umdrehen und stattdessen zu euch fahren.«

»Nein, Stefan, das ist nicht nötig. Wo fährst du denn gerade hin?«

»Zur Heuneburg, einem Freilichtmuseum in Herbertingen, zu meinem nächsten Treffen mit einer Keltenexpertin. Eigentlich hatte ich mich darauf gefreut, aber der Stau nervt echt. Außerdem schwirrt mir schon ganz der Kopf vor lauter Hallstatt, La-Tène und Regenbogenschüsselchen …«

»Hä?«

»Könnte ich dir alles gern erklären, wenn ich jetzt gleich zu euch kommen würde. Soll ich nicht doch …?«

»Nein, nein, ich halt's schon noch bis morgen aus, um zu erfahren, was sich hinter diesen Schüsselchen verbirgt!«

Pfau lachte.

»Sehr witzig«, knurrte Lindner. »Aber ich hätte dich ohnehin gleich noch angerufen – ich bin da auf einen Ermittlungsansatz gestoßen: Ein Bauunternehmer oder Investor namens Hansjoachim Dippler hatte ein Großprojekt in Nürtingen-Roßdorf aufgezogen – und so, wie es mir der Mitarbeiter des Keltenmuseums in Hochdorf beschrieben hat, suchte Thaddäus Kremp da nach einem Gutachter. Es ging um die Frage, ob auf den potenziellen Bauplätzen in Roßdorf womöglich Keltenfunde zu erwarten seien. Die Verzögerung der Bauarbeiten hat Dipplers Firma wohl in Schwierigkeiten gebracht, vielleicht ist da was Nützliches für euch zu erfahren. Dipplers Firma hat ihren Sitz in Owen, mehr weiß ich leider nicht.«

»Gut, danke, ich setz gleich die Kollegen dran. Dir noch viel Spaß mit deinen Keltenexperten, und sobald unsere Befragung etwas ergeben hat, kann ich dir ja Bescheid geben. Soll ich dir eine Textnachricht schicken? Ich hab schon in meinen Kontakten gesehen, dass du What's App auf deinem Smartphone hast.«

Lindner legte ohne Kommentar auf, und einen Moment lang sah Pfau verblüfft auf das Display, das »Verbindung beendet« anzeigte. Dann schüttelte er den Kopf und grinste. Schon früher hatte es Stefan Lindner nicht so mit moderner Technik gehabt, und natürlich hätte er die beliebte Kommunikationsanwendung nie für dienstliche Inhalte benutzt – aber ein kurzes »Ruf an, wir wissen mehr« war darüber oder über eine SMS schnell abgesetzt.

Wie gesagt: Lindner und Technik. Wahrscheinlich war er versehentlich auf den Touchscreen gekommen und hatte unabsichtlich aufgelegt.

Lindner seinerseits hatte einfach keine Lust gehabt, das Thema, mit dem ihn seine Mutter seit Tagen nervte, nun auch noch mit dem Kollegen zu besprechen. Und schon gar nicht, wenn er in einem Stau stand, der sich ums Verrecken nicht auflösen wollte.

Und während er auf seinem Smartphone die Nummer der Keltenexpertin wählte, mit der er in Herbertingen reden wollte, ließ sich Pfau in einem Vernehmungszimmer im Nürtinger Polizeirevier auf einen Stuhl sinken. Ihm gegenüber saß Thomas Kremp, inzwischen wieder etwas weniger entspannt, und knetete nervös seine langen, knochigen Finger.

»So, Herr Kremp, dann erzählen Sie uns doch mal, warum Sie heute mit dem Geländewagen Ihres Onkels Thaddäus durch Nürtingen gefahren sind.«

Kremp riss die Augen auf und sah den Kommissar verwirrt an. Er warf schnelle Blicke zu den beiden anderen Beamten, die ebenfalls im Raum waren, sich aber im Hintergrund hielten. Dann beugte er sich etwas vor.

»Ich hab nur ganz wenig …«, beteuerte er mit unsicherer Stimme, »ich schwöre, das waren höchstens …«

Pfau hob kurz die Hand, Kremp verstummte.

»Was Sie geraucht haben und wann, das können wir noch klären – mir geht es jetzt wirklich um folgende Frage: Warum saßen Sie heute am Steuer des Geländewagens Ihres Onkels?«

Das Gesicht von Thomas Kremp war einziges, großes, etwas benommenes Fragezeichen.

»Brauchen Sie einen Kaffee?«, fragte Pfau.

Kremp zuckte mit den Schultern und nickte.

»Holen Sie uns zwei Tassen?«, bat Pfau einen der Kollegen. »Milch und Zucker?«, wandte er sich an Kremp, und als der nickte, ging der Beamte nach draußen und kam kurz darauf mit zwei Pappbechern zurück, in denen eine cremebraune, heiße Flüssigkeit hin und her schwappte.

»Bitteschön, Herr Kremp«, sagte Pfau, »ist aber sicher sehr heiß.«

Er machte eine einladende Geste und nippte selbst ganz vorsichtig von dem dampfenden Gebräu.

Kremp schlürfte, erst in winzigen Schlückchen, dann immer mutiger, und wenig später hatte er den Becher halb ausgetrunken.

»Besser?«, erkundigte sich Pfau.

Der andere nickte und lehnte sich ein wenig auf seinem Stuhl zurück.

»Gut, Herr Kremp, dann will ich Ihnen die Frage noch einmal stellen: Warum waren Sie heute im Wagen Ihres Onkels unterwegs?«

»Ist das verboten? Ich verstehe den Sinn Ihrer Frage nicht, um ehrlich zu sein.«

»Das glaube ich Ihnen gern, aber trotzdem würde ich Sie bitten, mir zu antworten. Falls Sie natürlich einen Anwalt dabei haben möchten, wenn wir uns unterhalten, dann warte ich gerne so lange, bis Ihr Rechtsbeistand hier eingetroffen ist.«

Pfau zog sein Handy aus der Tasche und hielt es dem Mann hin.

»Bitte, Sie können gerne von meinem Telefon aus anrufen.«

»Äh ... wieso Rechtsbeistand? Wegen des einen Joints?« Kremp lachte nervös und schüttelte in gespielter Empörung den Kopf. »Also wirklich!«

»Immerhin Joint am Steuer, das ist kein Spaß, Herr Kremp. Aber vielleicht beantworten Sie mir doch einfach meine Frage.«

Pfau sprach nach wie vor mit sanfter Stimme, aber sein Gegenüber kam mit der Situation nicht zurecht. Er knetete seine Finger noch stärker als zuvor, er schwitzte, und immer wieder huschte ein gehetzter Blick zur Seite, als befürchtete er, einer der beiden anderen Polizisten könnte plötzlich über ihn herfallen. Entweder hatte dieser Mann viel zu verbergen – oder er hatte keine Ahnung, was er hier sollte.

»Ich habe wirklich keinen Schimmer, worauf Sie hinauswollen ...«

»Bitte!«

»... aber ich kann es Ihnen gerne sagen: Mein Onkel hat mir seinen Wagen geliehen. Ich habe ihn am Dienstagabend bei ihm in Oberensingen abgeholt, und jetzt wollte ich ihn zurückbringen. Sie können ihn gerne fragen, er wird es Ihnen bestätigen.«

»Das wird leider nicht gehen.«

»Wieso das denn? Jetzt rufen Sie ihn kurz an, er wird sich ohnehin schon Sorgen machen, wird sich fragen, wo ich bleibe. Und dann ist auch schon alles erledigt. Er bestätigt Ihnen, dass ich Ihnen die Wahrheit sage, und Sie lassen mich wieder gehen.«

Pfau sah Kremp an und schüttelte langsam den Kopf. Er ließ den Neffen des Toten nicht aus den Augen und versuchte, in seiner Miene zu lesen: vielleicht das Gefühl, ertappt worden zu sein, etwas in der Art. Doch in Kremps Augen flackerte nur nackte Angst auf.

»Jetzt reden Sie doch mit meinem Onkel, bitte, und lassen Sie mich hier raus!«

Pfau wartete noch einen Moment, doch in der Miene des Mannes deutete nichts darauf hin, dass er wusste, was mit seinem Onkel geschehen war.

»Ihr Onkel Thaddäus Kremp ist tot. Er wurde in der Nacht von Mittwoch auf Donnerstag in der Nähe von Neckarhausen entdeckt, ermordet, soweit wir bisher wissen.«

Nach jedem Satz hatte Pfau eine Pause gelassen, und mit jedem Wort war mehr Farbe aus Thomas Kremps Gesicht gewichen. Am Ende des zweiten Satzes hockte er mit hängenden Schultern so kraftlos vor Pfau, als könnte er jeden Moment einfach nach vorne kippen. Der Beamte, der Kremps Stuhl am nächsten stand, beobachtete ihn genau, um rechtzeitig einschreiten zu können, falls es ihm übel würde. Doch so elend er auch auf seinem Platz saß: Kremp musste sich weder übergeben, noch fiel er in Ohnmacht.

»Und seit seinem Tod«, fuhr Pfau schließlich fort, bedächtig jedes Wort setzend, »ist sein schwarzer Geländewagen verschwunden. In dem meine Kollegen Sie heute in Nürtingen aufgegriffen haben.«

Kremp sah kurz zu ihm hin, seine Augen schimmerten feucht, dann senkte er wieder den Blick.

»Ist Ihnen denn nicht klar, dass Sie in Schwierigkeiten stecken? Und da spiele ich nicht auf den Joint an, der natürlich auch nicht ohne ist – Sie sollten wissen, dass man sich bekifft nicht hinters Steuer setzen darf.«

Kremp ließ den Kopf noch ein wenig mehr hängen, sagte aber nichts. Pfau seufzte, dann setzte er neu an.

»Also, noch einmal, Herr Kremp: Wann haben Sie den Wagen Ihres Onkels in Oberensingen abgeholt?«

»Am Dienstag. Das war abends, ich weiß nicht mehr genau wann, aber halb elf, elf wird es schon gewesen sein. Mein Onkel hat schon geschlafen, es hat eine Weile gedauert, bis ich ihn rausgeklingelt hatte.«

»Sie haben keinen Schlüssel zum Haus Ihres Onkels?«

»Nein, er …«

Thomas Kremp lächelte unsicher.

»Er hatte wohl Angst, ich klaue ihm einen seiner Keltenschätze. Ich habe manchmal …«

Das Lächeln auf Kremps Gesicht erstarrte, als ihm wieder bewusst wurde, mit wem er gerade redete, und er verstummte mitten im Satz.

»Ihr Onkel hatte Angst, dass Sie ihn bestehlen? Warum sollten Sie das tun?«

»Na ja … ich bin nicht immer flüssig, und diese blöden Fundstücke, die er da im Keller hortet … Ich meine, dafür gibt's doch Museen, da muss er doch nicht auch noch sein Geld für so was zum Fenster rauswerfen, oder? Geld, das ich viel nötiger hätte.«

»So?«

»Ja, mit meiner Töpferei verdiene ich nicht immer genug, und es ist echt erniedrigend, meinen Onkel jedes Mal um ein paar Scheine anzubetteln. Meistens gibt er mir ja was, aber eigentlich …«

Kremp setzte sich etwas aufrechter hin und sah Pfau direkt an.

»Eigentlich gehört das ja sowieso alles mir. Irgendwann. Onkel Thaddäus hat mich als Alleinerben eingesetzt, er hat mir das Testament selbst gezeigt.«

Auf seinem Gesicht breitete sich ein triumphierendes Lächeln aus. Pfau rollte genervt mit den Augen.

»Von Joints sollten Sie lieber die Finger lassen, Herr Kremp«, sagte er schließlich in resigniertem Tonfall.

»Warum das denn?«

»Merken Sie denn gar nicht, wie Sie sich hier um Kopf und Kragen reden?«

Pfau war genervt, weil er schon wieder einen Mann vor sich hatte, der es ihm mit seiner Blödheit viel zu einfach machte, und die schlechte Laune war ihm deutlich anzusehen. Er war gut in Befragungen, manchmal sogar sehr gut, aber das hier ... Pfau schüttelte den Kopf.

»Wie? Wieso ... aber ...?«

Nun wirkte Kremp wieder erschrocken, der Kommissar winkte wütend ab.

»Ihr Onkel hat also Angst, dass Sie ihm Geld stehlen oder heimlich eines seiner Sammlerstücke mitnehmen und hinter seinem Rücken verticken. Und deshalb haben Sie keinen Schlüssel zu seinem Haus. Aber wieso leiht er Ihnen dann seinen Wagen? Befürchtet er denn nicht, dass Sie das Auto auch einfach zu Geld machen könnten?«

»Er gibt mir immer nur den Schlüssel und den Fahrzeugschein – den Fahrzeugbrief rückt er nie raus.«

»Da war er vermutlich doch auch gut beraten«, knurrte Pfau.

»Außerdem war für Mittwoch und Donnerstag schönes Wetter vorhergesagt, da wollte mein Onkel ohnehin mit seinem Roller unterwegs sein.«

»Mittwoch und Donnerstag? Sie hätten ihm den Wagen also schon gestern wieder zurückbringen sollen, richtig?«

Kremp zuckte mit den Schultern.

»Und warum haben Sie sich dann erst heute auf den Weg gemacht?«

»Hat sich so ergeben. Mir ist was dazwischengekommen.«

Pfau hatte bisher kein besonders positives Bild von Thaddäus Kremps Neffen gewonnen. Offenbar versuchte er sich als Töpfer über Wasser zu halten, was ihm regelmäßig misslang. Er fuhr bekifft Auto, war unzuverlässig und obendrein noch zu blöd zum Lügen.

»Und mit dem Tag, an dem Sie den Wagen abgeholt haben, sind Sie sich ganz sicher? Das war Dienstag?«

Kremp nickte.

»Wie sind Sie denn von Ihrer Bleibe in Linsenhofen ohne Auto nach Oberensingen gekommen?«

Kremp hob die rechte Hand und hielt den Daumen raus.

»Per Anhalter? Echt? Das funktioniert noch?«

Der andere zuckte wieder mit den Schultern.

»Ich nehme an, Sie können keinen der Leute beschreiben, die Sie mitgenommen haben? Oder die Fahrzeuge?«

Kremp schüttelte den Kopf.

»Das ist schlecht«, sagte Pfau. »Ganz schlecht.«

Kremp schluckte.

»Und seit Dienstag waren Sie auch nicht mehr im Sanddornweg, wo Ihr Onkel wohnt?«

»Nein. Und heute konnte ich ja nicht, weil mich Ihre Kollegen nicht gelassen haben.«

Pfau nickte und wartete, bis Kremp die Pause unangenehm wurde und er ihn fragend ansah.

»Und warum belügen Sie mich, Herr Kremp?«

»Ich? Welchen Grund sollte ich haben, Sie zu belügen?«

»Na ja, mir würden da gleich einige Gründe einfallen. Ich will das mal für Sie zusammenfassen: Ihr Onkel wird ermordet aufgefunden, am Mittwoch ist er abends aus seiner Garage in Oberensingen gefahren – in dem Auto, das Sie schon am Abend zuvor abgeholt und seither nicht mehr nach Oberensingen gefahren haben wollen. Sie stecken regelmäßig in finanziellen Schwierigkeiten, Ihr Onkel traut Ihnen sogar zu, dass Sie ihn bestehlen – und jetzt ist er tot, und Ihnen fällt als dem Alleinerben das Vermögen Ihres Onkels zu. Kein Betteln mehr, keine Sorgen, nur noch Mietshäuser, Barvermögen und der Verkaufserlös aus der vermutlich ziemlich wertvollen Sammlung im Keller.«

Pfaus Tonfall war zum Schluss zynisch geworden.

»Und nicht zu vergessen«, fügte er noch eine Spur ätzender hinzu, »einen Aufsitzrasenmäher vererbt Ihnen Ihr Onkel auch noch.«

»Mit dem Rasenmäher fang ich nichts an, denn ich habe …«

Pfau sprang auf und donnerte seine flache Hand so heftig auf die Tischplatte vor sich, dass Thomas Kremp vor Schreck so zusammenfuhr, dass es ihn einige Zentimeter hoch aus seinem Stuhl hob.

»Sind Sie irre?«, donnerte Pfau den Mann an, der nun ganz verdattert und mit einem Anflug von Panik zu dem Kommissar hinaufschaute, der vor ihm stand und sich weit über die Tischplatte beugte. »Wollen Sie mich verarschen?«

»Nein«, stammelte Kremp, »ich …«

Pfau stöhnte, wedelte genervt mit der rechten Hand und wandte sich an seine Kollegen.

»Schafft ihn mir aus den Augen.«

»Kommen Sie bitte, Herr Kremp?«, sagte einer der beiden und stellte sich neben ihn.

Thomas Kremp erhob sich zögernd, ließ dabei aber Pfau nicht aus den Augen.

»Und was wird jetzt mit mir?«, fragte er schließlich.

»Sie bleiben erst einmal hier, bis wir wissen, warum Sie uns anlügen.«

»Aber ich habe Sie nicht angelogen, Herr Kommissar! Da können Sie meinen Onkel fragen!«

Er verstummte, schluckte, räusperte sich.

»Nein, das können Sie natürlich nicht mehr. Aber Albin kann Ihnen bestätigen, was ich gesagt habe.«

»Welcher Albin?«

»Mein Mann Albin. Er wohnt mit mir in Linsenhofen im selben Haus. Soll ich ihn kurz anrufen? Er wird alles bestätigen, was ich gesagt habe, ganz sicher.«

»Da würde ich drauf wetten«, höhnte Pfau. »Aber das lassen Sie mal lieber bleiben. Wir werden ihn fragen, aber ich würde gerne mit ihm reden, bevor Sie ihn instruiert haben, was er bezeugen soll. Das verstehen Sie doch sicher?«

Damit brachten die Kollegen Thomas Kremp hinaus. Pfau wartete noch einen Moment, dann verließ er das Vernehmungszimmer ebenfalls, informierte die Sokokollegen und suchte sich Begleiter für die anstehende Fahrt nach Linsenhofen.

* * *

Vor allem durch die Staus in der Reutlinger Gegend hatte Lindner insgesamt mehr als eine halbe Stunde verloren, und so traf er erst um viertel sechs an der Heuneburg ein. Seine Gesprächspartnerin hatte er übers Handy wegen seiner voraussichtlichen Verspätung vorgewarnt, aber die Frau hatte fröhlich versprochen, auf ihn zu warten. Und als er vor Ort feststellte, dass das Museum schon seit fünfzehn Minuten geschlossen war, bekam er kurz ein schlechtes Gewissen, doch Hera Corrigan-MacNessa kam so prächtig gelaunt und über das ganze Gesicht strahlend auf ihn zu, dass er sich zwar noch aus Höflichkeit entschuldigte, aber doch schon vollauf beruhigt war.

Die Museumsmitarbeiterin war eine Schönheit, Lindner konnte den schwärmerischen Ton ihres Kollegen Gallus sofort verstehen. Sie mochte keine einssiebzig groß sein, aber ihre wilde, leuchtend rote Mähne ließ sie etwas größer wirken. Ihre helle Haut sah rein und weich aus, munter blitzten die Augen, eine kleine Nase, ein geschwungener Mund und hohe Wangenknochen machten das vorteilhafte Bild komplett. Sie war schlank, wirkte sportlich, und alles an ihr strahlte eine aufrichtige Freundlichkeit aus – das war in dieser Mischung fast zu schön, um wahr zu sein.

Mit festem Händedruck begrüßte sie Lindner und plauderte sofort angeregt auf ihn ein. Er ließ sich von ihr aufs Museumsgelände führen, und sie federte immer einen halben Schritt vor ihm her, bis sie eine Art überdachten Wehrgang erreicht hatten, von dem aus sie weit in die unter ihnen liegende Ebene blicken konnten. Zwischen Wiesen und einzelnen Bäumen wand sich ein kleiner Fluss hindurch, in einiger Entfernung war ein Bauernhof zu sehen.

»Hier oben«, sagte sie und beugte sich lächelnd über die Brüstung der Wehranlage, »bin ich besonders gern. Ist toll hier, nicht wahr?«

Lindner stimmte ihr zu und ließ das Panorama auf sich wirken. Dann bemerkte er, dass die Frau ihn musterte, und er wandte sich ihr zu.

»Sie sind also von der Kripo und wollen mit mir über die keltische Kultur reden – dafür wüsste ich gerne den Grund, Herr Lindner.«

Er erzählte ihr von Thaddäus Kremp und davon, dass seine Leiche ähnlich aufgebahrt war wie der Keltenfürst von Hochdorf. Wieder ließ er viele Details weg, aber die Frau konnte ihm doch ein paar Informationen mehr entlocken als ihr Hochdorfer Kollege. Insgeheim ärgerte er sich darüber, dass er sich offenbar von ihrer Schönheit und ihrer überschwänglichen Freundlichkeit ein wenig einwickeln ließ. Er ging bald seinerseits dazu über, sie zu befragen, und sie gab ihm bereitwillig Auskunft, beschrieb einzelne Merkmale der keltischen Epochen, ihrer Kultur und ihrer handwerklichen Fähigkeiten kenntnisreicher als Friedhelm Gallus und viel unterhaltsamer als Heinrich Hintze. Und obwohl er eigentlich schon mehr über die Kelten erfahren hatte, als er je hatte wissen wollen, hing er geradezu an ihren schönen Lippen, während sie ihm einen rasanten Schnellkurs in keltischer Geschichte verpasste.

»Herr Gallus hatte wirklich recht«, sagte Lindner irgendwann, als sie eine erste kleine Pause ließ.

Sie sah ihn an, ihr Lächeln wirkte nun etwas frecher als zuvor.

»So? Was hat der gute Frieder denn so über mich erzählt?«

»Dass er Sie in den Bereichen Ausstellungsgestaltung und Museumspädagogik für die Beste hält.«

»Na, wenn er sich auf das Fachliche beschränkt hat, ist es ja gut.«

Sie lachte und beugte sich ganz leicht zu Lindner hin.

»Wissen Sie, ich glaube, der gute Frieder ist ein ganz kleines bisschen in mich verliebt.«

Sie lachte wieder und hielt ihm ihre rechte Hand hin.

»Aber: keine Chance!«

Am Ringfinger steckte ein goldenes Schmuckstück. Es wies keinen Edelstein auf, dafür verbreiterte sich der Ring an einer Stelle und war dort mit einer kunstvollen Gravierung verziert, die aussah wie drei Spiralen mit demselben Ausgangspunkt oder wie drei Wellen, die in unterschiedliche Richtungen wiesen.

»Ist das ein keltisches Symbol?«

»Richtig, Herr Lindner, Sie sind sehr aufmerksam. Das ist eine Triskele, von etwa 320 bis 250 vor Christus sehr beliebt bei den Kelten, wird dem sogenannten Plastic Style zugeschrieben. Und wenn Sie jetzt noch meinen Namen analysieren, wissen Sie, warum mir die Begeisterung für alles Keltische gewissermaßen in die Wiege gelegt wurde – mir und meinem Mann.«

Er sah sie verständnislos an, sie winkte nur ab.

»Googeln Sie das gelegentlich mal: Nessa und Korrigan mit ›k‹, dann werden Sie schon verstehen. Sehr schmeichelhaft für mich, übrigens.«

Sie lachte wieder.

»Ich habe mich schon mit mehreren Leuten unterhalten«, fuhr Lindner fort, »die sich wissenschaftlich den Kelten verschrieben haben. Alle kannten Herrn Kremp, aber es gibt offenbar unterschiedliche Einschätzungen über sein Fachwissen.«

»Das kann ich mir nicht vorstellen, Herr Lindner. Thaddäus Kremp war vielleicht nicht immer ein angenehmer Zeitgenosse – für meinen Geschmack hat er zu sehr darauf geschaut, wie seine Arbeit und auch seine Person in der Öffentlichkeit dargestellt wurden und ob er auch hinreichend hofiert wurde.«

Sie zuckte mit den Schultern.

»Aber fachlich fällt mir nichts ein, was ich an ihm hätte kritisieren können. Er war ja Quereinsteiger, und seine Kenntnisse hätten auch jedem studierten Historiker oder Archäologen zur Ehre gereicht. Und er wollte immer noch mehr dazulernen, das fand ich an ihm eigentlich am faszinierendsten. Ich meine, der Mann war Mitte sechzig, er galt als Experte auf unserem gemeinsamen Gebiet – und doch hörte er stets genau zu, wenn er von mir oder einem Kollegen etwas Neues erfuhr.«

Hera Corrigan-MacNessa musterte Lindner.

»Hat Gallus das anders eingeschätzt? Hatte er Zweifel an Kremps Fachwissen?«

»Nein, er nicht. Er lobte Kremp ähnlich wie Sie, nannte ihn gut vernetzt und ... na ja ... sehr am Rampenlicht interessiert.«

»Das trifft es genau, sehr schön formuliert. Und wer krittelte dann an Kremp herum?«

»Heinrich Hintze. Kennen Sie ihn?«

Ihr Lächeln erstarb, sie nickte.

»Ja, den kenne ich. Aber was ich zu ihm sagen soll, weiß ich gar nicht. Er ...«

Sie suchte nach den richtigen Worten.

»Hintze ist fachlich sattelfest, er schreibt viele Artikel für Fachmagazine und manchmal auch für große Publikumszeitschriften, und wenn auch manches ein bisschen zu populär und manchmal etwas zu sehr vereinfacht formuliert ist, zumindest für meinen Geschmack, macht er so gut wie keine

Fehler. Ich hatte mal ein paar Monate lang näher mit ihm zu tun. Das ist so etwa acht oder zehn Jahre her, und Hintze half bei der Vorbereitung einer Sonderausstellung. Er hat gut gearbeitet, und seine Reportage, die danach auf den Wochenendseiten einiger Tageszeitungen erschienen ist, hat uns viel Publicity eingebracht.«

»Und wie haben Sie Hintze erlebt?«

»Fleißig, eifrig, ehrgeizig – und bei all dem nicht wirklich aufdringlich oder allzu egozentrisch. Eigentlich habe ich Hintze als netten Kerl erlebt. Seine Frau war mal hier, die mochte ich sofort. Sie hat mir erzählt, dass sie und ihr Mann in einem Stadtteil von Nürtingen einen Laden betreiben, in dem sie Waschmaschinen und solche Geräte verkaufen, und dass sie ihren Heinrich meistens ziehen lässt, wenn ihn mal wieder das Keltenfieber packt.«

Sie lachte kurz auf.

»So hat sie das wirklich genannt: ›Keltenfieber‹ – nett, oder?«

Lindner nickte, und ein seliges Lächeln ließ ihr Gesicht förmlich leuchten.

»In ihrer Gegenwart war Hintze völlig entspannt, er sah richtig glücklich aus. Das war so schön! Und dann kam Kremp.«

Die Museumsmitarbeiterin wurde ernst.

»Dass die beiden sich nicht mochten, wusste ich vorher schon – aber in Hintzes Gegenwart benahm sich Kremp ... ich weiß nicht recht ... da fand ich ihn sehr unangenehm, fast unerträglich.«

Sie sah Lindner an und fragte unvermittelt: »Haben Sie Geschwister?«

»Nein.«

»Man kennt so etwas von Geschwistern. Wenn die zusammen sind, fliegen die Fetzen, während jeder für sich liebenswürdig und zuvorkommend sein kann. So ähnlich wirkten Hintze und Kremp auf mich. Na ja ... und dadurch manchmal schon auch wie Kinder.«

Sie schmunzelte.

»Wenn die beiden miteinander diskutierten, habe ich insgeheim manchmal damit gerechnet, dass sie plötzlich anfangen, mit dem Fuß aufzustampfen und sich ständig mit ›Nein!‹ – ›Wohl!‹ – ›Nein!‹ und so immer weiter anzutrotzen.«

Inzwischen waren sie zu einem Rundgang durch das Freilichtmuseum aufgebrochen, hatten einige Holzgebäude mit schindelgedeckten Giebeldächern passiert und standen nun vor einem winzigen Häuschen, das auf vier Holzstelzen stand und geradezu eingepfercht war zwischen zwei größeren Gebäuden. Hera Corrigan-MacNessa folgte Lindners Blick.

»Ein Kornspeicher«, sagte sie zu ihm, bevor sie nachdenklich weiterging. »Ich habe nie nachvollziehen können, warum die beiden sich nicht leiden konnten. Im täglichen Umgang fand ich Heinrich Hintze angenehmer, fachlich …«

Sie dachte nach.

»Fachlich schenkten sie sich nichts, würde ich sagen.«

Dann blieb sie stehen und sah Lindner an.

»War es Hintze, der Kremps Kompetenz in Zweifel zog?«

»Ja. Er macht gerade eine Reportage über das Oppidum Finsterlohr, ich habe ihn heute früh dort getroffen.«

»Da waren Sie heute auch schon?«

Lindner nickte.

»Respekt! Aber leider waren Sie zu früh dran. Dort findet übermorgen ein Keltenfest statt. Ich habe mir das Programm angesehen, klingt toll. Wenn ich es irgendwie einrichten kann, fahre ich da hin.«

»Die Vorbereitungen laufen schon auf Hochtouren.«

»Kann ich mir gut vorstellen, die Veranstalter haben sich einiges vorgenommen. Und was genau hatte Hintze an Kremp auszusetzen?«

»Er hat ihm unterstellt, dass er ab und zu mal Details der falschen keltischen Ära zugeordnet hat, dass er Merkmale von La-Tène-Zeit und dieser anderen Ära verwechselte.«

»Hallstatt«, sagte sie wie im Reflex.

Doch dann sah die Museumsmitarbeiterin sehr betrübt drein.

»Als er das gesagt hat ...«, fragte sie schließlich, »wusste er da schon, dass Kremp tot ist?«

»Ja, das wusste er.«

Sie schüttelte den Kopf und sah noch etwas trauriger aus.

»Ekelhaft«, murmelte sie dann. »Man kann sich zu Lebzeiten streiten, man kann die Argumente des jeweils anderen in Zweifel ziehen oder versuchen, sie zu widerlegen. Aber dass man einem Rivalen so etwas unterstellt, und ihm sogar nach dem Tod noch solchen Schmutz hinterherwirft ...!«

* * *

Die Adresse in Linsenhofen gehörte zu einem kleinen alten Wohnhaus, das windschief und beinahe baufällig neben einem ebenso heruntergekommenen Bauernhof mit Wohn- und Nebengebäuden stand. Pfau ließ das Ensemble auf sich wirken, bevor er ausstieg. An einigen Stellen war Putz abgebröckelt, an der Ecke einer Scheuer fehlten ein paar Mauersteine, und überall wucherten Schlingpflanzen, Gras und Unkraut. Ein kleiner Baum hatte sich im zugewachsenen Misthaufen eingerichtet, und den Hof zwischen den Gebäuden, teils von aufgeplatztem Beton, teils von Gras und Erde bedeckt, dominierte eine wuchtige Linde, um deren Stamm jemand eine wacklig aussehende Holzbank hingebastelt hatte.

Das alte Gehöft stand am südlichen Ende von Linsenhofen, und hinter den Gebäuden befanden sich in der einen Richtung Streuobstwiesen, in der anderen ein Feld und in einiger Entfernung ein baumbestandener Hügel. Das Areal grenzte an die Gärten einiger schöner, noch recht neuer Wohnhäuser, ansonsten ging der Blick weit hinaus in die Landschaft, das Tal der Steinach entlang oder den bewaldeten Hang hinauf, den die Burg Hohenneuffen mit ihrer wuchtigen Silhouette krönte. Die Obstbäume trugen noch etwas herbstlich verfärbtes Laub, und an den Hängen waren teils sattgrüner Nadelwald, teils die farblich ins Gelbbraune, Braunrote und bis hinein ins Violette spielenden Blattkronen der Laubbäume zu sehen.

Der Innenhof des alten Anwesens konnte diese optische Ablenkung auch gut vertragen: Nur die hohen Holzstapel wiesen eine gewisse Ordnung auf, überall lag Gerümpel in den Ecken, Holzstücke und zerbrochenes Mobiliar, schief aufeinandergestapelte Obst- und Weinkisten, eine vollständige Holzleiter und zwei beschädigte, dazwischen Backsteine, Kieselsteine und Pflastersteine zu kleinen Haufen geschichtet. Und wo noch Platz war, standen Gefährte aller Art: mehrere Fahrräder in unterschiedlicher Ausführung, nicht mehr alle benutzbar, zwei Handkarren, einer mit vier und einer mit nur noch zwei stahlbeschlagenen Holzrädern, eine Schubkarre mit plattem Gummireifen, ein museumsreifes Mofa und ein dreckverschmierter Motorroller, daneben ein einachsiger Karren, dessen lange Deichsel in einer seltsamen Vorrichtung endete, mit der man den Anhänger vermutlich am Gepäckträger eines Fahrrads, des Mofas oder des Rollers befestigen konnte.

Das Seltsamste an diesem etwas morbiden Ort bemerkte Pfau aber erst, als er ausgestiegen war und mit seinen Begleitern, die ihren Streifenwagen direkt hinter seinem Auto abgestellt hatten, auf das kleine Wohnhäuschen zuhielt. Es war ein anhaltender Ton, ein ganz tiefes, etwas krächzendes Wehklagen, das eher tierisch als menschlich klang. Dann zitterte der Ton und brach ab. Nach einer kurzen Pause begann er von neuem, mit einem holprigen Prusten am Anfang und dann einem wackligen Dröhnen.

Der Ton schien von einer Stelle hinter dem Haus zu kommen, der Straße und der Ortschaft abgewandt, und an einem Stapel verbogener Metallstücke und einem Einkaufswagen ohne Räder vorbei ging Pfau langsam hinter das Gebäude. Er schaute durch die kleinen Fenster des Häuschens und konnte die Einrichtung eines altmodischen Wohnzimmers erkennen, in den Ecken des niedrigen Raums standen verschiedene Musikinstrumente, auf dem großen Holztisch waren zwischen zwei großen Aschenbechern Utensilien zum Drehen von Zigaretten verstreut.

Zu dem niedrigen Wohnzimmer, das durch die kleinen Fenster nur wenig Licht bekam, bildete der Blick auf die Landschaft hinter dem Haus einen so krassen Kontrast, dass Pfau einen Moment lang stehen blieb und mit großen Augen über die Wiesen schaute, die sich direkt an den kleinen Garten des Häuschens anschlossen. Ein paar Meter vor ihm markierte ein alter Holzzaun das Ende des Grundstücks, zugleich auch den Rand des Dorfes, davor sprossen und grünten die unterschiedlichsten Pflanzen, offenbar gut gepflegt und an den richtigen Stellen gepflanzt oder ausgesät.

Dahinter: Weites, freies Land, Bäume; der Wald verlief hinauf zur Burg, die man auch schon von der Straße aus gesehen hatte. Als Kind war Pfau dort oben, auf den Kuppen und in den Wäldern auf beiden Seiten des Neuffener Tals oft unterwegs gewesen, hatte Wanderungen mit seinem Vater unternommen. Die Stunden hatte er sehr genossen, zu zweit auf Trampelpfaden und Kieswegen, ohne viel miteinander zu reden. Und wenn der Vater dann Käse und gerauchte Wurst, Obst und Bauernbrot aus seinem übergroßen Rucksack hervorgeholt hatte und sie schwatzend und kauend auf einem Stapel Baumstämme am Wegrand saßen, fühlte Pfau sich fast wie Luis Trenker, dessen Bergsteigerfilme ihm der Vater so gerne gezeigt hatte.

»Kann ich Ihnen helfen?«

Die Stimme riss Pfau aus seinen Erinnerungen, und er wandte sich dem Mann zu, der hinter dem kleinen Bauernhaus auf einem Holzklotz saß, die langen Beine vor sich gekreuzt. In den Händen hielt er ein langes, etwas krummes, circa zwei Meter langes Holzrohr, das am einen Ende auf einem Backstein ruhte und dessen anderes Ende er nun langsam auf seinem Schoß ablegte. Er war ein schlanker Typ, Mitte dreißig, die dünnen schulterlangen Haare setzten oberhalb einer hohen Stirn an, und bekleidet war er mit einer beigefarbenen Cargohose, die mit grasgrünen Schlieren und mit Flecken und Tropfen in ganz vielen anderen Farben übersät war. Seine Füße steckten in ausgetretenen Turnschuhen, um seinen drahtigen Oberkörper hing ein weißes T-Shirt mit ausgefranstem V-Ausschnitt und löchrigem Bund.

»Sind Sie Albin?«, fragte Pfau zurück, und als der Mann nickte und ihn dabei misstrauisch musterte, trat der Kommissar auf ihn zu, zeigte ihm seinen Dienstausweis und stellte sich vor. Ein trauriges Lächeln legte sich auf das offene Gesicht Albins.

»Sie kommen wegen Thomas, oder?«

Pfau stutzte. Das ging ja schnell – rannte er hier mit seinen Fragen zum Mord an Thaddäus Kremp womöglich offene Türen ein?

»Ja. Woher wissen Sie das?«

»Thomas ist kein schlechter Kerl, das müssen Sie mir bitte glauben. Er ist ein Dummerle, das schon, bringt sich immer wieder in Schwierigkeiten, kann nicht mit Geld umgehen, aber ...« Albin zuckte mit den Schultern. »Wo die Liebe hinfällt ... was will ich machen?«

Er lächelte selig. Einen Moment lang dachte Pfau an die Streitigkeiten mit seiner Frau, die zuletzt ihre Abende bestimmt hatten, und fast kam so etwas wie Neid in ihm auf.

»Was wollen Sie uns denn sonst noch über Ihren ... Freund erzählen?«

»Thomas ist mein Mann. Wir haben vor einem Jahr geheiratet. Wissen Sie, in einem Dorf wie diesem hier wird es von manchem noch immer nicht gern gesehen, wenn zwei Männer einfach so zusammenleben.«

Er lachte trocken.

»Nun sind wir immer noch zwei Männer in einem Haus, aber immerhin sind wir verheiratet!«

Er legte das Holzrohr beiseite, stand auf und deutete eine gezierte Verbeugung an.

»Gestatten: Albin Kremp, geborener Schmauchle.«

Ein spöttisches Grinsen spielte um seinen Mund, dann wurde er wieder ernst.

»Aber erzählen will ich Ihnen über Thomas eigentlich gar nichts. Ich würde viel lieber wissen, was Sie hierher geführt hat – und warum Sie mich zu Thomas befragen, wo Sie doch genauso gut selbst mit ihm …«

Er unterbrach sich, und nun weiteten sich seine Augen und sein Blick irrlichterte zwischen Pfau und den beiden Polizisten, die hinter ihm standen, hin und her.

»Ist Thomas womöglich … ist ihm was passiert?«

Albin Kremp sah ihn nun auf einmal so ängstlich an, dass es Pfau sofort leidtat, den Mann so im Ungewissen gelassen zu haben.

»Nein, Herr Kremp, Ihrem … Mann ist nichts passiert. Wir haben ihn erwischt, als er bekifft durch Nürtingen gefahren ist, und wir haben ihn mitgenommen, weil …«

Pfau beobachtete Kremp genau, während er sprach und gegen Ende redete er langsamer, um vielleicht doch noch eine verräterische Reaktion des Mannes zu provozieren. Doch der schüttelte nur fassungslos den Kopf.

»Wie oft hab ich ihm gesagt, dass er das bleiben lassen soll!«

Er lächelte Pfau unsicher an.

»Wie gesagt, er ist manchmal echt ein Dummerle, der Thomas. Kiffen ist okay, hab ich ihm gesagt, und Autofahren auch – aber alles hat seine Zeit, so steht es doch schon in der Bibel, oder?«

Pfau war nicht sicher, ob Kiffen in der Bibel wirklich erwähnt wurde, aber Albin Kremp schien seinen Lebensgefährten zumindest nicht als Mörder seines Onkels im Verdacht zu haben – und womöglich wusste er noch nicht einmal, dass Thaddäus Kremp tot war.

»Wir haben ihn wegen der Ermittlungen in einem Mordfall befragt«, sagte Pfau.

»Um Himmels willen!«, entfuhr es Kremp, und er starrte den Kommissar mit offenem Mund an. »Mord?«

Pfau nickte und versuchte, in der Miene des Mannes zu lesen. Mehr als aufrichtigen Schrecken konnte er aber nicht erkennen.

»Und was hat Thomas damit zu tun? Glauben Sie, er könnte Ihnen als Zeuge behilflich sein?«

»Das wissen wir noch nicht«, log Pfau, dann lenkte er das Gespräch so unauffällig wie möglich auf den Punkt, den er klären wollte. »Er war mit dem Auto unterwegs, aber auf ihn ist kein Wagen zugelassen.«

»Ach das ...«, winkte Albin Kremp ab, »das war die Karre von seinem Onkel. Die hat er sich ausgeliehen, er wollte den Wagen heute wieder zurückbringen – eigentlich hätte er ihn schon gestern wieder abliefern sollen, aber wir hatten es uns nett gemacht, und dann hatte er keine Lust mehr. Der Onkel war ohnehin oft mit seinem Motorroller unterwegs.«

»Wann hat er sich den Wagen denn ausgeliehen?«

»Am Dienstag. Er ist von der Ortsmitte aus getrampt, gegen neun hat er mich angerufen, dass er in Nürtingen noch einen alten Bekannten getroffen hätte und dass er mit dem jetzt noch auf ein Bier in eine Kneipe gehen würde. Es könnte also etwas später werden, ich sollte mir keine Sorgen machen.«

Pfau hob eine Augenbraue.

»Diesen Blick können Sie sich sparen, Herr Kommissar«, maulte Albin Kremp. »Ich sagte schon, ein Bekannter, mit dem er ein Bier trinken wollte. Sind Sie verheiratet?«

»Ja, wieso?«

»Wenn Sie da jedes Mal, wenn Ihre Frau mit einem Kollegen in die Kantine geht, befürchten, dass sie diesen Mann in die nächste Teeküche zerrt, um ihn dort zu vernaschen, dann wird Ihre Ehe nicht mehr lange halten.«

Für einen Augenblick spielte ein verächtlicher Zug um seinen Mund.

»Wissen Sie, ein schwuler Mann macht so wenig mit jedem Mann rum, den er trifft, wie ein Hetero mit jeder Frau.«

»Ja, schon recht«, brummte Pfau, dem die Entwicklung des Gesprächs offensichtlich unangenehm war. »Und wie ging's nach dem Anruf Ihres Mannes weiter?«

»Etwa um halb zwölf fuhr er mit dem Wagen auf den Hof. Sein Onkel war wohl nicht sehr erfreut gewesen, Thomas noch so spät am Abend vor seiner Tür stehen zu sehen, aber er hat ihm das Auto trotzdem ausgeliehen – ich habe es sowieso noch nicht oft erlebt, dass er ihm etwas ausgeschlagen hätte. Auch ein bisschen Geld konnte er dem Onkelchen noch abschwatzen. Ich mag den alten Herrn. Erst war er ein bisschen irritiert, weil Thomas und ich ein Paar waren – aber dann hat er sich damit arrangiert.«

Albin Kremp grinste.

»Insgeheim glaube ich, dass er sich vor allem darüber gefreut hat, dass Thomas mit seiner Art zu leben seine Mutter vor den Kopf gestoßen hat. Die beiden sind so.«

Er ballte die Fäuste und klopfte sie leicht gegeneinander.

»Die sind völlig zerstritten, wechseln kein Wort mehr, und seit zwischen Thomas und seiner Mutter Funkstille herrscht, überhäuft ihn Onkel Thaddäus mit Geldgeschenken und Hilfsangeboten. Na ja, mir soll's recht sein.«

»Schmerzt es Sie nicht, wenn Mutter und Sohn Ihretwegen keinen Kontakt mehr miteinander haben?«

»Wieso meinetwegen? Thomas hatte vor mir schon andere Freunde, er ist ja auch ein knackiges Kerlchen – und fuchsteufelswild war die Alte schon, als sie von mir und Thomas noch gar nichts wusste. Sie wollte ihren Sohn in irgendeinem Büro sehen, als Angestellter oder lieber noch als Beamter, und er will halt lieber töpfern. Das hat sie nicht akzeptiert, da ist er gegangen, kurz bevor sie ihn hätte rausschmeißen können.«

»Und können Sie vom Töpfern leben?«

»Nur Thomas töpfert, ich baue Didgeridoos – allerdings tue ich mich noch schwer damit. Wollen Sie mal hören?«

Er nahm das lange Holzrohr zur Hand und sah Pfau fragend an.

»Nein, ich hab's schon gehört, als ich noch vor dem Haus stand.«

»Na, dann wissen Sie ja schon, dass ich noch einiges zu lernen habe. In der Nähe von Backnang gibt's einen wahren Didgeridoo-Meister, und seine Frau bemalt die fertigen Instrumente. Bei ihm habe ich mal einen Kurs belegt, aber nun fehlt mir halt noch die Übung. Thomas töpfert ganz hübsch, aber ein Crack ist auch er nicht gerade. Und so müssen wir schauen, wie wir noch das eine oder andere dazuverdienen können. Das klappt mal besser und mal schlechter, und wenn's wieder ganz schlecht geklappt hat, pumpt Thomas den Onkel an.«

»Geht ihm das nicht allmählich auf die Nerven, immer diese Bettelei, wo er doch angeblich als Alleinerbe im Testament steht?«

»Manchmal schon, klar, aber das mit dem Testament ...«

»Kommen wir noch einmal zurück zum Dienstagabend. Wissen Sie noch, wann Ihr Mann heimgekommen ist?«

Pfau beeilte sich, seine Fragen noch loszuwerden, bevor ihn Albin Kremp nach dem Opfer fragte – und danach, ob Thomas Kremp als verdächtig eingestuft wurde.

»Ja, das war so gegen halb zwölf.«

»Gut, danke. Wozu hat er sich den Wagen eigentlich ausgeliehen? Hatten Sie am Mittwoch einen Termin, brauchten Sie dafür das Auto?«

Nun stutzte Albin Kremp doch und sah Pfau fragend an.

»Warum wollen Sie das eigentlich alles wissen? Was hat Thomas mit Ihrem Mordfall zu schaffen?«

Albin Kremp stutzte, dann wurde er wieder bleich.

»Das Testament ... Onkel Thaddäus ist der Tote, oder?«

»Ja.«

»Und jetzt glauben Sie, dass Thomas ...?«

»Wir können es uns nicht leisten, etwas zu glauben – wir ermitteln in alle Richtungen, und in diesem Zusammenhang müssen wir auch herausfinden, ob Thomas Kremp ein Motiv hat oder ein Alibi für die Tatzeit.«

Auf dem Gesicht von Albin Kremp spiegelten sich Ernüchterung und Entsetzen.

»Ist Ihr Mann irgendwann am Mittwoch mit dem Wagen weggefahren?«

»Ach – am Mittwoch wurde Onkel Thaddäus ermordet?«

Pfau schwieg und wartete auf eine Antwort. Doch stattdessen stand Albin Kremp seufzend auf und ging ohne ein Wort ins Haus. Einer der uniformierten Polizisten ging vors Haus, um dem Mann notfalls den Fluchtweg abschneiden zu können, der andere blieb in Pfaus Nähe stehen. Nach kurzer Zeit hörten sie die Toilettenspülung, dann hörten sie Albin Kremp im Haus reden, und nach gut zehn Minuten trat er wieder durch den Hinterausgang. Er hatte eine große Stofftasche umgehängt und eine Jacke übergezogen. Pfau sah ihn fragend an.

»Ich habe gerade meinen Anwalt angerufen. Hier ist seine Nummer«, sagte Kremp und hielt Pfau einen Zettel hin. »Wären Sie bitte so nett und geben ihm durch, wohin Sie mich jetzt bringen lassen?«

* * *

Während sich Pfau im Nürtinger Polizeirevier mit der Befragung des Ehepaars Kremp abmühte – mal sprach er mit Albin, mal mit Thomas, dann wieder mit beiden, und jedes Mal saß der Anwalt mit am Tisch –, hörten sich einige Kollegen in Linsenhofen um, was die Nachbarschaft dazu sagen konnte, was Albin und Thomas Kremp seit Dienstag so unternommen hatten. Heraus kam erstaunlich wenig. Die meisten Bewohner der umliegenden Häuser schienen nicht sehr auf die Kremps zu achten, und selbst die geifernde Schwertgosch ein paar Häuser weiter Richtung Ortsmitte, die so wortreich über die beiden schimpfte, wusste nicht wirklich Hilfreiches zu berichten.

Wenn man alle Aussagen zusammenfügte, ergab sich folgendes Bild: Am Mittwoch waren die beiden morgens früh losgefahren und gegen elf Uhr wieder zurückgekommen, eine Nachbarin hatte danach beobachtet, wie sie Lebensmittel und Haushaltsartikel aus dem Wagen ins Haus getragen hatten – vermutlich waren sie im Supermarkt gewesen. Doch nach dem späten Mittwochvormittag hatte niemand Albin oder Thomas Kremp im geliehenen Wagen wegfahren sehen, erst am Donnerstag gegen halb neun, hieß es, sei der Wagen mit einigen Kisten beladen worden, Thomas Kremp sei allein losgefahren und Albin habe auf seiner missratenen Holztröte herumposaunt. Etwa drei Stunden später sei Thomas Kremp mit dem Geländewagen zurückgekehrt. Das Nächste, was einer der Nachbarn zu berichten wusste, war, dass am Donnerstag gegen acht Uhr abends die Klappläden des kleinen Häuschens geschlossen wurden und bis gegen elf Uhr am Freitag geschlossen blieben. Dann fuhr Thomas Kremp mit dem Auto des Onkels zum Bäcker und zum Metzger.

Daraus ließ sich der Verdacht gegen einen der Kremps nicht erhärten – aber keiner der Nachbarn war am Mittwochnachmittag und -abend durchgehend vor Ort gewesen, und wer da war, hatte keinen freien Blick auf den Platz, wo der Geländewagen abgestellt worden war. Zudem konnte man das Bauernhaus über verschiedene Straßen verlassen. Die normale Zufahrt erfolgte über die Haldenstraße, an deren Ende der Hof lag. Aber am anderen Ende des Gehöfts führte ein Feldweg ebenfalls in den Ort und auf die dort verlaufende Mühltobelstraße. Und schließlich konnte man sich auf demselben Feldweg auch nach Süden wenden, mit einem Geländewagen sollte es kein Problem sein, auf diese Weise das nur etwa einen Kilometer entfernte Neuffen zu erreichen. Wenn also die missgünstige Nachbarin selbst trotz größter Aufmerksamkeit niemand hatte vorbeifahren sehen, dann hätte Kremp auf einer anderen Strecke trotzdem weg- und wieder nach Hause fahren können.

Pfau gab sich viel Mühe, die beiden Männer in Widersprüche zu verwickeln, aber sie gingen ihm nicht auf den Leim. Und wenn stimmte, was sie ihm wieder und wieder versicherten, dann waren Albin und Thomas Kremp am Mittwochvormittag einkaufen und hatten den Rest des Tages im Haus und im Garten verbracht. Am Donnerstag hatte Thomas Kremp einige Kartons mit Töpferware an mehrere Deko- und Blumengeschäfte in Bad Urach, Metzingen, Pfullingen und im Reutlinger Stadtteil Sondelfingen ausgeliefert – was die genannten Läden auf Nachfrage auch alle bestätigten. Albin Kremp arbeitete währenddessen an seinem Didgeridoo und probierte es aus. Danach hatten sie es sich erst hinter dem Haus und dann drinnen gemütlich gemacht, erst am Freitag gegen Mittag ging Thomas Kremp wieder aus dem Haus, um für Frühstück und Mittagessen einzukaufen.

Als dann auch noch die Kriminaltechnik mitteilte, dass keine Spuren darauf hindeuteten, Thaddäus Kremp könnte in seinem Geländewagen bewusstlos oder tot transportiert worden sein, und dass auch nirgendwo im oder am Wagen Spuren absichtlich verwischt worden waren, ließ Pfau die beiden Kremps wieder gehen. Er bot ihnen an, sie im Streifenwagen nach Linsenhofen chauffieren zu lassen, aber aus nachvollziehbaren Gründen ließen sie sich lieber von ihrem Anwalt nach Hause fahren.

* * *

An diesem Abend war es mit Lindner nicht auszuhalten. Die Neuigkeiten, die Pfau für ihn hatte, klangen frustrierend, und wie der Kollege versprach sich auch Lindner wenig davon, dass die Kremps für alle Fälle observiert wurden. Ihm selbst schwirrte der Kopf wegen all der Informationen, die er heute zu den Kelten bekommen hatte, und seine Mutter, die gleich nach seiner Heimkehr wieder mit der Frage genervt hatte, ob er diese blöde Kommunikations-App endlich installiert und ausprobiert habe, machte das Ganze auch nicht besser.

Ruth und Maria setzten sich zu ihm in die Küche, als er ein spätes Vesper zu sich nahm. Lindner maulte wegen dieses Krimiautors, den er am nächsten Tag herumchauffieren sollte, dass das ja wohl das Letzte sei und ihn nur unnötig von der Arbeit abhalte. Seine Mutter fragte ihn, wie der Autor denn heiße – »vielleicht isch er jo berühmt, no kannsch dir a Autogramm für mi gäba lassa«. Lindner brummte eine unverständliche Erwiderung, stand auf und kam mit zwei Taschenbüchern zurück, die ihm Kortz mitgegeben hatte. »Fredi Krohmer« stand in Großbuchstaben über düster inszenierten Coverfotos, und vom Autorennamen hatte der Grafiker knallrotes Blut tropfen lassen.

»Sag bloß!«, sagte Ruth Lindner und hielt die Bücher ihrem Sohn hin. »Die Krimis spielat ganz en dr Nähe: oiner em Schönbuch, oiner am Albrand – des isch doch intressant!«

»Kannst die Bücher gerne behalten«, knurrte Lindner und verzog sich ins Wohnzimmer, wo er den Fernseher anstellte und sich auf dem Sofa breit machte. Maria legte sich zu ihm und versuchte eine Weile, ihn aufzumuntern, aber schließlich gab sie auf und kam zu Ruth Lindner in die Küche zurück. Die hatte sich schon in einem der Krimis festgelesen, und Maria nahm das andere Buch zur Hand.

Als Lindner auf dem Sofa erwachte, lief eine Talkshow. Er mühte sich hoch, schaltete das Gerät aus und tappte schlaftrunken zur Küche hinüber. Seine Mutter und Maria saßen über den beiden Krimis, die er mitgebracht hatte, und schienen ganz gefesselt.

»Ich geh ins Bett«, sagte Lindner, und als das niemanden interessierte, fügte er noch hinzu: »Gute Nacht, Mutter! Kommst du, Maria?«

Die beiden Frauen winkten ihm kurz, ohne aufzusehen, und blätterten gleich danach wieder in den Büchern. Lindner schleppte sich die Treppe hinauf, ließ sich ins Bett fallen und schlief bald ein.

* * *

Kevin Klein sah sich mehrmals um, bevor er den Helm aufsetzte und sich in den Sattel seines Motorrads schwang. Die ersten hundert Meter fuhr er mit ausgeschalteten Scheinwerfern, danach zwar mit Beleuchtung, aber recht langsam und umsichtig, ein paar Mal fuhr er absichtlich einen kleinen Umweg und behielt an jeder Abzweigung, die er nahm, den Rückspiegel im Blick. Erst als er den Stadtrand erreicht hatte, drehte er das Gas auf und hielt direkt auf sein Ziel zu.

In Dettingen sah er noch einmal aufmerksam in den Rückspiegel, bevor er nach rechts abbog, die Bahnstrecke überquerte und schließlich in der Hinteren Straße vor einem Haus stehen blieb. Er stieg nicht ab, ließ den Motor laufen und gab übers Handy Bescheid, dass er da war. Eine ältere Frau in geblümter Schürze beobachtete ihn von einem der benachbarten Häuser, er wollte ihr gerade den erhobenen Mittelfinger zeigen, da fiel ihm wieder ein, wessen Mutter sie war, und er sah schnell weg. Der Mann, den er abholen wollte, kam heraus. Er hatte seinen Helm schon auf, kletterte auf die Sitzbank und klopfte Kevin auf die Schulter, als er saß.

Das letzte Stück der nächtlichen Fahrt hatten sie bald hinter sich gebracht. Drei-, vierhundert Meter vor Owen rumpelten sie nach links auf einen Feldweg, Kevin löschte das Licht, und noch einmal etwa vierhundert Meter weiter brachte er das Motorrad zwischen einigen Bäumen zum Stehen.

Die anderen Männer warteten schon, sie waren im Lieferwagen gekommen. Nur Sina fehlte noch, aber sie ließ ihre Helfer gerne warten.

Der unauffällig lackierte Kleinwagen war an dem Feldweg vorbeigefahren, hatte den Weg durch einige Straßen am nördlichen Ortsrand von Owen genommen und war dann auf einem Wiesenweg mit ausgeschalteten Scheinwerfern ganz langsam zurück in Richtung Norden gerollt. In ausreichender Entfernung zu der Stelle, an dem der Feldweg endete, dem der Motorradfahrer gefolgt war, stiegen die beiden Zivilbeamten aus und schlichen vorsichtig weiter. Schließlich konnten sie die Stimmen mehrerer Männer hören, Zigarettenrauch hing in der Luft, und neben dem Motorrad stand ein Lieferwagen.

»Das sind sie«, flüsterte der eine Beamte dem anderen zu.

Einer blieb auf seinem Posten, der andere kehrte schnell und leise zum Wagen zurück, um Verstärkung anzufordern.

* * *

Irgendwann hatte sich Maria dann doch von Mutter Lindner verabschiedet. Sie ging ins Bad, schlich wenig später ins Schlafzimmer und legte den Krimi, den sie aus der Küche mit nach oben genommen hatte, ganz leise auf den Nachttisch. Dann zog sie sich aus und schlüpfte zu Lindner unter die Decke. Er drehte sich mit geschlossenen Augen zu ihr um und schlang seine Arme um sie. Maria lächelte und begann, ihn sanft zu streicheln.

Sein schlaftrunkenes Gurren ermunterte sie, damit fortzufahren, und nach einigen Minuten kam auch wirklich etwas mehr Leben in Lindner. Er öffnete seine Augen halb, küsste sie und ging nun seinerseits mit den Fingern auf Erkundungstour. Ab und zu knarzte der Bettrost, und als draußen auf der Treppe Schritte zu hören waren, zogen sie die Bettdecke über ihre Köpfe und kicherten leise wie Teenager. Erst ging die Badtür, bald darauf auch die Schlafzimmertür, dann war Ruhe, und die beiden schlugen die Decke wieder zurück und machten weiter, wo sie vorhin unterbrochen worden waren.

Sie rollten sich mal hierhin und mal dorthin, mal lag Maria oben und mal Lindner, und sie schloss schon die Augen, weil sie das Finale ganz konzentriert genießen wollte, da erstarrte Lindner mitten in der Bewegung. Sie schlug die Augen auf und wollte ihn ermuntern, sich nicht länger zurückzuhalten, da fiel ihr auf, dass Lindner sie gar nicht ansah.

Stattdessen starrte er auf das Buch, das sie auf den Nachttisch gelegt hatte. Ein genervter Zug lag auf seinem Gesicht, und dann schnaubte er, rollte sich zur Seite und schlief ohne ein weiteres Wort ein. Sein erster Traum handelte von einem Krimiautor, dem er einen üblen Streich spielte.

* * *

Kevin Klein hörte sich die derben Witze der anderen geduldig an, obwohl er die meisten schon kannte. Er sah auf die Uhr. Diesmal verspätete sich Sina deutlich mehr als sonst. Und als er in der Dunkelheit Schritte hörte, war es auch nicht sie – rund um die Gruppe, die neben dem Lieferwagen und dem Motorrad wartete, tauchten wie aus dem Nichts sechs uniformierte Polizisten und vier Männer in Zivil auf, einige hatten die Waffen in der Hand und hielten sie auf Kevin und seine Kumpane gerichtet.

Die Metalldiebe wurden auf mehrere Streifenwagen verteilt, der Lieferwagen und das Motorrad wurden von Abschleppfahrzeugen abgeholt und zur Kriminaltechnik gebracht – und weil die Männer dadurch, dass sie den toten Kremp im Wasserspeicher gesehen hatten, mindestens als Zeugen in Verbindung mit dem Mordfall der Soko Hochen standen, hatte Staatsanwalt Pannemann darum gebeten, sie alle ins Nürtinger Polizeirevier zu bringen und sie dort zu befragen.

Sina Waller hatte auf ihrem Fußweg zum Treffpunkt die ersten beiden Polizisten bemerkt, hatte sich noch rechtzeitig vor ihnen versteckt und beobachtete nun aus sicherer Entfernung, wie ihre Helfer abgeführt wurden. Am liebsten hätte sie Kevin gleich noch einmal verprügelt, aber das musste jetzt natürlich warten. Sie ballte die Fäuste, bis sich ihre Fingernägel fast ins Fleisch ihrer Handballen bohrten. Dann schloss sie die Augen, konzentrierte sich auf ihren Atem und sah dann den Polizisten nach, bis auch der Letzte ins Auto gestiegen und weggefahren war. Vor allem das Verladen der beiden Fahrzeuge hatte viel Zeit in Anspruch genommen, und als das letzte Rücklicht in Richtung Kirchheim verschwand, musste sie sich beeilen, auf der Wiese in die Hocke zu gehen und sich zu erleichtern.

Danach stand sie eine Weile unschlüssig zwischen den Bäumen, bis sie sich umwandte und den Hang hinaufrannte. Sie steigerte das Tempo, bis ihr die Lungen brannten, und erst weit oberhalb der Talsohle gestattete sie es sich, stehen zu bleiben und keuchend zu verschnaufen. Sie leckte sich den dünnen Schweißfilm von den Lippen, schnupperte die würzige Nachtluft und genoss die Stille, die sie umgab. Nur ab und zu war nun noch ein Motor von der Straße her zu hören, und als sie schließlich zu ihrer Wohnung ging, um ein paar Sachen für die nächsten Tage einzupacken, schliefen die meisten Leute in Owen längst.

Kevin war der dümmste unter ihren Helfern, aber besonders schlau war keiner von ihnen. Deshalb konnte sie fest davon ausgehen, dass sich einer der Männer schon im Lauf der Nacht oder spätestens am nächsten Morgen verplappern und sie belasten würde. Deshalb war es sicher besser, wenn sie eine Zeitlang untertauchte. Sie sah sich nach allen Richtungen um und erreichte ihre Adresse, ohne dass ihr jemand begegnet wäre. Einmal lief sie an der Haustür vorbei und drückte sich ein paar Meter weiter in eine Hofeinfahrt. Als keine Schritte zu hören waren, kehrte sie schnell zur Haustür zurück und schloss auf.

Erleichtert drückte sie gegen die Tür. Sie würde sich besser beeilen, doch als sie gerade ins Haus gehen wollte, standen plötzlich vier Streifenpolizisten neben ihr, einer hielt seine Waffe auf sie gerichtet.

Samstag, 25. Oktober

Das Handy klingelte, und Lindner schlief so gut, dass er das Geräusch einfach in seinen Traum einbaute und sich nicht weiter davon stören ließ. Maria rollte sich neben ihm herum und schüttelte ihn, bis er schließlich die Augen öffnete.

»Dein Handy klingelt, Stefan, geh endlich ran! Es ist Samstag, und ich will noch ein bisschen schlafen.«

Sie beugte sich über ihn, fingerte das Telefon vom Nachttisch und drückte es ihm in die Hand. Dann rollte sie sich mit einem grollenden Murren zurück, und noch bevor Lindner das Gespräch entgegennahm, war von ihrer Seite des Betts auch schon ein leises Schnarchen zu hören.

»Hm?«, brummte Lindner in den Apparat.

»Simon hier, kannst du kommen?«

Pfau klang unverschämt wach.

»Warum denn kommen? Wohin denn?«

»Du hast mir doch gestern den Namen dieses Baufritzen durchgegeben, der in Nürtingen-Roßdorf ein Großprojekt durchziehen wollte. Seine Firma ist wirklich deswegen den Bach runter, und ihm selbst geht es nicht besonders. Gestern am Abend kam er aus dem Krankenhaus. Ich habe ihn nicht gleich ans Telefon bekommen, seine Mutter wollte ihn nicht stören – aber jetzt geht's wohl wieder. Ich bin im Nürtinger Revier und fahre gleich los, wenn du auch los kannst, könnten wir uns in Dettingen treffen und gemeinsam mit ihm reden.«

»Okay, ich bin in ein paar Minuten auf dem Weg. Wohin soll ich kommen?«

Pfau gab ihm eine Adresse in der Hinteren Straße in Dettingen unter Teck, und eine Katzenwäsche und rund zwanzig Minuten später stellte Lindner seinen alten Kombi hinter Pfaus Dienstfahrzeug ab. Der Kollege stieg aus, und Lindner deutete zu einem Notarztwagen hinüber, der vor der beschriebenen Adresse stand.

»Was ist da los? Hatte Dippler einen Rückfall oder so etwas?«

Pfau zuckte mit den Schultern.

»Die Notärztin hat mich rausgeworfen. Aber was ich aufschnappen konnte, deutet darauf hin, dass Dippler versucht hat sich umzubringen. Jetzt warten wir halt hier draußen, bis sie ihn wieder stabilisiert haben. Vielleicht können wir dann mit ihm reden, vielleicht müssen wir aber auch später wiederkommen. Mal sehen.«

Sie lehnten sich an den Wagen, Lindner erzählte von seinen Gesprächen mit den Keltenexperten. Auch Pfau hatte Neues zu berichten: Die Metalldiebe um Kevin Klein waren in der Nacht auf dem Weg zu einem Treffen verfolgt und dort eingekreist und abgeführt worden. Den Lieferwagen, zu dem die Spuren am Wasserbehälter Hochen passten, hatten sie nun – doch Sina Waller, die mutmaßliche Anführerin der Diebesbande, hatten sie nicht am Treffpunkt vorgefunden.

»Die ist einige Zeit später bei sich zu Hause aufgekreuzt. Ich vermute mal, sie wollte noch schnell ein paar Sachen einpacken und sich dann aus dem Staub machen. Daran haben sie die Kollegen gehindert.«

Pfau grinste.

»Allerdings hat sie sich gewehrt. Im Bericht ist die Rede davon, dass sie sich unter Anwendung von Gewalt dem Zugriff der Beamten entziehen wollte. Der Kollege, der den Bericht geschrieben hat, hat das sehr zurückhaltend formuliert, würde ich sagen … zwei ausgeschlagene Zähne, ein paar geprellte Rippen, ein gebrochener Arm – Sina Waller hat ordentlich zugelangt.«

Etwa zwanzig Minuten später traten zwei Sanitäter aus dem Haus, marschierten mit ihrer Ausrüstung zum Notarztwagen und fuhren davon, noch ehe Pfau und Lindner sie mit Rufen aufhalten konnten.

»Die Ärztin muss noch drin sein«, sagte Pfau. »Ich habe sie jedenfalls nicht rauskommen sehen, und dort steht auch noch ihr Auto. Komm, Stefan, wir schauen mal, ob wir jetzt mit Dippler reden können.«

Damit stieß er sich vom Wagen ab und hielt auf den Hauseingang zu. Die Tür stand sperrangelweit offen und zwei, drei Schritte innerhalb standen zwei Frauen im Flur. Die eine, ältere hielt den Kopf gesenkt, ihr schmächtiger Körper wurde ab und zu von Weinkrämpfen erschüttert. Die andere Frau war jünger, groß und schlank, ihre schulterlangen dunkelblonden Haare waren zu einem Pferdeschwanz gebunden, und die markante Nase, die Lindner im Profil sehen konnte, kam ihm irgendwie bekannt vor.

»Entschuldigung?«, sagte Pfau, nachdem sie kurz schweigend zugesehen und zugehört hatten, wie die jüngere Frau der älteren langsam über den Rücken streichelte und ihr dabei leise tröstende Worte zuraunte.

»Entschuldigung?«, wiederholte er, als keine Reaktion kam.

Die jüngere Frau sah kurz zu ihnen hin, runzelte die Stirn und streichelte weiter. Fünf Minuten lang ging das so, dann lösten sich die beiden Frauen voneinander.

»Geht's wieder, Frau Dippler?«, fragte die Jüngere.

»Muss ja«, murmelte die Ältere und schniefte.

»Und machen Sie sich bloß keine Vorwürfe! Sie haben genau das Richtige getan, glauben Sie mir.«

Die Ältere blickte sie zweifelnd an.

»Sonst hätte er es diesmal womöglich doch noch geschafft.«

Lindner und Pfau waren im Flur neben die beiden Frauen getreten. Lindner hatte aus Gewohnheit seinen Dienstausweis gezogen und hielt ihn hoch.

»Lassen Sie ruhig stecken«, sagte die jüngere Frau. »Ihr Kollege hat sich schon ausgewiesen. Und was will die Polizei hier? Herr Dippler hat vielleicht Mist gebaut, aber es ist nicht das erste Mal – und es war jedes Mal legal. Kein Thema also für die Kripo.«

Pfau stellte Lindner die jüngere Frau – Dr. Bettina Krossny, Ärztin an der Klinik Nürtingen und heute als Notärztin im Dienst – und Rosemarie Dippler vor, dann kam er auf ihr Anliegen zu sprechen, mit Herrn Dippler über eines seiner Bauprojekte zu reden, das möglicherweise mit einem Mordfall in Zusammenhang stand.

»Super Timing, die Herren«, versetzte Bettina Krossny ätzend.

»Was ist denn mit Herrn Dippler?«, fragte Pfau. »Geht es ihm wieder besser, oder …?«

»Es geht ihm wieder besser«, antwortete die Ärztin. »Aber wenn es sich einrichten lässt, wäre es vielleicht besser, Sie stellen ihm Ihre Fragen erst morgen oder übermorgen.«

»Hat er versucht …«, setzte Pfau noch einmal an, aber der strenge Blick von Bettina Krossny ließ ihn wieder verstummen.

»Ärztliche Schweigepflicht, Herr Pfau. Da müssen Sie Herrn Dippler schon selbst fragen, und das wäre – wie gesagt – sicher morgen oder übermorgen passender.«

»Lass nur, Bettina«, kam es von einer Tür her, die ganz hinten im Flur geöffnet worden war. Dort stand ein Mann um die fünfzig, oder eher lehnte er schlaff am Türrahmen. Er sah elend aus, und auf seiner linken Wange war ein hellrotes Mal zu sehen, als hätte er eine Hautkrankheit. Rosemarie Dippler sah ihren Sohn an, erschrak, dann blickte sie mit unsicherer Miene zu Lindner und Pfau hin.

»Es war nur ein Schlag, eher … ganz leicht«, sagte sie mit zitternder Stimme.

Wenn Dipplers Wange jetzt noch gerötet war, schätzten Mutter Dippler und Lindner die Beschreibung »eher ganz leicht« wohl recht unterschiedlich ein.

»Damit hat sie ihm vermutlich das Leben gerettet«, meldete sich die Ärztin zu Wort. Sie sah Hansjoachim Dippler an, und als der nickte, fuhr sie fort. »Herr Dippler ist akut suizidgefährdet. Meistens schluckt er irgendwelche Pillen, harmloses Zeug in der Regel. Im schlimmsten Fall müssen wir ihn ins Krankenhaus mitnehmen und ihm den Magen auspumpen, aber meistens kommt er mit einer Nacht auf Station davon und hat am nächsten Tag Kopfweh und Magenschmerzen.«

»Und davon hat ihn seine Mutter mit der Ohrfeige abgehalten?«

»Nein, heute hatte er sich Rasierklingen ausgesucht.«

Hansjoachim Dippler war in der Zwischenzeit auf weißen Tennissocken zu den anderen herangetappt. Er trug eine kurze Sporthose und ein weit fallendes Shirt, und sein Gesicht war größtenteils von schwarzen und grauen Stoppeln bedeckt, nur die rötlich verfärbte Stelle war glatt rasiert.

»Das war ein Missverständnis, Bettina.«

Er wandte sich an Lindner und Pfau.

»Frau Dr. Krossny und ich kennen uns seit der Kindheit. Sie hat auch hier in dieser Straße gewohnt. Dann ist sie mit ihrer Familie weggezogen, nach Altenriet. Wir haben uns aus den Augen verloren, und seit ich … seit sie als Ärztin in Nürtingen arbeitet, sehen wir uns wieder etwas häufiger.«

Er lächelte schmerzlich.

»Wie meinst du das mit dem Missverständnis?«, fragte Bettina Krossny.

Dippler deutete auf die rasierte Wange, dann auf die andere.

»Ich wollte mich rasieren, aber die Klinge war schon ganz stumpf, also habe ich den Nassrasierer aufgeschraubt und wollte eine neue einsetzen. Da ging die Tür auf, Mutter sieht mich mit der blanken Klinge in der Hand vor dem Spiegel stehen und scheuert mir eine.«

Er hielt seine linke Hand hoch. An der Innenseite des Zeigefingers klebte ein Pflaster.

»Dabei habe ich mich hier geschnitten.«

»Und von dem Blut hast du dir dann was an den Hals geschmiert«, brummte Bettina Krossny.

»Ja, tut mir leid. Ich war sauer wegen der Ohrfeige, also wollte ich Mutter Angst machen – ich hätte nicht gedacht, dass sie euch gleich ruft.«

Bettina Krossny öffnete den Mund, schloss ihn aber wieder, ohne ein Wort zu sagen. Sie funkelte ihn empört an.

»Keine Sorge, ich bleibe bei den Tabletten«, sagte er, als stellte das wirklich einen Trost dar.

»Aber …«

Die Ärztin musste sich kurz besinnen.

»Aber warum hast du vorher nichts gesagt?«

Er lächelte, dann senkte er den Blick.

»Ich fand es schön, wie du dich um mich gekümmert hast«, murmelte er.

Nun verschlug es Bettina Krossny vollends die Sprache.

»Herr Dippler«, mischte sich Pfau ein, der das Gespräch bis dahin amüsiert verfolgt hatte, »können wir Ihnen jetzt bitte ein paar Fragen stellen?«

Dippler reagierte gar nicht auf die Frage. Er stand reglos da und sah die Ärztin an. Sie wiederum rang sichtlich mit sich, starrte Dippler erst fassungslos an, dann wurde ihr Blick etwas weicher, und irgendwann schlich sich ein leichtes Lächeln auf ihr hübsches Gesicht. Dippler lächelte zurück und nickte ihr langsam zu.

»Herr Dippler?«

Erst jetzt wandte er sich an Pfau und sah ihn fragend an.

»Wir müssten Ihnen einige Fragen stellen. Geht das?«

»Ja. Aber können wir uns dazu setzen? Mutter, machst du uns Kaffee? Und du, Bettina, bleibst du noch ein bisschen?«

Sie sah auf die Uhr, dann nickte sie und wandte sich an Pfau und Lindner.

»Meine Schicht ist schon längst um, aber um diesen Patienten hier wollte ich mich noch selbst kümmern.«

Dippler grinste, ging ihnen voraus ins Esszimmer und stellte Tassen auf den Tisch. Kurz darauf kam Mutter Dippler mit einer Kanne Kaffee nach und schenkte allen ein.

»So, Herr …«

Pfau stellte sich und Lindner noch einmal vor.

»Herr Pfau«, sagte Dippler, »und was will die Polizei nun von mir?«

»Es geht um Ihr Bauprojekt in Roßdorf.«

Dippler wurde bleich, seine Mutter und die Ärztin schauten Pfau vorwurfsvoll an. Dann griff Dippler nach seiner Kaffeetasse, führte sie mit zitternden Händen zum Mund, trank einen winzigen Schluck, setzte die Tasse viel zu laut wieder ab und stierte mit flackerndem Blick vor sich auf die Tischplatte.

»Und das ist jetzt wirklich nötig?«, zischte Rosemarie Dippler.

Pfau zuckte mit den Schultern.

»Tut mir leid, dieses Bauprojekt hat mit dem Mordfall zu tun, in dem wir derzeit ermitteln. Wenn das für Sie im Moment noch zu viel ist, können wir auch später wiederkommen. Nur ... lieber wäre es uns gleich jetzt. Wie gesagt, es geht um Mord, und wir ermitteln fieberhaft in alle Richtungen.«

Dippler räusperte sich, dann sah er Pfau an.

»Meinetwegen, dann fragen Sie. Aber Sie sollten vorher noch wissen, dass es dieses Bauprojekt ist, das mir so sehr zu schaffen macht, dass ich ...«

Er biss sich auf die Unterlippe, seine Augen wurden feucht, und er brauchte einen Moment, bevor er weiterreden konnte.

»Also gut. Fragen Sie.«

»Mein Kollege hat mit jemandem gesprochen, der keltische Siedlungsspuren erwähnte, die einige Fachleute dort oben vermuten. Es gab ein Gutachten, vermutlich sogar zwei.«

Dippler stand auf, ging aus dem Zimmer und kam kurz darauf mit einer Aktenmappe aus Karton zurück, die er vor Pfau auf den Tisch legte.

»Das verdammte Gutachten ist da drin.«

Pfau schob das elastische Band, das den Aktendeckel geschlossen hielt, über die Ecke und schlug die Unterlagen auf. Es war ein dicker Packen Papier, und obenauf lagen einige Blätter, die offenkundig mehrfach zerknüllt und dann wieder leidlich glattgestrichen worden waren. Pfau überflog den Text. Es handelte sich um eine Zusammenfassung, und sie besagte, dass auf dem untersuchten Gelände wahrscheinlich keine keltische Siedlung bestanden habe und deshalb bei etwaigen Grabungen auch nicht mit archäologisch interessanten Funden zu rechnen sei.

»Dieses Gutachten war doch sicher eine gute Nachricht für Sie, Herr Dippler? Ich kann Ihre Wut in diesem Punkt nicht ganz nachvollziehen: Wenn ich das richtig verstehe, gibt dieses Ergebnis Ihrem Projekt grünes Licht, oder?«

»Grünes Licht, pah!«

Dippler schnaubte.

»Um in Ihrem schönen Bild zu bleiben: Während der Rotphase ist mir der Motor ausgegangen, und als ich trotzdem versucht habe, bei Grün loszufahren, stand plötzlich ein Verkehrspolizist vor mir und hielt die Kelle hoch.«

Er sah zu Bettina Krossny hin.

»Schreibt deine Schwester noch diese Räuberpistolen? Die Formulierung von eben kann sie gerne in einem ihrer Bücher verwenden.«

Pfau und Lindner sahen Dippler verständnislos an. Mit seinem blumigen Vergleich konnten sie ebenso wenig anfangen wie mit der Anspielung auf die Schwester der Ärztin.

»Also«, begann der nach einer kurzen Pause, »ich will's Ihnen erklären. Ich bin Bauunternehmer, oder genauer: Ich war's. Mit meiner kleinen Firma habe ich Ein- und Zweifamilienhäuser hochgezogen, Umbauten geplant, solcher Kram eben. Ich hatte einen festen Stamm an Handwerkern, einige festangestellte Bauarbeiter und drei, vier Architekten, von denen ich meine Aufträge bekam. Dann wurde die Baubranche schwieriger, und eines Tages stand ich vor der Entscheidung: Mache ich das Spiel mit und biete die Arbeit meiner Leute immer billiger an, bis womöglich irgendwann einmal der Erlös nicht mehr reicht, um meinen Laden am Laufen zu halten – oder wechsle ich gewissermaßen die Seite und werde vom ausführenden Bauunternehmer zu dem, der die

Projekte leitet, zum Investor, der sich seine Aufträge selbst an Land zieht und der sich unter dem Strich ein größeres Stück vom Kuchen abschneiden kann?«

Pfau nickte. Er hatte vor einigen Jahren selbst ein Haus bauen wollen, hatte letztlich aber die Finger davon gelassen, weil der »Kuchen«, von dem Dippler sprach, für ihn nicht finanzierbar war.

»Ich habe mich für Letzteres entschieden, und es ging ganz gut los. An unserem Gebäude in Dettingen ließ ich in schicken Buchstaben ›dippler bau project‹ anbringen, und bis meine eigenen Projekte so richtig in Schwung kamen, konnte ich weiterhin Aufträge annehmen, um mich über Wasser zu halten. Bald darauf ging's dann los: Wir haben ein größeres Grundstück bei Wendlingen gekauft, auf dem wir sechs Reihenhäuser hochgezogen haben – wir waren pünktlich fertig, haben den ursprünglichen Kostenrahmen sogar noch etwas unterboten, und am Ende waren alle zufrieden. Die Käufer der Häuser hatten eine schöne neue Bleibe, die Stadt Wendlingen fotografierte unsere Bauten sogar, weil sie ihr so gut gefielen, und in der Branche konnten wir mit guten Preisen, solider Technik und guten Energiewerten punkten. Das brachte uns die nächsten Projekte ein, und so ging es eine Zeitlang immer weiter.«

Er nahm seine Tasse auf, diesmal ohne zu zittern, und trank einen Schluck Kaffee. Das Erzählen schien ihm zu helfen.

»Die Sache in Roßdorf sollte mein bis dahin größtes Projekt werden. Das mit Abstand größte! Damit wollte ich quasi in die nächsthöhere Liga aufsteigen. Es sah zunächst auch alles prima aus. Die Stadt Nürtingen hatte sich entschlossen, den Stadtteil zu erweitern, und wir hatten uns inzwischen einen guten Ruf vor allem im Bereich ökologisches Bauen erarbeitet. Also kamen wir neben drei anderen, viel größeren Unternehmen in die engere Wahl, das neue Gebiet zu überbauen. Und nachdem wir unsere Skizzen und Ideen vorgelegt hatten, gewannen wir erst den Wettbewerb und wurden dann vom Gemeinderat offiziell mit dem Projekt betraut.«

Dippler stierte wehmütig in seinen Kaffee, nippte noch einmal daran und stellte die Tasse zurück.

»Dann kam mein ›Freund‹, der Keltenexperte, ins Spiel.«

Das Gesicht Dipplers hatte sich zu einer Grimasse des Abscheus verzogen. Er musste Kremp wirklich hassen.

»Und was hatte Thaddäus Kremp gegen Ihr Projekt?«

Dippler schaute verblüfft auf.

»Wieso Kremp? Ich meine diesen Hintze. Wäre der mal lieber bei seinen Waschmaschinen geblieben!«

Er lachte freudlos. Pfau und Lindner sahen sich irritiert an.

»Wissen Sie, dass dieser Hintze, der sich so gerne als Keltenexperte aufspielt, im Hauptberuf Waschmaschinen und ähnlichen Kram verkauft, drüben in Raidwangen?«

Dippler schüttelte fassungslos den Kopf und trank seinen Kaffee leer.

»Kremp jedenfalls hat sich völlig korrekt verhalten. Er hat mit Engelszungen versucht, diesem Hintze seine fixe Idee von der Keltensiedlung bei Roßdorf auszureden – hat aber alles nicht gefruchtet, also wurde schließlich von der Stadt ein Gutachten in Auftrag gegeben. Wissen Sie, dort, wo wir die Häuser bauen wollten, ist bis jetzt Wald und Wiese. Das wurde überhaupt nur genehmigt, weil die Häuser energetisch nach neuesten Standards errichtet werden sollten – mindestens als Nullenergiehaus, das heißt, die Häuser verbrauchen im Jahresmittel nicht mehr Energie, als sie selbst erzeugen, etwa durch Solaranlagen. Wie gesagt – wir hatten uns in diesem Bereich einen guten Ruf erarbeitet.«

»Und was soll ›mindestens als Nullenergiehaus‹ bedeuten?«, fragte Pfau. »Ich meine, weniger als nichts kann ein Haus ja wohl nicht verbrauchen, oder?«

Dippler lächelte.

»Doch, es kann mehr Energie erzeugen, als es selbst verbraucht – der Fachbegriff lautet ›Plusenergiehaus‹. Die Bundesregierung fördert Entwicklungen in diese Richtung, und gerade wir hier im Stuttgarter Raum haben eine sehr renommierte Firma, die solche Gebäude plant. Ein Musterhaus von denen steht derzeit auf einem Grundstück in der Stuttgarter Weißenhofsiedlung, das ging vor ein paar Monaten überall durch die Presse.«

»Über Ihr Projekt wurde auch berichtet?«

»Natürlich. Der Verlauf war wie üblich in solchen Fällen: Erst wird das Ganze als Leuchtturmprojekt bejubelt, dann melden sich die ersten Bedenkenträger, und Gegner suchen nach einem Vogel, Käfer oder sonst einem Tier, das verhindern soll, dass auf dem geplanten Areal gebaut werden kann. Das habe ich alles einkalkuliert – zeitliche Verzögerungen sind bei ganz großen Projekten ja ziemlich heikel, weil Sie Vorleistungen bringen müssen, weil Sie vielleicht auch das Personal aufstocken, um genügend Fachleute in der Firma zu haben, wenn es dann wirklich losgeht. Das finanziert man in der Regel, im Moment sind die Zinsen ja auch sehr niedrig. Und außerdem nimmt man weniger Aufträge als sonst an oder startet weniger andere Projekte – damit man für diese Geschichte genügend Kapazitäten frei hat. Das ging aber alles noch. Ich hatte eineinhalb Jahre Planungsphase einkalkuliert, das hat zeitlich gerade noch so hingehauen, und als alles ausgestanden war und sich auch wirklich kein Halsbandschnäpper, kein Juchtenkäfer oder ein anderes Tierchen gefunden hatte, das wir mit den Bauarbeiten in seinem Bestand gefährdet hätten, gingen wir in den Verkauf. Die Nachfrage war gut, und bis zum Baubeginn waren es nur noch ein paar Wochen. Und dann: Auftritt Hintze!«

»Was hat er getan?«

»Der zog mit einem Journalisten los, zeigte ihm die geplante Baufläche und übergab ihm einen selbstgezeichneten Lageplan, auf dem er mehrere Stellen markiert hatte, auf denen seiner Meinung nach mit keltischen Siedlungsspuren zu rechnen war.«

Dippler blickte nun ziemlich finster drein.

»Der Artikel war groß, er war geschickt bebildert, und auch Hintzes Skizze wurde veröffentlicht. Nun kamen alle wieder aus ihren Löchern, die schon vorher gegen das Projekt gewesen waren, es stießen noch ein paar Keltenfreaks dazu – und die Stadtverwaltung wollte natürlich auf Nummer sicher gehen. Kann ich ja verstehen, die wollten halt auch nichts riskieren. Sie befragten Herrn Kremp, der reagierte ziemlich heftig auf Hintzes Behauptungen – manchmal hatte ich fast den Eindruck, es wurmte ihn vor allem, dass sein Kollege damit so groß in der Zeitung gestanden hatte. Wie auch immer – das ging hin und her, und schließlich gab die Stadtverwaltung ein Gutachten in Auftrag.«

»Das hier?«, fragte Pfau und deutete auf den Aktendeckel.

»Ja, das hier. Vier Monate haben sich die Gutachter Zeit gelassen – Zeit, die ich eigentlich nicht mehr hatte. Ich kam vor lauter Bankgesprächen in manchen Wochen kaum mehr zum Arbeiten. Dann war das Gutachten da, eigentlich war jetzt alles klar, und wenn ich zu diesem Zeitpunkt gleich hätte loslegen können, wäre ich aus der Sache vermutlich noch mit einem blauen Auge herausgekommen. Aber Hintze hat keine Ruhe gelassen. Er hat dem Journalisten noch einen Tipp gegeben – und dann kam raus, dass Herr Kremp weitläufig mit einem der Gutachter verwandt ist. Das sah natürlich nicht gut aus, einige sprachen von einem Gefälligkeitsgutachten, die Stadt nahm sich Kremp zur Brust und drängte ihn, einen neuen Gutachter zu suchen, mit dem er nicht verwandt oder verschwägert war.«

Dippler zuckte mit den Schultern.

»Das hat mir den Rest gegeben. Und heute habe ich keine Firma mehr, habe Schulden bis über beide Ohren, und bei meinen ehemaligen Mitarbeitern mag ich mich gar nicht blicken lassen. Meine Pleite hat so manchen mitgerissen, ein paar mussten ihre Häuser weit unter Wert verschleudern, zwei, drei Ehen sind daran zerbrochen und so weiter. Na ja, und ich …«

Er hob den Finger mit dem Pflaster und verzog das Gesicht.

»Und jetzt ermitteln Sie in einem Mordfall, befragen mich zum Roßdorf-Projekt und zu Kremp und Hintze. Ich nehme mal an, Hintze ist tot. Gut, meinetwegen – dem weine ich keine Träne nach!«

Er verschränkte die Arme vor dem Oberkörper.

»Ich habe zwar keine Ahnung, wann Hintze umkam, aber ich hoffe, dass ich durch einen meiner Krankenhausaufenthalte in den vergangenen Tagen ein hinreichendes Alibi habe. Den umzubringen … nach einem Motiv müssten Sie da bei mir nicht lange suchen, fürchte ich.«

Nun lehnte er sich zurück und grinste böse.

»Herr Hintze ist nicht tot«, sagte Lindner nach einer kurzen Pause. »Tot aufgefunden wurde Thaddäus Kremp.«

Dipplers Unterkiefer klappte nach unten.

* * *

Im Polizeirevier Nürtingen kamen die Vernehmungen der mutmaßlichen Metalldiebe gut voran. Kevin Klein verplapperte sich ein ums andere Mal, auch die anderen stellten sich nicht besonders geschickt an. Doch wenn die Beamten zwischendurch Sina Waller über die neuesten Dummheiten ihrer Kumpane informierten und sie damit aus der Reserve locken wollten, saß die Frau nur stumm da und starrte finster vor sich hin.

Simon Pfau hatte sich nach seiner Rückkehr aus Dettingen zu den Kollegen gesellt, während Lindner sich in ein Büro zurückgezogen hatte, um die bisher aufgelaufenen Akten zum Mordfall Kremp zu sichten. Pfau und die anderen wechselten sich für die Befragungen ab, und mal saß Sina Waller jemand von der Soko Hochen, dann wieder jemand von der für Eigentumsdelikte zuständigen Kriminalinspektion gegenüber. Doch wie immer sie es anstellten: Mehr als das Mahlen ihrer Kiefer und gelegentlich ein nervöses Zucken um die Augen war ihr an Reaktion nicht zu entlocken.

Das änderte sich erst gegen halb elf, als Pfau ihr im Gespräch auf gut Glück auch die Beteiligung an einigen Einbrüchen in Metallhandelsfirmen unterstellte, durch die Wachleute und andere Mitarbeiter der betreffenden Unternehmen zu Schaden gekommen waren.

Besonders ruppig war es im Plochinger Hafen zugegangen: Da war Mitte Januar ein in der Nähe der Firma abgestellter Bulldozer aufgebrochen und kurzgeschlossen worden, dann hatten die Täter mit dem Fahrzeug das Metalltor zum Hof des Metallhändlers aufgeschoben, und als mehrere Wachleute wegen des Lärms herbeieilten, gingen die mit Skimasken vermummten Einbrecher sofort auf sie los und schlugen sie mit Eisenstangen und Baseballschlägern so brutal nieder, dass einer der Wachleute noch Wochen später wegen innerer Verletzungen im Krankenhaus liegen musste.

Sina Waller hörte sich die Schilderung des Kommissars an, dann schüttelte sie den Kopf und brach ihr Schweigen.

»Wenn Sie mir jetzt mit so was kommen, zeigt das doch nur, dass Sie im Grunde genommen nichts in der Hand haben. Sie wissen nichts, und Sie können nichts beweisen.«

Pfau nannte ihr diejenigen Einbrüche, die ihre mutmaßlichen Helfer schon gestanden hatten. Es war eine stattliche Liste, aber in keinem einzigen dieser Fälle war jemand verletzt oder auch nur bedroht worden.

»Sehen Sie? Bisher haben diese Männer, die Sie da verhören, nur Einbrüche zugegeben, bei denen niemand zu Schaden kam.«

Sie grinste.

»Vom geklauten Metall mal abgesehen.«

Sina Waller verschränkte die Arme vor der Brust und lehnte sich zurück.

»Wenn das alles war, Herr Kommissar, würde ich gerne wieder nach Hause gehen. Ich bin müde, die paar Stunden

Schlaf auf Ihrer ungemütlichen Pritsche haben mir nicht gereicht.«

»Das wird noch etwas warten müssen, Frau Waller. Wie Sie vielleicht wissen, ermittle ich eigentlich nicht wegen Raub und Diebstahl, sondern wegen Mord.«

Ihr Grinsen bekam einen spöttischen Zug.

»Oje, wie verzweifelt müssen Sie sein, wenn Sie mir das jetzt auch noch in die Schuhe schieben wollen!«

»Einen letzten Trick versuch ich noch«, ging es Pfau durch den Kopf, dann beugte er sich auf seinem Stuhl vor und sah Sina Waller an. Er versuchte, seiner Miene etwas Triumphierendes zu verleihen, als würde er gleich seinen höchsten Trumpf ausspielen. Die Frau blieb unbewegt sitzen, grinste weiterhin, nur ihr Blick war eine Spur stechender geworden.

»Da gibt es einfach zu viele Parallelen, als dass das alles nur Zufall sein könnte.«

Sie hob eine Augenbraue, und Pfau ließ eine kurze Pause, bevor er weitersprach.

»Im Plochinger Hafen gingen die Täter mit roher Gewalt vor. Bulldozer, niedergeschlagene Wachleute, Eisenstangen, Baseballschläger.«

Sina Waller entspannte sich wieder ein wenig. Jetzt hatte Pfau sie da, wo er sie haben wollte.

»Das passt alles sehr gut zu dem Mord droben im Wasserspeicher«, log er, hob seine Stimme etwas und begann schneller zu reden. »Da liegt ein Mann mit eingeschlagenem Schädel, getötet durch rohe Gewalt, durch mehrere Schläge mit stumpfen Gegenständen. Überall das Blut und darin die Schuhabdrücke – für mich hängt das ganz klar mit dem brutalen Einbruch in Plochingen zusammen. Den wiederum lasten wir Ihnen an. Und damit – zack! – sind Sie geliefert.«

Er lehnte sich auf seinem Stuhl zurück und grinste sie selbstzufrieden an. Sie sah verwirrt aus und schüttelte langsam den Kopf.

»Was quatschen Sie denn da für einen Blödsinn?«, empörte sie sich schließlich. »Der Mann im Speicher lag da wie schlafend, keine Wunde, kein Blut, nichts!«

Es dauerte nur einen Moment, bis Pfaus breiter werdendes Grinsen sie erblassen ließ. Ihre Mundwinkel senkten sich, und in einer kurzen Bewegung fuhr sie sich mit den Fingerspitzen über die Tätowierung im ausrasierten Nacken.

»Arschloch!«, zischte sie ihm zu.

»Tausend Euro«, antwortete Pfau ungerührt.

»Was?«

»Eine solche Beleidigung wird gewöhnlich mit einer Geldstrafe in etwa dieser Höhe belegt.«

»Ach, leck mich doch …«

»Gut, das ist billiger, da kommen nur dreihundert Euro dazu.«

»Warum ist es eigentlich immer so teuer, wenn man euch Polizisten beschimpft?«

»Wenn Sie Ihren Nachbarn ein Arschloch nennen, ist die Strafe genauso hoch – es kann nur sein, dass der den Streit auf sich beruhen lässt und nicht gleich zur Polizei geht. Aber wir sind hier ja schon bei der Polizei.«

Sie verzog den Mund zu einer genervten Schnute.

»Aber meinetwegen können Sie mich nennen, wie Sie wollen – solange ich erfahre, was ich wissen will, kratzt mich das kein bisschen.«

Sina Waller sah ihn frech an und setzte zu einer weiteren Beleidigung an. Pfau hob die Hand.

»Jetzt übertreiben Sie's bitte nicht! Soll ich einen Kaffee holen, und dann reden wir wie erwachsene Leute miteinander?«

Sie zuckte mit den Schultern und Pfau ließ die Frau mit den beiden Beamten, die sich neben der Tür postiert und das Gespräch beobachtet hatten, allein im Raum.

* * *

Lindner staunte nicht schlecht, als ihm Pfau von seinem weiteren Gespräch mit Sina Waller berichtete.

»Und – hast du noch Zeit?«

»Natürlich, wir fahren gleich noch einmal zu ihm hin. Das muss er uns schon erklären – außerdem muss ja nicht stimmen, was dir diese Sina gesagt hat.«

»Und der Krimiautor?«

»Den soll ich um eins vor dem LKA abholen – das reicht schon noch.«

Sicherheitshalber fuhr jeder mit dem eigenen Wagen, und als sie die Fahrzeuge in der Hinteren Straße in Dettingen abstellten und ausstiegen, sah ihnen Rosemarie Dippler, die gerade den Weg zum Haus fegte, überrascht entgegen.

»Haben Sie was vergessen?«, fragte sie die Kommissare.

»Wir müssen noch einmal mit Ihrem Sohn reden. Ist er da?«

»Der hat sich hingelegt, Bettina hat ihm was zur Beruhigung gegeben.«

»Ist Frau Dr. Krossny noch bei Ihnen?«

»Ja, die sitzt drin bei Hansjoachim.«

Ein Lächeln erhellte ihr Gesicht.

»Sind die beiden denn … zusammen?«, fragte Pfau, als sie sich nur schweigend und lächelnd auf den Besenstiel stützte.

»Wenn ich das wüsste, Herr Kommissar. Die beiden mögen sich, da bin ich mir sicher. Aber manchmal tut man sich ja mit dem nächsten Schritt etwas schwerer, wenn man sich von früher her kennt und dann wird allmählich mehr draus …«

»Können wir reinkommen?«

»Meinetwegen, aber seien Sie bitte leise, damit Sie meinen Sohn nicht aufwecken. Der braucht seinen Schlaf.«

Sie gingen ins Esszimmer und nahmen Platz. Rosemarie Dippler bot Kaffee an, aber Pfau lehnte dankend ab. Also saßen sie bei Mineralwasser und Apfelsaft am Tisch und unterhielten sich, als Bettina Krossny zu ihnen stieß. Sie sah überrascht aus, störte aber die Unterhaltung nicht weiter, sondern setzte sich stumm dazu.

»Einer dieser Metalldiebe«, sagte Pfau gerade, »ist ein Nachbar von Ihnen, Frau Dippler.«

Er nannte ihr den Namen des jungen Mannes, der in einem Haus ganz in der Nähe wohnte.

»Dass der mal auf die schiefe Bahn gerät, habe ich mir schon lange gedacht«, sagte Rosemarie Dippler. »Der war schon als Kind nicht ganz echt, und mit den Jahren hat er sich zu einer ziemlich fiesen Type entwickelt. Seine Eltern tun mir leid. Ehrliche Leute, arbeiten hart, aber irgendwie haben sie es wohl aufgegeben, aus ihrem Sprössling noch etwas Rechtes zu machen.«

Sie sah die Ärztin an.

»Den Jungen kennst du nicht, Bettina. Die Familie ist hergezogen, als ihr gerade ein Jahr lang weg wart.«

Dann wandte sie sich wieder an Pfau.

»Gestern habe ich noch gesehen, wie ihn einer seiner sauberen Freunde mit dem Motorrad abgeholt hat. Das war ziemlich spät am Abend. Keine Ahnung, ob die da wieder ein krummes Ding gedreht haben.«

»Eher nicht«, versetzte Pfau und grinste. »Meine Kollegen sind den beiden hinterhergefahren, und bei Owen haben sie dann die ganze Bande hochgenommen. Ihr Nachbar und seine Kumpane sitzen jetzt bei uns in Nürtingen, die werden so schnell keinen Schaden mehr anrichten.«

»Gut«, brummte Rosemarie Dippler. »Aber warum erzählen Sie mir das alles? Haben Sie da nicht auch eine Art Schweigepflicht oder so?«

»Zum einen haben Sie mir mit Ihrer Aussage zu Ihrem Nachbarn und dazu, dass er gestern Abend abgeholt wurde, durchaus bei den Ermittlungen geholfen – und außerdem muss ich genau über diesen Mann und seine Komplizen mit Ihrem Sohn reden.«

»Und warum?«

»Durch die Befragung dieser Metalldiebe hat sich ein neuer Aspekt ergeben. Mehr kann ich Ihnen leider nicht sagen – da müssen Sie bitte später Ihren Sohn fragen.«

Pfau fragte die Ärztin: »Wird er denn noch lange schlafen?«

»Nein, wenn Sie sich noch eine Viertelstunde gedulden können, kann ich ihn aufwecken. Ich habe ihm nur was ganz Leichtes gegeben.«

Schweigend saßen sie eine Weile beisammen. Nach gut zehn Minuten stand Bettina Krossny auf, und kurz darauf kam sie mit Hansjoachim Dippler zurück, der sehr verschlafen wirkte. Überrascht war er nicht, die Kommissare vor sich zu sehen, darauf hatte ihn die Ärztin sicher vorbereitet – aber er wirkte nervös, sah mehrmals kurz zu seiner Mutter hin, die mit den beiden Männern am Tisch saß und wartete, dann wieder schien es, als wollte er in Bettina Krossnys Gesichtsausdruck lesen.

Pfau, der sich gut vorstellen konnte, welches Thema er nur ungern vor den beiden Frauen bereden wollte, bat die Ärztin und die Mutter, sie mit Hansjoachim Dippler allein zu lassen. Als die Mutter zwar zögernd aufstand, Bettina Krossny aber protestierte und unbedingt bleiben wollte, redete Dippler ihr gut zu und schickte sie ebenfalls hinaus. Er blickte noch immer auf die Tür, als sie sich schon längst hinter den beiden Frauen geschlossen hatte.

»Sie wissen, dass wir mit Ihnen wegen dieser Metalldiebe reden wollen?«

Dippler nickte.

»Einer von denen wohnt hier in Ihrer unmittelbaren Nachbarschaft.«

Er nickte erneut.

»Und das Sagen hat eine Frau namens Sina Waller.«

Für einen Moment ging sein Blick noch einmal zur Tür hin, dann nickte er wieder.

»Sollen wir Sie befragen, oder wollen Sie uns einfach alles von sich aus erzählen?«

Pfau wartete, und als er sich mit einem vernehmbaren Seufzen auf eine zähe Befragung einstellte, begann Hansjoachim Dippler zu reden.

»Ich lernte sie in der Zeit kennen, als das Roßdorf-Projekt schon auf der Kippe stand. Es war Mitte Dezember, ich kam damals kaum mehr zum Schlafen, manchmal bin ich einfach in der Firma geblieben, wenn ich nach der Arbeit zu müde war, um nach Hause zu fahren. Ich hatte damals eine Wohnung in Owen, in der Bahnhofstraße – nur zwei, drei Häuser von Sinas Bleibe entfernt, auf der anderen Straßenseite. Ich habe sie ab und zu auf der Straße getroffen oder beim Bäcker, und ...«

Er zögerte und schaute wieder kurz zur Tür. Dann senkte er seine Stimme ein wenig.

»Ich finde, sie sieht toll aus. So schlank und durchtrainiert, und die kurzen Haare, na ja, das hat mir halt gefallen. Sie hat auch diese freche Art an sich, ist selbstbewusst und geradeheraus. Manchmal, wenn es sich zufällig ergeben hat, dass ich im Dunkeln heimkam und sie hatte gegenüber die Jalousien noch nicht zu ... habe ich mich auch mal ans Fenster gestellt und habe rübergeschaut.«

Er lächelte entschuldigend.

»Aber sie hat ja nur trainiert, da gab's keinen Schweinkram zu sehen oder so was. Ich bin ja kein Spanner!«

»Aber die durchtrainierte junge Frau im knappen Trikot – das hat Ihnen gefallen.«

»Na ja, Trikot ... sie trainiert ja eher ohne.«

Pfau verkniff sich ein anzügliches Grinsen.

»Wie dem auch sei«, sagte Pfau, so ernst er konnte. »Erzählen Sie bitte weiter, Herr Dippler.«

»In dieser einen Nacht Mitte Dezember war es im Büro mal wieder spät geworden und ich war in der Firma geblieben. Es war zwar Samstag, aber das hat damals keinen Unterschied gemacht, es war einfach zu viel zu tun. Ich hatte in einem Nebenraum ein Feldbett aufgestellt, es gab dort ein kleines Bad und in der Teeküche einen Kühlschrank, in dem ich immer etwas zu essen und zu trinken parat hatte. Kurz nach Mitternacht bin ich wach geworden. Erst habe ich das Geräusch, das mich geweckt hatte, nicht zuordnen können, aber dann hörte ich den metallischen Schlag noch zweimal, und als ich aus dem dunklen Raum hinunter in den Betriebshof schaute, sah ich ein paar Gestalten das aufgebrochene Tor aufschieben. Ein Lieferwagen fuhr mit ausgeschalteten Scheinwerfern auf den Hof, und dann verschwanden die Leute und der Wagen aus meinem Blickfeld. Dass die was klauen wollten, war mir sofort klar, und in der Richtung, in die sie verschwunden waren, lagerten die unterschiedlichsten Metallteile. Ich habe mich angezogen und bin runter, alles im Dunkeln, das Gebäude kannte ich ja gut genug, dass ich nicht viel sehen musste. Und als ich durch die Garage schlich, in der wir unsere Lastwagen unterstellten, hörte ich schon das Klappern und Scheppern aus dem Metalllager.«

»Und das waren Sina Waller und ihre Leute?«

»Ja. Ich habe sie nicht gleich erkannt, weil ich sie zunächst nur von hinten gesehen habe. Sie ist recht groß, dann das breite Kreuz und die kurzen Haare – im ersten Moment habe ich sie für einen Mann gehalten.«

Er zuckte mit den Schultern.

»Komisch eigentlich, aber man stellt sich Einbrecher eigentlich immer als Männer vor, oder?«

»Und weiter?«

»Ich bin noch etwas näher ran, dann habe ich sie aufgefordert, sofort mit dem Klauen aufzuhören.«

Pfau kamen die vier Kollegen in den Sinn, die einige Blessuren davongetragen hatten, als sie die Frau festgenommen hatten.

»Das hat Frau Waller sicher mächtig beeindruckt«, sagte er deshalb mit spöttischem Unterton.

»Na ja, sie hat mich sofort erkannt. Die standen alle da wie vom Donner gerührt.«

Simon Pfau hob eine Augenbraue.

»Ganz ehrlich, Herr Dippler, das kaufe ich Ihnen so nicht ganz ab.«

Sina Waller hatte zwar von dem Einbruch erzählt und davon, dass Dippler sie dabei erwischt hatte. Aber warum sie ihm nicht einfach an die Gurgel ging, hatte sie nicht verraten wollen.

»Wissen Sie, Herr Dippler, durch diese neue Wendung kommen ganz andere Möglichkeiten in Betracht. Sina Waller und ihre Helfer brechen bei Ihnen ein, Sie erwischen sie dabei – und später findet ausgerechnet diese Gang den toten Thaddäus Kremp, und der ist auch noch ausgerechnet ein Experte für keltische Kultur, die wiederum Ihnen einen so dicken Strich durch all Ihre beruflichen Pläne gemacht hat.«

Dippler war bleich geworden. Er sah mit aufgerissenen Augen zu Lindner, als verspräche er sich von ihm Hilfe, doch der saß nur da und beobachtete.

»Sie wollen mir doch nicht wirklich unterstellen, dass ich ... dass ich ... mit Kremps Tod? Ich meine, der war doch auf meiner Seite, an meiner Pleite war eher dieser Hintze schuld, und als Sie heute früh mit mir gesprochen haben, bin ich doch auch zuerst davon ausgegangen, dass Hintze ermordet wurde und nicht Kremp. Ich ...«

Er hatte sich mit seinem Stammeln immer mehr in eine hysterische Stimmung hineingesteigert, nun atmete er ein paar Mal tief ein und aus, linste kurz zur Tür hinüber und versuchte, sich wieder zu beruhigen.

»Wir unterstellen Ihnen gar nichts, Herr Dippler«, sagte Pfau ganz ruhig. »Wir ermitteln, wir fragen, und dann versuchen wir uns anhand der Antworten, die wir bekommen, ein Bild zu machen.«

Dippler zwinkerte ein paar Mal und schluckte nervös, ansonsten bekam er sich allmählich wieder unter Kontrolle.

»Oder es war so«, fuhr Pfau ungerührt fort, »Sie wollten Ihre finanziellen Schwierigkeiten teilweise auf die Versicherung abwälzen. Sina Waller kannten Sie ja, auch einen ihrer Helfer, Ihren Nachbarn hier in Dettingen. Dann gab ein Wort das andere, Sie sind Frau Waller auf die Schliche gekommen – und dann haben Sie sie überredet, in Ihrer Firma einzubrechen. Den Schaden hätten Sie der Versicherung gemeldet, den Erlös vom Verkauf der geklauten Metallteile hätten Sie sich geteilt – aber dann haben Sie doch kalte Füße bekommen und haben die Sache in dieser Nacht abgeblasen, warum auch immer.«

Hansjoachim Dippler hatte mehrfach angesetzt, den Kommissar zu unterbrechen, aber der hatte einfach immer weitergeredet. Jetzt saß der ehemalige Bauunternehmer kopfschüttelnd da und sah Pfau ungläubig an.

»Sie haben eine blühende Fantasie, Herr Kommissar. Aber nichts davon stimmt, glauben Sie mir.«

»Das würde ich ja gerne, aber wenn Sie mir erzählen, dass Sina Waller, diese austrainierte Kampfsportlerin, sich allein durch Ihr überraschendes Erscheinen so hat ins Bockshorn jagen lassen, dass sie einfach so mit ihren Helfern wieder abgezogen ist ... erst einmal sollte ich das irgendwie glauben können, Herr Dippler.«

»Und Sina hat Ihnen nicht erzählt, wie es war?«

»Sie hat uns sehr viel erzählt, aber auf diese eine Szene wollte sie nicht näher eingehen. Sie murmelte etwas davon, dass sie Ihnen nicht schaden wollte – ganz schlau bin ich daraus nicht geworden.«

Dippler lächelte versonnen.

»Jetzt rücken Sie schon raus mit der Sprache«, drängte Pfau.

Statt einer Antwort stand Dippler auf, ging zum Schrank, zog eine Schublade hervor und machte sich umständlich daran zu schaffen. Sein Oberkörper verdeckte dabei, was er tat, und als der Mann sich wieder umdrehte, starrten Lindner und Pfau verblüfft auf seine rechte Hand. In der offenen Handfläche lag eine schwarze Pistole. Einen Moment lang griff Pfau nach seiner Waffe, doch dann bemerkte er, dass Dippler seine Finger ausgestreckt hielt und die Pistole so zum Tisch trug, dass ihr Lauf an den beiden Kommissaren vorbeizeigte.

»Ich habe Sina und ihre Leute mit dieser Pistole in Schach gehalten.«

»Ich hoffe, Sie haben einen Waffenschein.«

Dippler schüttelte den Kopf und legte die Schusswaffe vor Pfau auf den Tisch. Erst wirkte Pfau verwirrt durch Dipplers Grinsen, dann erkannte er den Grund dafür.

»Eine Softair-Pistole, richtig?«

»Ja, frei ab vierzehn und nicht waffenscheinpflichtig. Aber das Ding sieht verdammt echt aus, oder? Ich habe es eigentlich für meinen Neffen gekauft, aber dann hab ich sie doch lieber selbst behalten und habe ihm einen Bausatz für ein Raumschiff geschenkt.«

»Okay, damit im Dunkeln bedroht zu werden, das kann ein paar Metalldiebe natürlich durchaus aufhalten. Haben Sie Frau Waller irgendwann mal erzählt, dass die Pistole nur ein Spielzeug ist?«

»Nein.«

Pfau nickte.

»Dann hat sie also deshalb nichts gesagt. Sie hat wohl befürchtet, Sie haben eine illegale Waffe, und wollte Sie nicht in Schwierigkeiten bringen.«

»Scheint so. Das freut mich natürlich zu hören. Ich mag Sina noch immer, wenn auch anders als früher.«

»Erzählen Sie bitte, was dann geschah?«

Pfaus Miene ließ keinen Zweifel daran, dass ihn Dipplers Gefühle kein bisschen interessierten.

»Ich brachte Sina und ihre Helfer dazu, das Metall, das sie schon in den Lieferwagen geladen hatten, wieder zurückzulegen. Und ich machte einen Deal mit ihnen. Ich versprach ihnen, dass ich sie nicht anzeigen werde, wenn sie im Gegenzug ohne Bezahlung meinen Betriebshof bewachen würden. Meine bisherige Wachfirma …«

»So hat das Frau Waller auch erzählt. Aber da haben Sie doch den Bock zum Gärtner gemacht!«

»Wenn Sie das so nennen wollen. Jedenfalls konnte ich ja immer noch Anzeige erstatten, wenn es nicht geklappt hätte.

Es hat aber geklappt, ich hatte einen kostenlosen Wachdienst – ich kam mir damals ziemlich clever vor. Und … einen weiteren Vorteil hatte das Ganze.«

Er lächelte verschmitzt.

»Ich konnte mich einmal die Woche mit Sina treffen, um über die Nächte zu sprechen, in der ihre Leute abwechselnd meinen Betrieb im Auge behielten. Anfangs kam sie zu mir ins Büro, später habe ich sie zum Essen ausgeführt, ganz schick zu meinem Lieblingsitaliener. Wir haben geredet, und ich hatte den Eindruck, dass ich ihr nicht ganz unsympathisch bin.«

Sein Lächeln wurde breiter.

»Nach dem zweiten Essen ist sie mit zu mir in die Wohnung gegangen. Sie ist zwar nicht die ganze Nacht über geblieben, aber schön war es trotzdem. Es war so toll mit ihr, wie ich es mir in meinen Träumen ausgemalt hatte. Eigentlich war es noch schöner. Sie ist so stark und so gelenkig, Sina kann mit ihrem Körper Dinge anstellen, die können Sie sich nicht vorstellen!«

»Will ich auch nicht«, versetzte Pfau etwas patzig und fragte nun nach dem Abend des brutalen Überfalls im Plochinger Hafen: »War sie denn auch am 16. Januar so gelenkig?«

»Oh ja«, antwortete Dippler lächelnd, als habe er Pfaus Ausbruch gar nicht bemerkt. »Das war der erste Abend, an dem sie mit mir geschlafen hat.«

»Ach – und das wissen Sie noch so genau? Das ist immerhin schon gut neun Monate her.«

Dippler grinste. »Wenn ich Ihnen jetzt auch noch sage, dass man eine Nacht mit Sina Waller nicht so schnell vergisst, dann flippen Sie ja doch bloß wieder aus.«

Pfau schnaubte, sagte aber nichts.

»Wir haben uns immer donnerstags getroffen, weil es da für uns beide zeitlich am besten passte. Den 16. Januar habe ich mir gemerkt, weil es nicht nur die erste Nacht mit Sina war, sondern die schönere der beiden. Am 23. Januar sind wir wieder zu mir, es war wieder wunderbar, aber …«

Er zuckte mit den Schultern und wurde etwas nachdenklicher.

»Zwischendurch bekam ich den Eindruck, sie sei nicht ganz bei der Sache. Sie selbst fühle nicht dasselbe wie ich. Ich weiß nicht recht, ich hatte irgendwie das Gefühl, dass sie … ja, wie soll ich sagen? Dass sie mir in gewisser Weise einen Gefallen tat.«

Sina Waller hatte das im Gespräch mit Pfau drastischer ausgedrückt. Sie hatte von Erpressung geredet, von einem lästigen Deal »Sex gegen Schweigen«, weil Dippler sie ja noch immer jederzeit verpfeifen konnte. Aber so genervt Pfau auch davon war, wie sehr Dippler in seinen Erinnerungen schwelgte – den Wunsch, diesen Selbstmordkandidaten noch mit zusätzlichen Minderwertigkeitsgefühlen zu belasten, hatte er nun wirklich nicht.

»Ich hab's noch ausgekostet, aber es fühlte sich hinterher irgendwie nicht besonders gut an, irgendwie falsch und schal. Es ist dann zu keiner weiteren Nacht gekommen. Und durch die Pleite meiner Firma haben sich dann auch die Wachdienste erledigt. Als einer meiner Konkurrenten den Laden zu einem Spottpreis aufkaufte, habe ich mich so darüber geärgert, dass ich Sina noch einmal angerufen und ihr einen Tipp gegeben habe.«

Dippler grinste böse.

»Irgendwie war das Metalllager am nächsten Morgen nicht mehr so gut gefüllt wie zuvor.«

»Sina Waller wollte Sie wegen der Waffe schützen – und Sie hauen sie mir gegenüber in die Pfanne? Nicht nett, Herr Dippler.«

Er zuckte wieder mit den Schultern.

»Da wurde nie was angezeigt, der neue Inhaber hatte eh keine Ahnung, wie viel Metall da genau gelagert war. Und eigentlich habe ich Ihnen ja auch gerade kein Sterbenswörtchen gesagt, oder?«

Kurz darauf standen Stefan Lindner und Simon Pfau neben ihren Autos.

»Na, Simon, glaubst du ihm?«

»Eigentlich schon. Die wesentlichen Punkte von Sina Wallers Aussage hat er bestätigt, es wirkte nicht abgesprochen, und das Neue, das wir von ihm erfahren haben, passt ebenfalls ins Bild. Und ein Motiv, ausgerechnet Kremp zu töten oder töten zu lassen, hat er auch nicht. Außerdem halte ich ihn nicht für einen so guten Schauspieler, als dass er uns heute früh während des ersten Gesprächs mit seiner Überraschung, wer ermordet wurde, wirklich hätte foppen können.«

»Sehe ich auch so.«

»Und wir stehen wieder mit leeren Händen da«, brummte Pfau und zog die Fahrertür auf.

Lindner sah auf die Uhr.

»Ich geh jetzt mal diesen Krimiautor holen – vielleicht hat der für uns die Lösung.«

»Genau, Stefan, so wird's sein.«

Pfau lachte, stieg ein und fuhr davon.

* * *

Punkt eins rollte der alte Kombi vor dem LKA-Sitz in der Cannstatter Taubenheimstraße aus. Lindner stieg aus und lehnte sich so gegen die Karosserie, dass er möglichst bequem stand und doch den Eingang des Gebäudes und die Straße in Richtung Nordwesten im Blick hatte – von dort würde Kollack mit dem Schriftsteller kommen, falls er mit ihm in einem der gemütlichen Lokale in der Innenstadt zu Mittag gegessen hatte.

Die Minuten vergingen, und als endlich Kollack in Sicht kam, war es schon viertel zwei. Er wurde begleitet von zwei Männern und einer Frau, die sich angeregt und immer wieder von lautem Lachen unterbrochen mit ihm unterhielten. Kurz bevor Kollack auf den Eingangsbereich des LKA-Gebäudes zusteuerte, entdeckte er Lindner, und er ermunterte seine Begleiter, mit ihm zu dem wartenden Kommissar zu gehen.

»Ah, Herr Lindner«, sagte Kollack jovial und drückte ihm herzlich die Hand. Ein Duftgemisch aus Deostick und gebratenen Zwiebeln hüllte ihn ein. »Das ist ja schön, dass Sie so pünktlich sind!«

»Als Einziger«, dachte Lindner, aber er zwang sich dem Ranghöheren gegenüber zu einem höflichen Lächeln und versuchte abzuschätzen, welcher von Kollacks drei Begleitern denn nun der Krimiautor war, dem er heute den Nachmittag vertreiben sollte.

Einer der Männer war noch etwas dicker und kleiner als Staatsanwalt Pannemann, allerdings glatt rasiert, und sein überhängendes Hemd war sehr weit geschnitten, sodass es von der Stelle an, wo die Taille gesessen hätte, frei schwingen konnte. Der andere Mann war zwei Köpfe größer als der erste und hager, er trug modische Kleider und einen sorgsam zugespitzten Ziegenbart. Die Frau war fast genau so groß, ihre schlanke Figur kam in ihrem eleganten Kostüm gut zur Geltung, die blonden Haare fielen ihr offen bis auf die schmalen Schultern, und auf ihrer ziemlich großen Nase, die ihn an die Ärztin von heute Vormittag erinnerte, saß eine dieser seit einiger Zeit so angesagten Nerdbrillen mit breitem schwarzem Gestell.

Der Dicke stellte sich als Hennes Röhmer vor, der Ziegenbart als Ferdinand Höckenberg, und als Catrin Krossny ihren Namen sagte, kräuselten sich Lindners Nackenhaare, so samtig und leicht angeraut zugleich klang ihre Stimme. Auch ihr Händedruck – fest und trocken – und ihr Lächeln – offen und strahlend – waren sehr angenehm, aber etwas irritierte Lindner noch mehr als der Zufall, dass er hier wohl die Schwester der Ärztin Bettina Krossny vor sich hatte.

»Und Herr Krohmer?«

Dass Kollack und seine drei Begleiter sich nun feixend ansahen, verwirrte ihn noch mehr. Dann schob der »Vice Questore« die beiden Männer und die Frau etwas näher zueinander und murmelte: »Drei, vier …«

Auf das knappe Kommando hin deuteten die drei eine kleine Verbeugung an und sagten leidlich synchron im Chor: »Wir sind Fredi Krohmer.«

»Wie bitte?«

»Na, wir schreiben unsere Krimis zusammen«, erklärte der Ziegenbart etwas blasiert, »und damit die Leser nicht von drei Namen auf dem Buchcover erschlagen werden, haben wir uns ein gemeinsames Pseudonym ausgedacht.«

Der Dicke grinste Lindner ganz vergnügt an.

»Wir haben unsere realen Namen gemischt und ein bisschen durcheinandergewürfelt – voilà!«

»Aha?«

»Haben Sie denn schon in eines unserer Bücher reingelesen?«, fragte Catrin Krossny und lächelte Lindner erwartungsvoll an.

Krimis hatten ihn noch nie interessiert, aber diesmal tat es ihm fast leid, dass er wahrheitsgemäß den Kopf schütteln musste.

»Na, das können Sie ja bei Gelegenheit noch nachholen«, versetzte sie, immer noch lächelnd, und nun auch noch mit einem leicht amüsierten Zug um den hübschen Mund.

»Und wen von Ihnen soll ich denn nun mitnehmen?«, fragte Lindner schließlich.

»Na, Fredi Krohmer«, meldete sich Röhmer zu Wort und lachte, als hätte er einen besonders köstlichen Scherz gemacht.

»Wie … alle drei?«

Lindner sah seinen Vorgesetzten nun doch etwas genervt an.

»Ich meine … ich ermittle in einem Mordfall, und wir haben viel zu tun, keine Zeit zu verlieren und …«

»Ich weiß, ich weiß«, fiel ihm Kollack ins Wort, »und ich finde das auch sehr löblich von Ihnen, dass Sie sich trotz allem die Zeit nehmen, unseren drei Autoren zu persönlichen Eindrücken zu verhelfen, die sie sicherlich in einem ihrer nächsten Bücher mit großem Gewinn nutzen können. Natürlich immer streng fiktiv – von allem, was Frau Krossny, Herr Röhmer und Herr Höckenberg über den realen Fall, an dem Sie arbeiten, erfahren, kommt natürlich nichts an die Öffentlichkeit. Das ist so verabredet, Herr Kortz hat sogar eigens eine entsprechende Vereinbarung aufgesetzt, die ich« – er klopfte sich mit der flachen Hand theatralisch auf die Brustpartie seines Jacketts – »vorhin habe unterschreiben lassen.«

»Ich …«

Lindner sah kurz zu seinem Kombi hin. Den Beifahrersitz hatte er freigeräumt, auch der Fußraum war zum ersten Mal seit langem gesaugt worden, aber hinter den Rückenlehnen der beiden vorderen Sitze sah es nicht allzu vorzeigbar aus. Catrin Krossny folgte seinem Blick, dann zwinkerte sie Lindner grinsend zu.

»Machen Sie sich wegen Ihres Wagens bitte keine Gedanken. Meine Kollegen sind es auch von meinem Auto her gewöhnt, dass sie sich auf der Rückbank erst mal Platz schaffen müssen.«

Nun musste Lindner doch lächeln. Damit hatte sie nicht nur ganz beiläufig klargestellt, dass sie natürlich vorne zu sitzen gedachte, sondern sie hatte ihre eigene Unordnung herausgekehrt, um ihm jeglichen Grund zu nehmen, sich wegen der vollgepackten Rückbank beschämt zu fühlen.

Lindner verabschiedete sich mit Handschlag von Kollack, der sehr erfreut und auch ein wenig erleichtert wirkte, dann ging er den dreien voran zu seinem Auto. Als sie losfuhren, sah er den bevorstehenden Stunden nicht mehr ganz so miesepetrig entgegen wie bisher.

* * *

Lindner war erleichtert, dass auch Simon Pfau den Besuch der drei Krimiautoren ganz gut aufnahm. Zwar stutzten er und der ebenfalls im Polizeirevier anwesende Staatsanwalt

Pannemann, als Lindner mit drei Gästen im Schlepptau ankam, aber Ärger gab es keinen. Das Trio durfte sich im Soko-Raum umsehen, mit einigen Beamten des Innendienstes sprechen und sich anschließend bei Kaffee und süßen Stückle – Pannemann hatte sich in einer Nürtinger Bäckerei eine stattliche Auswahl zusammenstellen lassen – vom Staatsanwalt, von Pfau und Lindner auf den aktuellen Stand der Ermittlungen bringen lassen.

So erfuhren sie, dass die Polizei mittlerweile davon ausging, dass Kremp in seinem eigenen Haus ermordet wurde, während er in der Küche Geschirr spülte. Der Todeszeitpunkt – etwa 18.15 Uhr am vergangenen Mittwoch – passte ebenso dazu wie die Aussage der Nachbarin. Das alles wurde ihnen erzählt, aber natürlich ließ keiner der Beamten den Hinweis aus, dass das alles auf gar keinen Fall genau so in einem Buch auftauchen und dass es vorerst aus ermittlungstaktischen Gründen auch niemandem erzählt werden durfte.

»Wissen wir alles«, kommentierte Ferdinand Höckenberg die Ermahnungen. »Wir schreiben ja schon seit ein paar Jahren Krimis. Sie dürfen davon ausgehen, dass wir uns recht gut in Ihre Lage hineindenken können.«

Höckenberg war ein unangenehmer Typ, der aufmerksam beobachtete und sich sehr interessiert zeigte, aber stets in einem arrogant wirkenden Tonfall redete, der keine Zweifel daran offen ließ, für wie brillant er sich hielt. Die beiden anderen traten dagegen sehr sympathisch auf, blieben freundlich und respektvoll, und Catrin Krossny sah lächelnd darüber hinweg, wenn ihr ein Beamter etwas zu auffällig auf den knackigen Hintern stierte.

Überhaupt – diese Frau! Auf der Fahrt ins Polizeirevier hatte sie munter mit Lindner geplaudert, er hatte sie irgendwann gefragt, ob sie mit der Ärztin Bettina Krossny verwandt sei und sie zeigte sich sehr amüsiert darüber, dass Lindner zufällig am selben Tag mit ihrer älteren Schwester zusammengetroffen war.

»Meine Eltern haben uns Vornamen in alphabetischer Reihenfolge gegeben: Andreas, Bettina, Catrin. Mein Bruder ist leider vor einigen Jahren durch einen Verkehrsunfall ums Leben gekommen, er war der Älteste von uns, auch der Vernünftigste und Klügste.«

Eine kurze Pause entstand, doch dann hatte Catrin Krossny damit begonnen, ab und zu auf Häuser oder Dörfer zu deuten, in denen schon einmal Szenen aus ihren Krimis spielten. Und als Lindner die drei nun vom Revier hinauf auf das Plateau kutschierte, auf dem sich der Trinkwasserhochbehälter Hochen befand, erzählte sie ihm ein wenig über die Hauptperson und die wiederkehrenden Nebenfiguren der Krimis. Alle hatten einen Kommissar namens Jäckle als zentralen Ermittler, der in Altenriet wohnte, einem keine 2000 Einwohner zählenden Flecken an der Grenze vom Esslinger zum Reutlinger Landkreis – wo auch die Eltern des Kollegen von Museumsmitarbeiter Gallus wohnten, wie ihm wieder einfiel. Catrin Krossny wiederholte Jäckle und Altenriet noch einmal und betonte beides, als müsste das Lindner irgendetwas sagen – aber er begriff die Anspielung nicht, und sie gab schulterzuckend auf.

Dass Jäckle als Kripokommissar im Zuständigkeitsbereich des Polizeipräsidiums Reutlingen ermittelte und damit ein fiktiver Kollege von Simon Pfau war, amüsierte ihn noch am ehesten. Ansonsten fand er die Scherze, von denen die Autorin erzählte, eher bemüht. Immerhin schienen die drei Schriftsteller halbwegs ernsthaft zu recherchieren, die Zuständigkeiten waren, soweit er sie nun geschildert bekam, stimmig, und auch die jüngste Polizeireform wurde berücksichtigt.

Lindner war durch den Stadtteil Neckarhausen gefahren und hatte seinen Kombi nur ein kleines Stück außerhalb des Ortes am Wegrand abgestellt. Von hier aus waren es noch sechshundert Meter bis zum Hochbehälter, aber den Fußmarsch wollte er seinen drei Begleitern nicht ersparen – und er selbst wollte sich auf diesem Weg noch ein paar Details der Umgebung einprägen.

Auch Höckenberg und Krossny sahen sich unterwegs aufmerksam um, Röhmer hatte genug damit zu tun, schnaufend neben Lindner herzutappen. Und als sie den kurzen Spaziergang vor dem Behälter beendeten, musste der Dicke kurz verschnaufen, bevor er die Ähnlichkeit des Erdhügels, unter dem das Bauwerk teilweise verborgen lag, mit dem in Hochdorf bei Ludwigsburg vorgefundenen Fürstengrab vergleichen konnte.

»Sie kennen sich aus mit den Kelten?«, fragte Lindner überrascht.

»Ja, ein bisschen. Ich versuche meine Kollegen schon seit drei Jahren zu überreden, dass wir doch mal einem Fall einen keltischen Anstrich geben – einen Titel hätte ich auch schon: ›Jäckle und das Keltengrab‹. Wie finden Sie das?«

»Hübsch«, rang sich Lindner ab.

»Na ja, daraus wird ja nun eh nichts mehr werden. Wir haben Herrn Kollack ja versprechen müssen, dass wir nichts in einem Buch verwenden, was wir durch Sie und Ihre Kollegen an realen Gegebenheiten erfahren. Schade eigentlich.«

Lindner sah alarmiert zu ihm hin, aber der Dicke hob sofort abwehrend beide Hände.

»Keine Sorge, wir halten uns an die Abmachung. Ehrenwort!«

»Ich fand die Idee ohnehin nie so prickelnd, Hennes«, mischte sich Krossny ein. »Kelten und ein Mord in der Gegenwart – für mich passt das nicht so gut zusammen.«

»Darum hat sich unser Täter leider nicht geschert«, merkte Lindner an. »Sie kennen ja schon einige Details des Falles, und der Staatsanwalt hat mir noch einige Fotos gemailt, die den Fundort der Leiche zeigen – in den Behälter rein können Sie leider nicht, wir wollen uns die Möglichkeit offenhalten, nach weiteren Spuren zu suchen, falls sich das in den nächsten Tagen noch als notwendig erweisen sollte.«

Lindner öffnete die Bilder aus dem Mailanhang und hielt Röhmer sein Smartphone hin, dieser griff danach und blätterte geschickt durch die Fotoserie.

»Letztlich hat diese bizarre Inszenierung dafür gesorgt, dass ich vom LKA überhaupt zu diesen Ermittlungen abgestellt wurde. Mein Chef scheint mich für so etwas wie einen Spezialisten für skurrile Verbrechen zu halten.«

Catrin Krossny sah ihn interessiert an.

»Faszinierend«, hauchte sie, und Lindner durchströmte es ganz warm.

»Ich könnte darauf gut verzichten«, sagte er trotzdem. »Skurrile Verbrechen, bizarre Details, abseitige Tötungsmethoden sorgen allzu oft dazu, dass Sie solche Dinge auch dann nicht mehr vergessen können, wenn ein Fall längst abgeschlossen ist. Das verfolgt einen manchmal sehr lange.«

Sie sah ihn an, ihr Blick bekam etwas Weiches, dann nickte sie, als verstände sie ihn nur zu gut.

»Aber Herr Lindner, hier scheint etwas nicht ganz zu stimmen.«

Hennes Röhmer vergrößerte ein Foto, indem er die Finger spreizte und hielt sich den Bildschirm so nahe vor die Augen, als versuchte er, ein ganz besonders kleines Detail zu erkennen. Dann zeigte er das Bild Höckenberg und deutete auf eine Stelle der Aufnahme.

»Kannst du mir sagen, was du hier auf dem Schwertknauf siehst?«

Höckenberg musterte das Foto eine Weile.

»Für mich sieht das aus wie ein Eber, aber ganz sicher bin ich mir nicht.«

»Und drumherum? Irgendein Muster oder eine Verzierung?«

»Nein, sonst nichts, nur dieser Eber.«

»Dann habe ich's ja richtig gesehen«, sagte Röhmer und nickte zufrieden.

»Und was soll daran nicht stimmen?«, fragte Lindner. »Haben die Kelten ihre Schwertgriffe denn nicht verziert?«

»Doch, das passt – nur … lassen Sie mich kurz ein wenig ausholen. Die beiden Hauptphasen in der Keltengeschichte nennt man …«

»Hallstein und La-Tène«, fiel ihm Lindner ins Wort, weil er sich nicht schon wieder einen Vortrag darüber anhören wollte.

»Hall*statt* und La-Tène«, korrigierte ihn Röhmer, »sehr gut, Herr Lindner. Hügelgräber, wie der Täter sie wohl durch die Wahl des Erdhügels mit dem Trinkwasserbehälter im Sinn hatte, sind typisch für die Hallstatt- und höchstens noch für die sehr frühe La-Tène-Zeit. Dazu passt der Motorroller – als eigenwillige und, wie ich finde, recht witzige Interpretation eines keltischen Wagengrabs.«

Röhmer kicherte, dann fuhr er fort.

»Auch die reichen Beigaben in Form von Waffen, Trinkhörnern und Gebrauchsgegenständen passen ins Bild. Bei den Schüsseln kann ich auf den Fotos nicht erkennen, in welche keltische Phase sie passen – aber der Schwertgriff mit dem Eber gehört eindeutig in die späte La-Tène-Zeit. Bis dahin hatten die Kelten die Verzierungen etwa von Schwertgriffen meist den Etruskern abgespickelt, später entwickelten sie eigene Muster, die immer komplexer aussahen und die noch später immer plastischer ausgeführt und mit S-Spiralen und Triskelen kombiniert wurden.«

Lindner verstand gerade mal die Hälfte dessen, was Röhmer mit hörbarer Begeisterung ausführte, auch wenn er sich den Begriff Triskele nach dem Gespräch in der Heuneburg gemerkt hatte. Höckenberg und Krossny warfen ihm entschuldigende Blicke zu, die ausdrückten, dass sie sehr wohl wussten, wie anstrengend ihr Kollege sein konnte. Der bemerkte davon nichts oder tat zumindest so.

»Eine Triskele müssen Sie sich vorstellen wie drei kurze Spiralen, die in der Mitte ineinanderfließen. Die Nazis haben sich dieses Symbol ebenso unter den Nagel gerissen wie die Swastika, aus der sie das Hakenkreuz gemacht haben. Eine solche Triskele könnte hier auf diesem Messergriff abgebildet sein, aber die Stelle spiegelt auf dem Foto, deshalb kann ich es nicht mit Sicherheit sagen. Der Eber aber ist eindeutig. Solche Darstellungen einzelner Tiere, zudem ohne weitere Verzierungen, Schnörkel oder mit dem Bild verschlungenen Muster, kamen erst in der Kunst der Spät-La-Tène auf – und damit etwa 300 Jahre nachdem die Hügelgräber aus der Mode gekommen waren.«

»Und das bedeutet Ihrer Meinung nach … was?«

»Dass hier jemand zu Werke war, der sich in den Merkmalen der einzelnen Phasen keltischer Kulturgeschichte nicht besonders gut auskannte. Könnte es sein, dass der Mörder oder die Mörderin das vermeintliche Hügelgrab nur inszeniert hat, um Sie auf eine falsche Fährte zu locken? Dass das nur Staffage ist und Ihr Fall letztendlich gar nichts mit den Kelten zu tun hat?«

»Und das mit diesem großen Aufwand?«, gab Lindner zu bedenken. »Ich weiß nicht recht.«

»War nur so eine Idee. Woher stammen die Stücke denn, die im Wasserbehälter um die Leiche herum ausgelegt waren?«

»Aus der Sammlung des Toten, darauf deutet jedenfalls bisher alles hin.«

»Und der kannte sich mit der Geschichte und der Kultur der Kelten vermutlich gut aus, oder?«

Hintzes spöttische Bemerkung über Kremps Fachkenntnis kam ihm in den Sinn.

»Darüber scheint es verschiedene Ansichten zu geben«, sagte er und ließ sich sein Handy wiedergeben.

»Ist denn in der Sammlung des Toten alles der richtigen Ära zugeordnet?«

»Keine Ahnung. Ich kenne mich da nicht aus.«

»Wenn Sie mögen, schau ich mir die Sammlung gerne einmal an – dann könnte ich mich in gewisser Weise für Ihre Mühe revanchieren, dass Sie uns hier alles zeigen und uns in der Gegend herumchauffieren.«

Röhmer zwinkerte Lindner zu.

»Außerdem würde es mich als Keltenfreak natürlich auch brennend interessieren.«

»Ich denke drüber nach«, versprach Lindner. »Aber wenn Sie sich so sehr für Kelten interessieren, habe ich für

Sie noch einen Tipp: Morgen findet im Hohenlohischen ein großes Keltenfest statt, nicht weit von Rothenburg ob der Tauber entfernt.«

»Ach ja, das Oppidum Finsterlohr«, sagte Röhmer und lächelte selig, »ich weiß. Das habe ich natürlich dick im Kalender angestrichen. Ich werde auf jeden Fall hinfahren. Und woher wissen Sie davon?«

»Ich habe mit einem Experten gesprochen, der die Vorbereitungen für das Fest begleitet und einen größeren Artikel über das Oppidum und über die Veranstaltung schreiben will.«

»Super! Könnten Sie mir vielleicht den Kontakt mit ihm vermitteln? Von ihm könnte ich sicher noch manches lernen, was meine lieben Kelten angeht.«

»Später vielleicht einmal, jetzt lieber nicht. Er hat zumindest indirekt mit dem Fall hier zu tun.«

»Oh …«

Die beiden anderen wurden zunehmend ungeduldig, und als Röhmer das auffiel, kehrten sie alle um und marschierten zurück zu Lindners Wagen. Höckenberg schien ganz in Gedanken, der Dicke begann schon nach wenigen Schritten wieder laut zu schnaufen, und Catrin Krossny sah sich aufmerksam nach allen Seiten um.

»Das ist ja gruselig«, sagte sie unvermittelt.

Sie waren nicht mehr weit von Lindners Kombi entfernt. Catrin Krossny blieb unter einem Baum stehen und sah mit zusammengekniffenen Augen nach oben.

»Ist es in der Nürtinger Gegend üblich«, fragte sie dann, »Spaziergänger zu überwachen?«

Lindner verstand nicht gleich, was sie meinte, aber als er ihrem Blick folgte, sah er zwischen dem dichten, verschlungenen Geäst einen kleinen schwarzen Kasten, dessen gläserne Vorderseite auf den Weg gerichtet war, auf dem sie gingen. Einen Moment lang war er sprachlos, dann zückte er sein Smartphone und tippte sich durch das Menü des Geräts umständlich bis zu Pfaus Nummer durch.

»Herr Röhmer«, sagte er währenddessen, »es sieht ganz so aus, als hätte sich Frau Krossny schon mehr als genug für meine Dienste als Chauffeur revanchiert.«

Röhmer sah fragend zwischen dem Beamten und Krossny hin und her, dann hörte er, was Lindner seinem Kollegen mitteilte und warum der unbedingt so schnell wie möglich einige Polizisten zu ihm schicken solle, und ein breites Grinsen legte sich auf sein feistes Gesicht.

* * *

Die Kollegen waren im Handumdrehen vor Ort, und während sich alle auf die Suche nach weiteren Kameras machten, versuchte Lindner das Foto vom Fundort der Leiche, auf dem Hennes Röhmer die Unstimmigkeiten in der Zuordnung keltischer Kunst- und Gebrauchsgegenstände entdeckt hatte, an Hera Corrigan-MacNessa zu schicken. Zwar schaffte er es mehrmals recht flott, das Bild zu versenden – doch versehentlich landeten die ersten beiden Versuche auf dem Smartphone seiner Mutter, und erst im dritten Anlauf hatte er die richtige Handynummer ausgewählt und es auch geschafft, eine begleitende Textnachricht mit dem Bild zu verschicken.

Die erste Antwort, die er erhielt, war von seiner Mutter. »Was soll des? Machsch du di luschtig über mi?« Gleich danach kam die Antwort aus Herbertingen, wo die Museumsmitarbeiterin offenbar auch heute Dienst tat.

»Stimmt, die drei Fundstücke passen nicht zusammen, vor allem Schwertknauf und Triskele widersprechen sich, und beides passt nicht zum Hügelgrab.«

Er fragte sie in der nächsten SMS, ob er ihr Fotos von Kremps Museum schicken dürfe und ob sie Zeit habe, die ebenfalls auf etwaige Unstimmigkeiten hin zu überprüfen. Das »Ja« kam sofort, und Lindner rief den Soko-Innendienst an, um alles Nötige in die Wege zu leiten.

Währenddessen war die Suche auf den Wiesen rund um den Wasserbehälter sehr erfolgreich. Insgesamt entdeckten die Beamten zwischen dem Nordrand von Neckarhausen und dem Wald jenseits des Hochbehälters mehrere mit Solarzellen und Akkus ausgestattete Kameras, die identisch waren mit derjenigen, die Catrin Krossny aufgefallen war. Nachdem der Suchbereich noch weiter vergrößert wurde, wurden insgesamt fünf solcher Kameras aufgespürt, und kurz darauf wurde mit Hochdruck daran gearbeitet, herauszufinden, wem die Kameras gehörten und wer mit ihnen die Wiesen um den Wasserbehälter gefilmt hatte. Auf den Behälter selbst war leider keines der Objektive gerichtet, aber die Wege, die zu ihm führten, schienen mit den Geräten gut abgedeckt zu sein.

Recht schnell waren die Eigentümer der Wiesen ermittelt, auf denen die mit Kameras bestückten Bäume standen. Und bald darauf war auch klar, an wen sie sich wenden mussten: Einige Wiesen gehörten Albert Schempff, einem Landwirt im benachbarten Neckarhausen, und die übrigen hatte er seit Jahren gepachtet. Die drei Krimiautoren waren zunächst etwas enttäuscht, dass sie nicht dabei sein durften, wenn Schempff befragt wurde – aber sie sahen es dann doch ein, und Lindner ließ sich Catrin Krossnys Handynummer geben.

»Ich rufe Sie auf jeden Fall an und sage Ihnen, was aus Ihrem Tipp geworden ist – versprochen!«

Dann ließ sich das Trio von Pfaus Kollegen zum Nürtinger Bahnhof bringen, von wo aus sie mit dem Zug zurück nach Cannstatt fahren wollten. Pfau stieg bei Lindner ein, und eine kleine Karawane aus Lindners altem Kombi und zwei Streifenwagen machte sich auf den Weg zum Westrand des Nürtinger Stadtteils Neckarhausen. Unterwegs war zweimal der Klingelton von Lindners Smartphone zu hören, doch bis er das Gerät endlich aus der Tasche gezerrt hatte, hatte die Gegenseite die Verbindung schon wieder gelöst. Er versuchte sich durch das Menü des Telefons zur

Liste der eingegangenen Nachrichten zu navigieren, doch erst landete er bei den Grundeinstellungen, danach in der Kontaktliste, und schließlich steckte Lindner das Gerät genervt zurück in die Tasche.

»Nichts Wichtiges?«, fragte Pfau, der den Kollegen grinsend beobachtet hatte.

»Das wüsste ich auch gern«, brummte der. »Aber das Scheißteil will nicht so, wie ich will.«

»Ach, wenn du das Handy nicht mehr haben willst, gib's mir. Mein Ältester nervt mich schon lange, dass ich es ihm kaufen soll, aber mir war das bisher einfach zu teuer.«

»Meiner Mutter nicht. Die hat mir das zum Geburtstag geschenkt, und seither nervt sie mich damit, dass ich mir alle möglichen Apps aufs Telefon laden soll, um ihr damit Nachrichten zu schreiben.«

Er knurrte noch den Namen des Programms, und Pfau lachte. Sie hatten Schempffs Hof erreicht, blieben aber sitzen.

»Deine Mutter nutzt What's App? Respekt! Meine Frau ist auch ganz wild drauf, seit sie mitbekommen hat, dass man damit eben mal nachfragen kann, wo die lieben Kleinen gerade stecken oder wann sie nach Hause zu kommen gedenken.«

Pfau warf dem Kollegen einen fragenden Blick zu.

»Deine Mutter will dich doch nicht kontrollieren, oder? Wenn ich mich richtig an sie erinnere, passt es nicht zu ihr, dass sie von dir wissen will, wo du bist.«

»Na, wenn man schon auf jemanden ein Auge haben sollte«, entfuhr es Lindner, »dann ist es ja wohl eher meine Mutter!«

Pfau hob eine Augenbraue.

»Geht sie noch zu diesen Likördrosseln, diesen ... wie nannten die sich noch gleich? Boller Mädle?«

Lindner winkte ab und brummte: »Wenn's nur das wäre ...«

Pfau wollte schon nachfragen, da ratterte Albert Schempff mit seinem Traktor auf den Hof und steuerte auf ein Vordach zu. Lindner und Pfau stiegen aus, und Schempff staunte nicht schlecht, wer ihn da zwischen Wohnhaus und Scheune erwartete. Das Gehöft lag am Ende des Ahornwegs, in der Nachbarschaft standen Wohnhäuser, die zum Ahornweg hin direkt an den Bauernhof grenzten, nach Norden hin erstreckte sich zwischen Hof und den nächsten Häusern eine große Baumwiese, und in etwa fünfzig Metern Entfernung rauschte der Verkehr auf der B 297 vorüber.

Das Schempff'sche Anwesen sah aus wie ein typischer Aussiedlerhof: Ein geräumiger rechteckiger Innenhof war vom Wohnhaus und den Nebengebäuden eingerahmt. Der größte Unterschied: Im Osten grenzten Ein- und Zweifamilienhäuser an den Hof, einige Reihenhäuser hatten sogar ihre Terrassen und Gärten auf den Bauernhof hin ausgerichtet. Lindner kannte das von Bad Boll und vielen anderen Orten – einst hatte sich der Landwirt Stall und Haus weit genug vom Dorfrand entfernt gebaut, um nur ja niemanden zu stören, und dann war ihm die wachsende und wuchernde Ortschaft bis an die Grundstücksgrenze gefolgt.

Umständlich kraxelte Schempff vom schwarzen Kunstledersitz seines Schleppers und kam breitbeinig auf Lindner und Pfau zu. Er war 1,75 Meter groß, etwas stämmig, den Informationen zufolge 64 Jahre alt, sah aber älter aus, wie er da mit fettigem Resthaar, teigigen Wangen und zerfurchter Stirn vor ihnen stand. Er trug eine blaue Latzhose, deren Beine in verdreckten Gummistiefeln steckten, und der leichte Wind wehte eine üble Mixtur aus saurem Schweiß, schmutziger Unterwäsche und Bier zu den Beamten herüber.

»Was isch denn au jetzat scho wieder?«, polterte Schempff los und machte damit seinem Namen, wenn man ihn in der schwäbischen Aussprache auffasste, alle Ehre. »Send meine Küah z'laut oder i z'fleißig? Ond könntat Ihr Büttel net liaber Gängschdr jaga, anschtatt mir 's Läba schwer zom macha?«

Pfau ließ die Tirade in aller Ruhe über sich ergehen, zog seinen Dienstausweis hervor und hielt ihn dem schimpfenden Bauer unter die grobporige Knollennase.

»Des kann i ohne mei Brill net läsa!«

»Simon Pfau, Kriminalhauptkommissar, Kripo Esslingen«, betete Pfau herunter. »Und das ist Kriminalhauptkommissar Stefan Lindner vom Landeskriminalamt. Mein Kollege und ich ermitteln in einem Mordfall. Ihre Kühe können meinetwegen so laut muhen, wie sie wollen, aber wir haben ein paar Fragen an Sie. Und wenn Sie mir hier weiterhin so blöd kommen wie bisher, können Sie reingehen, sich waschen und mit uns aufs Revier kommen. Ist so weit alles klar?«

Schempff nickte und sah nun doch betreten zu den beiden Streifenwagen hin. Dann hob er kurz den linken Arm etwas an und schnüffelte einen Moment lang an seiner Achsel. Es schien ihm nichts Ungewöhnliches aufzufallen. Lindner presste seine Lippen zusammen, um nicht lauthals loszulachen.

»Sie haben Kameras auf Ihren Wiesen installiert. Warum?«

»Ha, weil dia bleede Keeter mir älle Wiesa ond Felder zuascheißat. I drag den Dreck no mit meine Schtiefel ens Haus, ond em Korn wachsat mr dr Schpulwürmer oder was für Sauzeig dia bleede Hond no ällas en sich hen!«

Lindner dachte an seine Mutter, die sich darüber auch schon beschwert hatte. Aber Kameras … darauf war sie noch nicht gekommen. Bisher. Womöglich suchte sie schon nach einer entsprechenden App für ihr Smartphone. Sie und ihr Eugen. Lindners Kiefer mahlten, Pfau sah einen Moment lang irritiert zu ihm hin, dann konzentrierte er sich wieder auf Schempff.

»Und deswegen verletzten Sie die Privatsphäre von anderen Leuten? Ich nehme mal an, Sie haben sich die Platzierung der Kameras nicht genehmigen lassen.«

»Awa, wer viel frogt, goht viel irr! Außerdem send des meine Bemm, do brauch i doch koin froga!«

»Falsch, aber das klären wir ein andermal. Jetzt brauchen wir erst einmal Ihre Filmaufzeichnungen. Wo haben Sie die?«

»Ha, jetzat aber! Worom wellat Sia meine Film? Die brauch i Ihne net zom gäba!«

»Wieder falsch. Wir ermitteln in einem Mordfall, und von Ihren Filmen versprechen wir uns wichtige Hinweise. Also: Wo bewahren Sie die Aufzeichnungen auf?«

»En Mord?«

Schempff starrte den Kommissar mit offenem Mund an und gab den Blick frei auf eine unvollständige und sehr ungepflegte obere Zahnreihe und auf ein Stück Wursthaut, das zwischen den Schneidezähnen hing. Pfau sah schnell weg.

»Was für en Mord, om dr Hemmels willa?«

»Tun Sie nicht so, als hätten Sie davon noch nichts gehört. Der Tote droben im Wasserspeicher Hochen ist doch sicher Dorfgespräch.«

»Koi Ahnung. Mit mir schwätzt em Flecka scho lang koiner meh. Ond Zeidong han i net, ond Radio hör i net, und em Färnsäh schalt i meischtens dr Florian Silbereisa ei, ond wenn er net em Programm isch, guck i mir a Uffnahm von em a. Der hot ällaweil bloß gsonga, vom a Mord isch koi Red gwä.«

»Wie auch immer, wir brauchen Ihre Filmaufnahmen. Und wenn die uns weiterhelfen, dann könnte ich mir vorstellen, dass wir Sie ungeschoren davonkommen lassen. Die Kameras müssen Sie natürlich abbauen, aber wegen der bisherigen Aufzeichnungen könnten wir ein Auge zudrücken.«

Schempff wurde etwas blass, und Pfau wurde daraus nicht recht schlau – so sehr konnte der Bauer an seinen Hundekot-Beweisfilmen eigentlich nicht hängen.

»Können wir?«, fragte er und deutete auf die Eingangstür des Wohngebäudes, als Schempff keine Anstalten machte, mit den Kommissaren ins Haus zu gehen.

Nun drehte er sich endlich um und stapfte den beiden voraus. Vor dem Haus streifte er seine schmutzigen Stiefel ab, dann ging er auf dicken Wollstrümpfen durch die Tür ins Innere, tappte den dämmrigen Flur entlang und blieb schließlich im Wohnzimmer stehen. Überall roch es nach Kuhmist und Essensresten, im Vorübergehen hatte Lindner Geschirrberge in der Küche gesehen, und auf dem Esstisch standen mehrere leere Bierflaschen, ein benutzter Suppenteller und ein leeres Schnapsglas.

Zu den abgewetzten Polsterstühlen, dem durchgesessenen Sofa und dem zerkratzten Esstisch, zu den gestickten Wandbildern, dem fadenscheinigen Teppich und dem völlig eingestaubten Plastikblumenstrauß in einer selten hässlichen Bodenvase bot der ›Fernseher‹ einen starken Kontrast: An der Wand gegenüber der Couch hing ein riesiger Flatscreen, darunter waren auf einem kleinen Holzschränkchen ein DVD-Player und ein aufgeklappter Laptop zu sehen, die mit Kabeln miteinander verbunden waren. Daneben türmten sich DVDs ohne Hülle, mit rotem Stift handbeschriftet.

»Ich darf doch?«, fragte Pfau der Form halber, doch Schempffs Antwort wartete er nicht erst ab. Er ging zu den DVD-Stapeln, nahm einige in die Hand und las die Beschriftung. Neben einer römischen Ziffer – vermutlich stand die Nummer für die jeweilige Kamera – war ein Start- und ein Endzeitpunkt mit Uhrzeit und Datum zu lesen. Die römischen Ziffern reichten bis IX, die Aufnahmen waren der Beschriftung zufolge in den vergangenen acht Tagen entstanden.

»Sehr ordentlich, Herr Schempff, bravo!«, lobte Pfau mit ironischem Unterton. »Wir haben droben beim Wasserspeicher nur fünf Kameras gefunden – haben wir welche übersehen?«

»Noi, do sen au bloß fenf. Aber i han drieba bei Obrehseng no a paar Felder, do han i die andere vier uffghängt.«

Lindner sah Pfau fragend an, der erklärte nur kurz: »Er meint Oberensingen.«

»Und welche Kameras hängen rund um den Wasserbehälter?«, wandte er sich dann wieder an Schempff.

»Römisch ois bis fenf«, kam die geknurrte Antwort.

Pfau suchte die entsprechenden DVDs heraus und brachte sie für jede Kamera in die chronologische Reihenfolge. Dann ging er den Stapel noch einmal durch und sah Schempff streng an.

»Da fehlen für den Zeitraum, der uns interessiert, die DVDs von zwei Kameras.«

Schempff wand sich, und Lindner stutzte erst, dann kam ihm eine Idee.

»Da sind nicht nur Hundehalter drauf, richtig?«

Der Bauer zuckte mit den Schultern und biss sich auf die Unterlippe. Pfau verstand und musste lachen.

»Na, dann rücken Sie Ihre Privatpornos mal raus, Herr Schempff!«

»I mach des wirklich bloß wäga dene Hond, abr …«

Schempff war etwas rot geworden und starrte auf seine Strümpfe.

»… abr i schalt doch so a Kamera net extra aus, wenn's Nacht wird!«

»Schon klar«, ätzte Pfau. »Und wo sind die fehlenden DVDs nun?«

Der Bauer deutete auf das Holzschränkchen unter dem Flatscreen.

»Oberschte Schublad«, brummte er dann noch und ging in die Küche hinaus. Als er mit einer Bierflasche in der Hand zurück ins Wohnzimmer kam, kniete Pfau vor der Schublade und suchte die letzten DVDs zusammen, die den Zeitraum ab Mittwochvormittag abdeckten.

»Aber bekommen Ihre Kameras nachts eigentlich ausreichend Licht, damit man was auf den Filmen erkennen kann?«, fragte Lindner.

»Dui Dengr send zemlich lichtempfindlich, und no kann i dui Uffnahma jo hendrher au no am Computer bearbeita.«

Schempff zeigte auf den Laptop, und Lindner versuchte sich vorzustellen, wie sich der grobe Kerl mit seinen dicken Fingern auf der Tastatur zu schaffen machte, um den Kontrast der Filme zu verbessern. Pfau, der schon aufgestanden war, dachte einen Augenblick lang nach, dann kniete er sich noch einmal vor die Schublade und suchte einige weitere DVDs heraus.

»Die nehmen wir mit«, sagte er dann zu Schempff und hielt den Stapel in die Höhe, den er gerade zusammengestellt hatte.

Der Bauer linste kurz in die offenstehende Schublade, in der noch viele andere DVDs lagen, dann zuckte er mit den Schultern.

»Kriag i die älle zrück?«

»Mal sehen. Was machen Sie eigentlich, wenn Sie einen Hund sehen, der an einem Ihrer Bäume das Bein hebt?«

»Dr Hond ka jo nix drfür«, knurrte Schempff. »Mei Problem isch's obere Ende von dr Leine. I moin: I hätt au koi Luscht, meim Keeter mit ra Gugg nochzomlaufa, aber no dua i halt au koin Hond her – oder i häng en em Hof an d' Kett, so, wia mr des frieher gmacht hot.«

»Und? Was machen Sie dann?«

»Die meischte Leit kennt mr jo mit dr Zeit. Ond älls kommt an Neier, no ka mr scho au mol d'Audonommer uffschreiba. Ond wenn do ama andra Dag oiner von dene mol arg bleed uff am Weg schtoht ...«

Schempff sah Pfau mit einem schiefen Grinsen an.

»Mr hot halt au net emmer em Blick, wo genau dr Schlepper uffhert oder 's naghängte Gerät, gell?«

Pfau nickte und versuchte, weiterhin ernst und streng dreinzublicken.

»Ich schlage vor, Herr Schempff, dass ich das jetzt gar nicht gehört habe.«

Damit verabschiedeten sich die beiden Kommissare von dem Bauer, der müde seine Bierflasche zum Gruß hob und einen großen Schluck nahm.

»Du hast noch weitere DVDs eingesteckt«, sagte Lindner, als sie die Haustür hinter sich geschlossen hatten. »Warum das denn?«

»Die wurden in den Nächten auf den achten und neunten Oktober aufgezeichnet, am achten war Vollmond.«

»Und?«

»Wart's ab«, sagte Pfau und stieg grinsend in Lindners Kombi.

* * *

Bäcker und Metzger hatten schon geschlossen, also besorgte Lindner für die Soko-Mitarbeiter Süßkram, Brot und geräuchte Wurst aus einem Supermarkt. Als er gerade alles eingeladen hatte, hörte er den Klingelton seines neuen Handys. Diesmal war er schneller, und er konnte das Gespräch noch annehmen, bevor die Verbindung wieder getrennt wurde.

Seine Mutter war dran. Sie erinnerte ihn daran, dass sie für ihn und Maria einen Tisch beim Italiener in Bad Boll bestellt hatte, bei jenem Italiener, zu dem sie so gern mit Eugen Rösler ging. Schon allein die Nennung dieses Namens bescherte Lindner einen sauren Geschmack im Mund, aber mehr als ein unwirsches Brummen entfuhr ihm nicht.

»Ond, schaffsch des?«, fragte sie dann noch.

»Tut mir leid«, log er und hoffte, dass sie ihm nicht anhörte, wie breit er gerade grinste. »Da müsst ihr heute leider ohne mich hin. Wir sind in unserem neuen Fall erst vor einer halben Stunde auf Filmaufnahmen gestoßen, die uns möglicherweise entscheidend weiterbringen.«

Ihm fiel auf, dass er so geschwollen formulierte, wie er es gerne tat, wenn er jemanden anschwindeln wollte – und siedend heiß wurde ihm klar, dass das natürlich niemand genauer wusste als seine Mutter.

»Awa«, knurrte die dann auch schon. »Was de net sagsch.«

»Doch ehrlich!«, plapperte er schnell weiter, um die unangenehme Situation zu überspielen. »Die Kollegen arbeiten sich schon alle durch die Aufnahmen, und ich bin kurz raus, um den anderen etwas vom Supermarkt mitzubringen. Du merkst schon: Es könnte heute später werden.«

»Ha, Jonger, wenn de Brötla für d'Polizei holsch, no hättsch au zom Bauhof könna!«

Damit legte sie auf, und die Bezeichnung »Jonger«, die sie ihrem Sohn gegenüber nur nutzte, wenn sie sauer auf ihn war, machte ihm klar, dass sie ihn wieder einmal durchschaut hatte.

Das Display zeigte zwei Anrufe in Abwesenheit an – die beiden, die er nicht schnell genug entgegengenommen hatte. Die erste Nachricht stammte von Hera Corrigan-MacNessa und lautete »Hallo, Herr Lindner, ich hab mir die Bilder angesehen. Ich versuch's gleich noch einmal.«

Auch die zweite Nachricht war von ihr. Diesmal hatte sie ihre Informationen hinterlassen. Sie kannte alle drei Gegenstände, und sie war sicher, dass Thaddäus Kremp sie zeitlich einwandfrei hatte zuordnen können. Er hatte sie immer wieder einmal auf sein Museumsprojekt angesprochen, und sie hatte ihm geholfen, wann immer sie konnte. In diesen drei Fällen war das allerdings nicht nötig gewesen: Kremp hatte eine Präsentation geplant, in der das Schwert mit dem Eber, die Münzen und die Zeichnung der Waldalgesheimer Kanne eine zeitlichen Ablauf der keltischen Kulturentwicklung darstellen sollten. Nach allem, was sie von Kremp gehört hatte, war er zur Herstellung dieses chronologischen Zusammenhangs nicht mehr gekommen.

»Schade«, dachte Lindner, damit blieb nur die Tatsache bestehen, dass Hintze seinen alten Widersacher ihm gegenüber schlecht gemacht hatte – das war nun nicht gerade ein außergewöhnlicher Umstand.

* * *

Zusammen mit mehreren Kollegen machte sich Pfau im Polizeirevier Nürtingen gleich daran, Schempffs Filmaufnahmen zu sichten. Und während sich die Kollegen einige für die Ermittlungen interessante Passagen noch einmal etwas genauer ansahen, spulte sich Pfau durch die Aufzeichnungen aus den Vollmondnächten. Zwei der Kameras waren auf Stellen gerichtet, die sich für verschwiegene nächtliche Treffen hervorragend eigneten. Einmal war der Weg am Bildrand zu sehen, der vom Nürtinger Hallenbad zum Speicher hinaufführte. Im Mittelpunkt der Aufzeichnung stand allerdings eine kurze Abzweigung, der von Büschen und Bäumen ein hervorragender Sichtschutz geboten wurde – doch die Kamera legte von ihrer erhöhten Position alles offen. Im zweiten Fall war ein kleines Stück Wiese in der Nähe des Neckarhausener Ortsrands zu sehen, das von einer Weggabelung aus gut mit dem Wagen zu erreichen, zu den Wegen hin aber ebenfalls von Büschen verdeckt war – die Kamera war auf der gegenüberliegenden Seite an einem Ast befestigt. Diese beiden Fleckchen hatte Schempff vermutlich nicht ausgewählt, um kackende Hunde zu erwischen, und tatsächlich zeigte die eine Kamera in der Nacht auf den achten Oktober heftigen Betrieb, während vor dem Objektiv der anderen zwei offenbar miteinander bekannte Pärchen in und neben ihren Fahrzeugen zugange waren.

»Also, mir wär das im Oktober ja zu kalt«, sagte Pfau, als er die Fundstücke Lindner und einigen anderen Kollegen vorführte. »Und schaut mal: auswärtige Kennzeichen.«

»Ja, aber die anderen beiden, die auf der Wiese bei Neckarhausen aktiv waren, sind von hier. Die Frau kenne ich«, sagte Reinhard Peters vom Nürtinger Revier und grinste breit. »Nettes Mädel, wohnt nicht weit von mir, und der Typ ist, glaube ich, ihr neuer Freund. Offenbar ist er sehr gelenkig.«

»Schempff lebt allein, oder?«, fragte Lindner. »Sah jedenfalls so aus, als wir dort waren.«

»Ja, der Berti ist solo«, sagte Peters. »War er schon immer.«

Als Lindner ihn überrascht ansah, fügte er hinzu: »Ich wohne seit meiner Jugend in Neckarhausen, in der Plettenbergstraße habe ich ein Haus gebaut – das ist vom Schempff-Hof aus nur ums Eck. Den Albert Schempff nennt im Ort jeder nur Berti, und die meisten sind froh, wenn sie nichts mit ihm zu tun haben. Er ist ein Eigenbrötler, meistens mies drauf, er stinkt und schert sich einen Dreck um Vorschriften. Wir mussten schon so oft zu ihm hin, weil sich jemand über ihn beschwert hat, dass er bloß noch abwinkt, wenn er uns nur kommen sieht.«

Peters zuckte mit den Schultern.

»Er ist ein Schrat, da gibt es keinen Zweifel. Aber im Grunde genommen ist er auch eine arme Sau. Sein Vater, der alte Erwin, hat seinen einzigen Sohn nie was gelten lassen. Er hat ihn bei jeder Gelegenheit verdroschen, im Dorf erzählen sich die Älteren noch immer, wie der Bub in seiner zerschundenen Sepplhose in die Schule kam, grün und blau im Gesicht und an den Armen, und wie er zum Lehrer frech war und heilfroh, dass der ihn daraufhin zur Strafe in der Ecke hat stehen lassen – sitzen hätte er an solchen Tagen ohnehin nicht gut können.«

Lindner dachte an alte Geschichten, die seine Mutter Ruth von ihrer Jugend in Schopfloch erzählt hatte. Oder an die Anekdoten seines längst verstorbenen Vaters, die nach vergangenen Zeiten klangen – und die nicht so weit von Berti Schempffs Jugenderlebnissen entfernt lagen.

»Wie alt ist Schempff denn?«

»Mitte sechzig«, sagte Peters, »aber solche Verhältnisse gab es in manchen Dörfern viel länger, als Sie sich das vorstellen würden.«

Lindner nickte.

»Bertis Mutter war auch nicht besser«, fuhr Peters fort. »Weil sie auch immer wieder mal von ihrem Mann verprügelt wurde, flüchtete sie sich in einen fanatischen Glauben, betete ständig und gab die Heilige. Dabei war sie höchstens scheinheilig. Adele Schempff muss ein böses, hinterhältiges Weib gewesen sein, ich habe zum Glück nie viel mit ihr zu tun gehabt. Aber ein Nachbar meiner Eltern erzählte mir mal, dass sie ihren Berti ohne mit der Wimper zu zucken beim Vater anschwärzte, nur um ihm die Prügel zuzuschanzen, die ihr selbst dadurch vielleicht erspart blieben.«

»Klingt schlimm«, murmelte Lindner.

»Es hat allerdings ein schnelles Ende genommen. Erwin und Adele Schempff haben mit einem Jahrgangskollegen in Nürtingen-Hardt dessen runden Geburtstag gefeiert, und als sich die beiden schließlich dort auf ihren Schlepper schwangen, hatten sie wohl ordentlich was intus. Irgendwie hat der alte Schempff den Traktor noch auf Waldwegen aus Hardt herausgebracht. Doch dann musste er die Landesstraße von Nürtingen durchs Aichtal überqueren, er tuckerte gemächlich auf die Straße heraus, ohne nach links oder rechts zu schauen. Da hat sie ein Sattelschlepper einfach abgeräumt. Danach hatte der Berti seinen Hof und seine Ruhe, und mehr hat er seither auch nie gewollt.«

Lindner rief sich das Bild des Bauern noch einmal vor sein geistiges Auge. Er sah das benutzte Geschirr in der Küche, roch den Schweiß des Mannes und schämte sich trotzdem ein wenig über sein schnell gefasstes Urteil vom verkommenen Griesgram. Er würde gleich nachher mit Simon Pfau reden, ob sie nicht Berti Schempff seine DVDs, soweit sie nicht direkt ihre Ermittlungen betrafen, möglichst bald ganz unauffällig zurückgeben könnten.

* * *

Die Soko traf sich wieder. Um halb sieben am Samstagabend kam keiner gern ins Nürtinger Revier, aber es gab ja dringende Neuigkeiten, und dementsprechend stand auch die überraschende Wende mit den Videoaufnahmen aus der Umgebung des Trinkwasserhochbehälters im Mittelpunkt der Besprechung. Simon Pfau wollte gerade den Kollegen, die es bisher noch nicht mitbekommen hatten, launig von Schempffs selbstgemachten Erotikfilmen berichten, da schnitt ihm Pannemann schon nach der kurzen Einleitung das Wort ab.

»Herr Pfau, davon können Sie den Kollegen auch nachher noch vorschwärmen, wenn ich wieder weg bin. Ich brauche solche Filme nicht, Sie alle sind hoffentlich auch nicht darauf angewiesen – und mich würde von dem, was dieser schräge Bauer versehentlich gefilmt hat, vor allem das interessieren, was zur Lösung unseres Falles beitragen kann.«

Pfau räusperte sich, dann kam er auf die anderen Aufnahmen zu sprechen. Tatsächlich waren auf den Filmen zahlreiche Hundehalter zu sehen, die mit ihren Tieren auf den Wegen rund um den Trinkwasserhochbehälter Gassi gingen. Allerdings hoben die Hunde nur an einer der gefilmten Stellen auch wirklich ihr Bein. Ein alter, etwas krummer Baum an einer Weggabelung hatte es den Tieren angetan, und keines kam an dem schorfigen Holz vorüber, ohne ihn und die halb aus dem Wiesenboden hervorlugenden Wurzeln und das untere Ende des Stamms zu beschnuppern und anschließend eher umständlich eine Position einzunehmen, in der sich auch wirklich der Geruch des Vorgängers verwaschen und die eigene Markierung setzen ließ.

Das sah im schnellen Vorlauf des entsprechenden Zusammenschnitts recht komisch aus, selbst Staatsanwalt Pannemann gestattete sich ein kurzes Grinsen. Hundekot wurde jedenfalls nirgendwo im Bild zurückgelassen – entweder hatte Bauer Schempff seine Kameras dafür falsch ausgerichtet, oder die Verdauung der Hunde hatte ausgerechnet am Mittwoch für Abweichungen vom sonst üblichen Ritual gesorgt.

»Die Aufnahmen decken den Zeitraum von Mittwochfrüh bis Donnerstagfrüh ab, wir haben die Filme überprüft, die zwischen Mittwochmittag und dem Eintreffen der ersten Kollegen vor dem Wasserspeicher entstanden sind. Den Tag über sind einige Fußgänger zu sehen: eine Rentnergruppe, die angeregt plaudernd durchs Bild marschierte; einige ältere und mittelalte Herrschaften, die mit ihren Nordic-Walking-Stöcken zackig durchs Bild eilten; zwei junge Mütter mit Kinderwagen. Bis etwa halb sechs Uhr abends geht das so, dann wird es einsam an den gefilmten Stellen.«

Simon Pfau hatte offenbar noch etwas Besseres zu bieten, denn nun beugte er sich über den Laptop, mit dem er den Beamer ansteuerte, und klickte sich zu einer Sequenz, die er zeigen wollte. Auf dem Bild war es nun schon recht duster, aber wie Bauer Schempff bereits gesagt hatte: Die Kameras waren sehr lichtempfindlich, und einige in Bildbearbeitung geübte Kollegen hatten die Kontraste am Computer noch etwas verbessert. Die mitlaufende Zeitanzeige eilte im schnellen Vorlauf auf 20 Uhr zu, bevor Pfau das Vorspulen stoppte und den Film in Echtzeit weiterlaufen ließ.

»Wir sehen Aufnahmen der Kamera, die hier am Waldrand aufgehängt ist.«

Pfau richtete einen Laserpointer auf eine Wandkarte, der Lichtpunkt markierte eine Stelle 500 bis 600 Meter westlich vom Wasserspeicher, wo der Waldrand die Felder des Hochplateaus in Richtung Aichtal begrenzte. Dann schwieg er und ließ den Film weiterlaufen.

Erst war nur der Waldrand in der fortgeschrittenen Abenddämmerung zu sehen, ein Stück Feldweg und etwas Feld. Dann huschte ein Schatten vorbei, den nicht alle gleich zuordnen konnten. Pfau nickte, spulte die Aufnahme ein kleines Stück zurück und ließ die Szene in Zeitlupe noch einmal durchlaufen. Nun tauchte der Schatten nicht mehr so überraschend auf: Genau an der Stelle mit der Markierung »19:58:27« kam ein Geländewagen ins Bild, und kurz darauf war er auch schon wieder aus dem Blickfeld der Kamera verschwunden.

»Unser kleiner Computerfreak hat hier ganze Arbeit geleistet«, sagte Pfau und nickte dem entsprechenden Kollegen lächelnd zu.

Das nur ganz leicht genervte Grinsen des molligen jungen Mannes verriet, dass er solche Späße auf seine Kosten längst gewohnt war. Pfau klickte ein Standbild an und zeigte es in der größtmöglichen Auflösung an.

»Ein schwarzer Geländewagen, in dem Moment, als er aus dem tieferen Schatten des Waldrands in die relative Helligkeit der Dämmerung draußen auf dem Feld rollt. Wir sehen den Wagen von vorne, die Position der Kamera ist, wie Sie alle sehen, links oberhalb des Wagens.«

Bisher waren nur die Umrisse eines eher großen PKW zu sehen. Dann klickte Pfau erneut, und eine gründlich bearbeitete und vergrößerte Version desselben Motivs wurde sichtbar.

»Der Kollege hat, wie gesagt, ganze Arbeit geleistet. Mit etwas Fantasie kann man sogar das Kennzeichen … na ja, nicht wirklich erkennen, aber doch erahnen. Für mich sieht das durchaus nach einem Volltreffer aus. Vorne würde ich auf ein ›ES‹ tippen. Thaddäus Kremps Wagen hat ein Wunschkennzeichen: ›KR‹, die ersten beiden Buchstaben seines Nachnamens, und die letzten beiden Ziffern seines Geburtsjahrs – man kann es nicht mit letzter Sicherheit sagen, aber ich finde schon, dass das zu unserem Standbild passt.«

Fast alle in der Runde nickten, einige klopften dem Computerspezialisten anerkennend auf die Schultern. Aber zu Wort meldete sich nur Lindner.

»Tut mir leid«, sagte er, und er hatte im Nu die Aufmerksamkeit aller im Raum. »Das muss nicht zwingend der Geländewagen von Thaddäus Kremp sein.«

Pfau sah ihn verblüfft an.

»Die Farbe scheint zu passen, das Modell auch, obwohl ich da kein Experte bin. Und wir dürfen uns in Gedanken sicher auch die Nummer in der von dir beschriebenen Art vervollständigen.«

»Na also! Und?«

»Trotzdem möchte ich euch davon abraten, nun stillschweigend davon auszugehen, dass es auch wirklich Kremps Wagen war, der am Abend des 22. Oktober kurz vor acht Uhr vorübergefahren ist.«

»Aber die Nachbarin von Thaddäus Kremp hat gesehen, wie dieser Wagen etwa um halb oder drei viertel acht aus

Kremps Garage gefahren ist. Zwischen dem spätesten Zeitpunkt, den wir für diese Beobachtung annehmen, und der Aufnahme vom Waldrand liegen mindestens 13 Minuten – und es gibt mehrere Strecken, auf denen der Fahrer des Wagens innerhalb dieser Zeit ins Bild der Kamera hätte fahren können. Thomas und Albin Kremp haben für diesen Zeitraum nicht zwingend ein Alibi, es hat nur niemand gesehen, dass sie rechtzeitig vorher weggefahren sind – es hat aber auch niemand gesehen, dass sie sich in der fraglichen Zeit daheim in Linsenhofen oder sonstwo weit genug entfernt von Kremps Haus und vom Wasserspeicher aufhielten.«

»Das ist alles richtig, Simon. Und Thomas Kremp hätte vielleicht auch ein Motiv – er ist chronisch pleite, und er will endlich ran ans Vermögen seines Onkels.«

Pfau nickte, zustimmendes Gemurmel kam auch von einigen anderen. Staatsanwalt Pannemann dagegen beobachtete Lindner aufmerksam und wartete stumm, worauf der LKA-Beamte hinauswollte.

»Aber würde einer wie Thomas Kremp seinen Onkel nicht … sagen wir: einfach erschlagen oder erstechen? Wir stellen uns die Ereignisse im Haus des Opfers ja ungefähr so vor: Thaddäus Kremp spült, als der Täter ins Haus eindringt. Es kann jemand sein, der einen Hausschlüssel hat – wobei wir bisher von niemandem wissen, dem Kremp einen gegeben hätte. Es kann jemand sein, der die Gewohnheiten Kremps kennt – etwa, dass er meistens die Hintertür zum Garten hinaus unverschlossen lässt; das kann der Neffe gewusst haben, aber durchaus auch ein Nachbar. Und es kann jemand sein, der eigentlich einbrechen wollte, sich das dann aber wegen der für ihn oder sie überraschenderweise unverschlossenen Hintertür sparen konnte – also irgendjemand.«

Pfaus Laune sank merklich, vor allem, weil er wusste, dass der Kollege in allem recht hatte.

»Dieser Jemand dringt also ins Haus ein«, fuhr Lindner fort, »er sieht Kremp vor sich, der ihm den Rücken zuwendet und ihn vielleicht auch nicht kommen hört, weil im

Wohnzimmer Musik läuft – eine LP lag auf dem Plattenspieler, die ganze Anlage haben wir angeschaltet vorgefunden. Noch vor dem Spülbecken geht Kremp den Spuren zufolge zu Boden, die nächsten Hinweise haben wir im Kellermuseum gefunden – Klebebandspuren an einem dort in der Ecke stehenden Stuhl, Kratzer auf dem Boden und an den unteren Enden der Stuhlbeine, die zueinander passen. Dazu das Ergebnis der Obduktion: Tod durch Ersticken, weil dem Opfer erst Spülmittel und dann Mineralwasser eingeflößt wurden – auf mich wirkt das, als hätte da jemand einen fürchterlichen Hass auf Thaddäus Kremp empfunden, als hätte er ihn quälen wollen, vielleicht aus Rache, vielleicht, um irgendwelche sadistischen Gelüste zu befriedigen – keine Ahnung. Aber all das scheint mir nicht zu Thomas Kremp zu passen. Der war sicher scharf auf Onkels Geld, aber er hatte keinen Grund, ihn zu hassen. Mag sein, dass ihn Thaddäus Kremp manchmal länger betteln ließ, als es dem Neffen angenehm war – aber er hat ihm doch immer wieder etwas gegeben. Mal Geld, zuletzt den Geländewagen.«

»Mit dem der Täter genau in dem Zeitraum an dieser Kamera am Waldrand vorbeigefahren ist, in dem sich Thomas Kremp den Wagen von seinem Onkel ausgeliehen hatte«, beharrte Pfau.

Es klang bereits etwas lahm. Natürlich passte auch in Pfaus Augen eine weniger perfide Mordmethode besser zu einem schlichten Gemüt wie Thomas Kremp – aber wenn er es nicht war, wenn der Wagen auf dem Film nicht Kremps Wagen war … mussten sie denn dann nicht wieder bei Null anfangen?

»Alles natürlich richtig, Simon, und trotzdem, ich glaube nicht, dass wir auf dem Film den Geländewagen von Thaddäus Kremp sehen.«

»Und damit geht alles wieder von vorne los?«, maulte Pfau. »Klar, ich lass gleich nachher raussuchen, wer noch alles einen solchen Wagen fährt, allzu viele werden es im Landkreis nicht sein, nehme ich an, und wir haben ja auch wenigstens vage Hinweise darauf, wie das Kennzeichen aussehen könnte. Als gestohlen gemeldet ist derzeit kein im Landkreis angemeldetes Auto dieser Marke, das haben die Kollegen schon überprüft. Aber es kann ja auch sein, dass es der Halter einfach noch nicht bemerkt hat – vielleicht ist er im Urlaub oder im Krankenhaus oder …«

»Unter den Leuten, die einen solchen Wagen fahren, werdet ihr jemanden finden, dessen Namen ihr kennt«, sagte Lindner, und sein leichtes Grinsen irritierte Pfau. »Kremps Auto bekomme ich hier auf dem Film zum ersten Mal zu Gesicht. Aber dieses Modell habe ich in dieser Farbe schon einmal gesehen. Und auch das Kennzeichen sollte zu den Details passen, die der Kollege mit seinem Bildbearbeitungsprogramm sichtbar gemacht hat.«

Lindner erzählte den staunenden Kollegen, wessen Auto seiner Meinung nach am Waldrand gefilmt worden war. Danach griffen die meisten Anwesenden nach ihren Handys, um sich bei Freunden und Familien für den Rest des Samstagabends zu entschuldigen.

Sonntag, 26. Oktober

Das Wetter war prächtig. Die Sonne tauchte das Oppidum Finsterlohr schon am Morgen in ein sanftes herbstliches Licht und ließ das bunte Laub der Bäume geradezu leuchten. Entsprechend aufgehellt waren auch die Mienen der Frauen und Männer, die von sieben Uhr morgens an die letzten Vorbereitungen für das große Keltenfest trafen. Schon am Vorabend waren die Keltengruppen eingetroffen, die dem Fest mit authentisch wirkenden Kostümen sowie mit Handwerks- und Kampfvorführungen das Flair einer Zeitreise verleihen wollten.

Aus Welzheim im Schwäbischen Wald war auch eine Römerkohorte samt großem Begleittross angereist. Vor allem die Männer, die während der Saison im dortigen Kastellnachbau als Cicerone, als Fremdenführer, auftraten, waren offensichtlich froh über die ungewöhnlich milde Witterung: Weil es echter wirkte, marschierten sie auch jetzt im Oktober in Ledersandalen und knielanger Tunika unter der Rüstung auf.

Und zwei Musikgruppen, die sonst eher auf Tänze und Gesänge des Hochmittelalters spezialisiert waren, hatten mit Unterstützung eines Würzburger Musikwissenschaftlers mit Keltenfimmel einige authentisch wirkende Instrumente aufgetrieben oder nachgebaut und ein Programm zusammengestellt, bei dem Carnyx, allerlei Trommeln und an kleine Harfen erinnernde Saiteninstrumente auf eine Weise gespielt wurden, wie man sich so ungefähr die Musik der Kelten vorstellte.

Als Lindner und Pfau gegen neun Uhr das Oppidum erreichten, schlurfte gerade Werner Luckner heran. Er hatte tiefe Augenringe und sah auch sonst abgekämpft und müde aus. Er war frisch rasiert, aber ein Heftpflaster auf seiner rechten Wange deutete an, dass er das heute früh lieber hätte bleiben lassen sollen. Trotzdem legte sich ein Lächeln auf sein Gesicht, als er Lindner erkannte, und er blieb auf einen kurzen, freundlichen Plausch stehen. Lindner verzichtete darauf, Pfau als Kollegen vorzustellen, und widersprach Luckners Vermutung nicht, dass er sich das »1. Finsterlohrer Keltenfest« aus privatem Interesse ansehen wolle.

»Herr Hintze ist dort hinten«, sagte Luckner schließlich, »im Zelt einer der historischen Gruppen. Er berät einige Händler – da ist einem wohl ein Kettenhemd ins Sortiment geraten, das in dieser Art historisch erst einige Jahrhunderte später belegt ist.«

Er lachte, verabschiedete sich und eilte weiter. Noch bevor sich die beiden hätten in Hintzes Richtung hätten aufmachen können, trafen sie weitere bekannte Gesichter. Hera Corrigan-MacNessa kam an der Seite eines großen, schlaksigen Mannes mit schulterlangen knallroten Haaren, die er sich zum Pferdeschwanz gebunden hatte.

»Mein Mann Patrick«, stellte sie ihn vor, und als Lindner im Gegenzug Pfaus Namen nannte, fragte sie kurz nach: »Ein Kollege?«

Lindner zögerte einen Moment, bevor er nickte.

»Aber halten Sie es bitte dennoch für denkbar, dass wir rein aus privatem Interesse hier sind.«

Hera Corrigan-MacNessa musterte ihn, dann zuckte sie mit den Schultern.

»Von mir muss niemand etwas anderes hören«, sagte sie, hakte ihren Mann unter und schlenderte mit ihm übers Festgelände davon.

Auch die drei Krimiautoren, die sich das Pseudonym Fredi Krohmer teilten, liefen ihnen noch vor der offiziellen Eröffnung des Spektakels über den Weg. Hennes Röhmer ging dem Trio voran, deutete mal hierhin, mal dorthin, und hielt einen flammenden Vortrag über die Kelten und ihre Zeit. Die anderen beiden folgten ihm mit ausdrucksloser Miene. Als Catrin Krossny Lindner und Pfau entdeckte, machte sie ihre Kollegen auf die beiden aufmerksam. Sie und Ferdinand Höckenberg wirkten geradezu erleichtert und steuerten zügig auf sie zu, Röhmer folgte etwas langsamer, was seinem enttäuschten Gesichtsausdruck zufolge nicht nur mit seiner Unsportlichkeit zu tun hatte.

Catrin Krossny fragte die Kommissare nach dem aktuellen Stand der Ermittlungen, doch Lindner blieb sehr vage und vertröstete sie darauf, dass er dazu in den nächsten Tagen mehr sagen könne.

»Das wäre nett«, sagte die Autorin, dann kramte sie einen mehrfach gefalteten Flyer aus der Tasche und hielt ihn Lindner hin. »Da, bitte, für Sie. Wenn Sie mögen und Zeit hätten, würden wir uns sehr freuen, wenn Sie kommen könnten. Einfach kurz Bescheid mailen, dann nehme ich Sie auf die Gästeliste. Gerne mit Begleitung, natürlich.«

Lindner schaute nur kurz auf den Zettel. Es ging um eine Lesung in Altenriet, mit der die drei Fredi Krohmers die Buchpremiere ihres neuesten Krimis feiern wollten.

»Mal sehen«, murmelte er und sah sich dabei nach allen Seiten hin um.

»Ermitteln Sie hier, Herr Lindner?«, fragte die Autorin schließlich.

»Wie?«

»Na, so wie Sie sich hier umsehen … hier auf dem Keltenfest, während der Ermittlungen in einem Fall, der mit Kelten zu tun hat.«

»Tut mir leid, Frau Krossny, dazu darf ich Ihnen nichts sagen«, wehrte er ab. »Und ich wäre Ihnen sehr dankbar, wenn Sie nicht mit anderen hier über unseren aktuellen Fall sprechen würden.«

Als Antwort lächelte sie, drehte ihre Hand vor den Lippen so, als würde sie ihren Mund verschließen, und machte dann eine schwungvolle Geste, als würfe sie einen unsichtbaren Schlüssel weit hinter sich.

»Danke«, sagte Lindner und lächelte zurück.

»Kommt, Jungs«, flötete Krossny und legte die Arme um ihre beiden Mitautoren, die sich links und rechts von ihr aufgestellt hatten. »Wir schauen uns jetzt mal das Fest an, und unser Hennes erklärt uns alles, was wir zu sehen bekommen.«

Ferdinand Höckenbergs Stöhnen und Catrin Krossnys Lachen waren noch kurz zu hören, dann hatten sich die drei auch schon davongemacht. Lindner und Pfau blieben stehen, bis die anderen weit genug entfernt waren. Dann gingen sie los und und hielten auf das Händlerzelt zu, das Werner Luckner vorhin erwähnt hatte.

Unter der vorderen, wie ein Vordach nach vorn geklappten Zeltbahn stand Heinrich Hintze mit zwei Frauen und einem Mann zusammen, die sich in altertümliche Kleider geworfen hatten und nun nach Hintzes Anweisungen ihre Auslage umsortierten. In Pappkartons steckten einige Kettenhemden und kleinere Gerätschaften, und ab und zu legten die Händler noch weitere Gegenstände dort hinein, auf die Hintze als historisch unpassend hingewiesen hatte.

Hintze bemerkte die beiden Kommissare nicht gleich, nachdem sie sich ein paar Meter vom Vordach entfernt aufgestellt hatten. Doch als sie ihm auffielen, wirkte er nur mäßig überrascht. Für einen Augenblick nahm sein Gesicht einen seltsamen Ausdruck an, der Lindner während seiner Arbeit bei der Kripo in Stuttgart und davor in Göppingen schon manchmal begegnet war. Eine Mischung aus Bedauern und Resignation – wenn er es auch diesmal richtig deutete, standen sie wirklich so kurz vor der Auflösung des Mordfalls Thaddäus Kremp, wie er hoffte.

Lindner und Pfau blieben auf ihrem Platz stehen und warteten. Hintze gab den Händlern noch einige Tipps, wies auf dieses und jenes hin, dann entschuldigte er sich bei ihnen und kam zu den beiden Kommissaren. Auf den letzten Schritten sah er sich schnell nach allen Seiten um. Lindner hoffte, dass er damit nicht seine Fluchtmöglichkeiten prüfte, sondern einfach nur nicht wollte, dass jemand sein Zusammentreffen mit der Polizei beobachtete.

Und wirklich bat Hintze seine beiden Besucher, mit ihm um das Zelt herum und ein paar Meter von dem herrschenden Trubel zwischen den Auslagen und den für große Lagerfeuer aufgeschichteten Holzstapeln wegzugehen. Sobald sie außer Hörweite waren, blieb er stehen und sah Lindner an.

»Wie kann ich Ihnen helfen?«, fragte er, aber seine Miene, die nun etwas besorgter wirkte, verriet, dass er sehr wohl wusste, warum die beiden Kommissare gekommen waren.

Lindner blickte ihm fest in die Augen und wartete einen Moment. Hintze sah daraufhin stirnrunzelnd zwischen den beiden Kommissaren hin und her. An seinem unstet werdenden Blick glaubte Lindner zu erkennen, dass er sich sehr anstrengen musste, so ruhig zu wirken.

»Die Frage wird eher sein«, sagte Lindner schließlich, »wie Sie sich selbst am besten helfen können.«

»Ich verstehe nicht …«

»Wir sind wegen Ihres Rivalen hier, wegen Thaddäus Kremp. Und deshalb, weil wir glauben, dass Sie ihn getötet haben, Herr Hintze.«

»Aber was unterstellen Sie …«

Er brachte den Satz nicht zu Ende, wurde bleich und mühte sich vergeblich um eine entrüstete Miene.

»Wir machen es so, Herr Hintze: Ich sage Ihnen einige der Gründe, warum wir Sie für den Mörder Ihres Konkurrenten halten – dann gebe ich Ihnen die Gelegenheit, alles zu gestehen. Mein Kollege und ich ermitteln nur und haben darauf keinen Einfluss – aber meistens wird ein offenes Geständnis strafmildernd berücksichtigt.«

Schon jetzt protestierte Hintze nicht mehr. Abwartend sah er den Kommissar an. Lindner wusste, dass er der Soko jetzt viel Arbeit ersparen konnte.

»Erstens: Sie wurden gesehen, als Sie am frühen Mittwochabend mit Ihrem Geländewagen die Garage von Herrn Kremp verlassen haben.«

Ein leichtes Lächeln spielte um Hintzes Lippen.

»Was hätte ich wohl mit meinem Geländewagen in Kremps Garage zu suchen? Und vergessen Sie bitte nicht:

Kremp hat selbst einen solchen Geländewagen. Ist es da nicht viel wahrscheinlicher, dass er es war, der mit seinem eigenen Auto seine eigene Garage verlassen hat?«

»Tot wird er kaum selbst gefahren sein. Zu diesem Zeitpunkt hatten Sie ihn bereits in seinem eigenen Haus getötet, im Museum im Keller. Und sein Fahrzeug hatte er zu diesem Zeitpunkt an seinen Neffen verliehen, das stand an diesem Abend in Linsenhofen, zehn Kilometer entfernt.«

Hintze gegenüber ließ Lindner keine Zweifel daran aufkommen, dass alles so war, wie er es vermutete. Falls der andere etwas davon würde widerlegen können, konnte er die Wissenslücke immer noch zugeben – und wenn er unter dem Druck der scheinbar vollständigen Indizienkette einbrach und alles zugab, lösten sich die Lücken ja ohnehin in Luft auf. Fürs Erste schien Lindners Bestimmtheit, mit der er die einzelnen Punkte vortrug, jedenfalls seine Wirkung auf Hintze nicht zu verfehlen. Er war nachdenklich geworden, hinter seiner Stirn schien es zu arbeiten.

»Im Moment kümmern sich gerade unsere Kriminaltechniker darum, an Ihrem Auto Spuren zu finden, die beweisen, dass Sie sich in der Nähe des Trinkwasserhochbehälters Hochen bei Neckarhausen aufgehalten haben.«

Lindner deutete in Richtung der Stelle am Waldrand, an der Hintze seinen Wagen abgestellt hatte. Seit der Nacht war der Mann von Beamten in Zivil unauffällig beschattet worden, damit er nicht noch ausbüxte, bevor Lindner und Pfau ihn stellen konnten – und als er sich weit genug von seinem Auto entfernt hatte, wurde von einem der Beobachter die Kriminaltechnik informiert. Der Geländewagen stand hinter einigen Büschen vor den Blicken von Passanten geschützt, und so konnten auch die Kriminaltechniker ihrer Arbeit unbeobachtet nachgehen.

»Und selbst wenn Ihre Kollegen solche Spuren finden – dort oben kann ich irgendwann einmal gewesen sein, ist das nicht so mit diesen Spuren? Dass sie zeitlich oft nur schwer zuzuordnen sind?«

Hintzes Lächeln war schon etwas dünner geworden, aber er bemühte sich immer noch um ein gelassenes Auftreten.

»Diesmal ist das nicht so schwer. Wir gehen aus gutem Grund davon aus, dass Sie sich am vergangenen Mittwoch kurz vor 20 Uhr dort aufgehalten haben.«

Lindner zog ein Bild hervor. Es zeigte einen schwarzen Geländewagen, das Datum von Mittwoch und die Zeitmarkierung »19:58:27 Uhr«. Er hielt Hintze das Bild direkt vors Gesicht, der Zeigefinger verdeckte wie zufällig die Stelle, an der das verschwommene Kennzeichen höchstens zu erahnen war.

»Das hat eine Kamera aufgenommen, die ein Bauer auf einem seiner Grundstücke installiert hat.«

Nun war Hintze ins Mark getroffen.

»Es ist nur ein Ausschnitt. Wir haben auch ein Foto, auf dem wir das Kennzeichen des Wagens lesen können«, log Lindner und nannte dann Heinrich Hintzes Wunschkennzeichen, beginnend mit »ES«, gefolgt von den Buchstaben »FR« für Hintzes Frau Frieda und den letzten beiden Ziffern ihres Geburtsjahres – sie war zehn Jahre jünger als Thaddäus Kremp.

Heinrich Hintze öffnete den Mund zu einer Erwiderung, schloss ihn aber wieder, ohne ein Wort zu sagen. Dann ließ er die Schultern hängen und sah zu Boden.

»Muss ich weiterreden, Herr Hintze? Oder wollen Sie sich jetzt nicht lieber mit einem Geständnis ein paar Pluspunkte sichern?«

»Irgendwie«, begann er nach einer Weile, und Lindner musste sehr genau hinhören, so leise sprach er, »irgendwie hatte ich es fast im Gefühl, dass Sie heute kommen würden.«

Er sah Lindner an.

»Bin ich heute früh beschattet worden?«

Lindner nickte.

»Sehen Sie, und trotzdem bin ich nicht abgehauen. Das müsste weitere Pluspunkte bringen, richtig?«

»Kann sein. Wir nehmen es gerne ins Protokoll Ihrer Aussage auf, wenn Sie wollen.«

Hintze nickte, dann sah er sich zum Festplatz um, stand eine Weile unbeweglich da und wandte sich schließlich an Lindner.

»Ich gehe mit Ihnen mit, mache keine Zicken und werde eine umfassende Aussage machen. Unter drei Bedingungen.«

»Sie sind ja wohl kaum in der Position, uns Bedingungen zu stellen!«, knurrte ihn Pfau an.

Er hatte sich die ganze Zeit mühsam beherrscht, während Lindner den Verdächtigen behutsam bearbeitete, und er hatte keinen Ton gesagt, weil sich das Gespräch in die richtige Richtung entwickelte. Nun aber platzte ihm doch noch der Kragen. Lindner legte Pfau eine Hand auf den Unterarm.

»Lass mal, Simon. Ablehnen können wir immer noch.«

Und an Hintze gewandt: »Welche Bedingungen wären das?«

»Die Veranstalter des Keltenfests hier in Finsterlohr erfahren von Ihnen nicht, warum ich … jetzt abreisen muss. Ich möchte hier nicht in Handschellen abgeführt werden, und wenn's geht, möchte ich, dass die Leute hier nicht einmal davon wissen, warum Sie mich mitnehmen.«

»Wir werden Herrn Luckner befragen müssen, zu welchen Zeiten er Sie hier in Finsterlohr wirklich gesehen hat und für welche er nur vermutet, dass Sie hier waren. Denn bisher dient Ihnen Ihr Aufenthalt im Hohenlohischen als Alibi – das wir aber widerlegen werden.«

»Das müssen Sie nicht erst widerlegen. Ich werde Ihnen die zeitlichen Abläufe so genau schildern, wie ich mich an sie erinnern kann – es werden keine Lücken bleiben, weswegen Sie Herrn Luckner oder sonst jemanden hier befragen müssten.«

Lindner sah Pfau an, der zuckte nur mit Schultern.

»Okay, Herr Hintze. Wir werden hier mit niemandem über den Verdacht gegen Sie sprechen, sofern das für unsere Ermittlungen nicht zwingend notwendig ist. Ob die Leute auf anderem Wege etwas davon erfahren werden, kann ich natürlich nicht sagen.«

Hintze dachte nach.

»Und wenn Sie uns widerstandslos begleiten«, fügte Lindner hinzu, »müssen wir Sie auch nicht auffällig von hier wegbringen. Das kann ganz danach aussehen, als kämen Sie freiwillig mit uns mit – ich hatte Herrn Luckner bei meinem ersten Besuch nur gesagt, dass ich Sie für meine Ermittlungen als Keltenexperte brauche.«

»Gut. Danke. Zweitens möchte ich mit meiner Frau reden können. Ungestört, wenn es geht.«

»Reden geht in Ordnung, aber wir müssen dabei sein – wir können nicht das Risiko eingehen, dass Sie mit Ihrer Frau irgendwelche Details abstimmen, mit denen Sie eine Falschaussage von Ihnen bestätigen könnte.«

Hintze lächelte traurig.

»Glauben Sie nicht, dass ich das in diesem Fall schon längst getan hätte?«

Lindner gab ihm insgeheim recht, aber er schwieg.

»Na, gut, dann sind Sie halt dabei. Aber reden kann ich mit ihr?«

»Ist sie denn hier?«

»Ja, im zweiten Zelt dort hinten. Sie fotografiert einen Mann, der keltische Verzierungen auf kleinen Metalltäfelchen anbringt.«

»Ich nehme an, sie soll hierherkommen?«, fragte Lindner.

»Nein, lieber in das kleine Zelt am nordöstlichen Ende des Festplatzes. Ich habe mir dort ein kleines Büro einrichten dürfen, um meinen Artikel fertig zu schreiben. Da werde ich von den anderen in Ruhe gelassen. Da ist auch mein Laptop und meine übrige Ausrüstung – außer der Kamera eben, die benutzt ja gerade meine Frau.«

»Das wird gehen. Und was ist Ihre dritte Bedingung?«

Hintze lächelte entschuldigend, bevor er antwortete.

»Ich … ich würde gerne meinen Artikel über das Oppidum noch fertig schreiben.«

»Sind Sie irre?«, entfuhr es Pfau. »Glauben Sie, wir hocken hier noch einen halben Tag rum und warten auf einen Mörder, damit der noch in aller Ruhe einen Zeitungsartikel fertig schreiben kann?«

»Simon, bitte. Herr Hintze, wie lange würde das dauern?«

»Das meiste habe ich schon geschrieben, es fehlt nur noch ein letzter Absatz, der mit dem Keltenfest zu tun hat – das müsste ich in einer halben Stunde fertig haben. Meine Frau würde die Datei dann zusammen mit den Bildern, die ich schon gemacht habe, und denen, die sie selbst gerade fotografiert, an die Redaktion schicken.«

»Wir müssen Ihren Laptop mitnehmen«, versetzte Pfau, noch immer nicht besänftigt, »das ist Ihnen schon klar, oder?«

»Kein Problem, ich brenne alles auf DVD, dann kann meine Frau die Daten von Raidwangen aus abschicken. Und natürlich kann einer Ihrer Kollegen mit ihr dorthin fahren und darauf achten, dass sie nichts macht, was irgendwie Ihren Ermittlungen in die Quere kommen könnte. Ich ziehe Ihnen auch gerne eine Kopie der DVD.«

Hintzes Tonfall war immer drängender geworden.

»Herr Lindner, mir ist dieser Artikel wirklich sehr wichtig. Ein bisschen ist das so etwas wie mein wissenschaftliches Vermächtnis – und vielleicht hilft es auch meiner Frau, wenn die mehrseitige Reportage erscheint und sie sie in Händen halten kann, wenn ich …«

Er schluckte.

»Die Story wird natürlich auch nicht schlecht bezahlt, und die meiste Arbeit hatte ich ja schon. Und wer weiß? Sollte ich noch einmal aus dem Gefängnis kommen, vielleicht kann ich dann an diese Veröffentlichung anknüpfen und wieder als Keltenexperte arbeiten.«

Hintze blickte so treuherzig drein, dass Lindner für einen Moment den Verdacht hatte, der Mann nehme ihn auf den Arm. Aber da war nichts Lustiges, nichts Ironisches an

Hintze, und obwohl Lindner nichts weniger verstehen konnte als dieses Gieren nach öffentlicher Anerkennung, wallte doch auch Mitleid in ihm hoch.

»Eine halbe Stunde sollte drin sein«, sagte er schließlich, und Pfau ging kopfschüttelnd davon, um Frieda Hintze in das Zelt am nordöstlichen Ende des Areals zu bringen.

Das Treffen der Eheleute verlief herzzerreißend. Hintze und seine Frau unternahmen nicht einmal im Ansatz einen Versuch, irgendetwas abzusprechen, das mit dem Mord an Thaddäus Kremp zu tun hatte. Sie hörte ihm fassungslos zu, drohte zusammenzubrechen, er nahm sie in den Arm, streichelte ihr, beständig Liebeserklärungen murmelnd, wieder und wieder übers Haar, bis sie endlich einen Zustand erreicht hatte, der leidlich stabil wirkte. Wie es Hintze schaffte, seine Frau davon zu überzeugen, dass er jetzt noch seine Reportage fertig schreiben und sie diese dann mitsamt den Fotos an die Redaktion der Zeitschrift mailen sollte, verfolgten Lindner und Pfau staunend.

Schließlich ging Pfau mit Frau Hintze vor das Zelt, während sich Lindner auf einem Hocker neben dem Eingang postierte. Hintze klappte seinen Laptop auf, öffnete die Textdatei, überflog seine Notizen und hackte dann in zunehmenden Tempo in die Tasten. Bald schien der Keltenexperte die Anwesenheit des Kommissars komplett vergessen zu haben, denn er sah nur noch zwischen Notizen und Bildschirm hin und her, lehnte sich zwischendurch manchmal etwas zurück, den Blick zum Zeltdach erhoben, als suchte er in Gedanken die nächste Formulierung. Lindner sah ihm zu und fragte sich die ganze Zeit, wie er es hinbekam, sich in einer solchen Situation auf eine kreative Arbeit wie das Schreiben einer Reportage zu konzentrieren. Und als Hintze aus einem Seitenfach seiner schwarzen Umhängetasche eine DVD hervorzog, sie in den Schacht seines Laptops steckte und das Brennprogramm startete, sah Lindner auf die Uhr: Hintze hatte ziemlich genau 25 Minuten gebraucht. Nachdem ein »Ping« das Ende des Brennvorgangs angezeigt hatte, holte Hintze die DVD aus dem Laptop, steckte sie in eine passende Papierhülle und reichte sie Lindner.

»Bitteschön, Herr Lindner«, sagte Hintze. »Ich brenne jetzt noch das Exemplar für meine Frau, dann können Sie den Laptop mitnehmen. Meine Frau bekommt ihn doch zurück, wenn Ihre Kollegen mit dem Rechner fertig sind?«

»Natürlich«, versprach Lindner, wartete das Erstellen der zweiten Daten-DVD ab und sah zu, wie Hintze auch die diese Disc in eine Papierhülle steckte, das Laptop und seine Notizen in die Umhängetasche packte und alles dem Kommissar übergab.

»Ich wäre so weit«, sagte Hintze.

Er sah jetzt doch sehr mitgenommen aus, gerade so, als hätte er sich den letzten Rest Beherrschung für das Abschließen seines Artikels aufgehoben. Lindner führte ihn aus dem Zelt, draußen wurde er von seiner Frau umarmt, und dann standen sie eine Weile still beisammen. Aus den Augenwinkeln sah Lindner Werner Luckner umhergehen, es sah aus, als suchte er etwas oder jemanden. Lindner stieß Hintze an und machte ihn auf seinen Gastgeber aufmerksam. Die Eheleute Hintze gaben sich noch einen Kuss, dann traten sie einen Schritt auseinander. Luckner kam auf die
Vierergruppe zu, lächelnd wie immer.

»Ah, was für ein romantisches Bild«, sagte er und nickte allen in der Runde zu.

Dass Frieda Hintze feuchte Augen hatte und auch ihr Mann um Fassung rang, fiel ihm nicht auf, oder er war taktvoll genug, es einfach zu übergehen. Jedenfalls plauderte er unbeschwert auf die Anwesenden ein, bis ihm Hintze irgendwann freundlich ins Wort fiel.

»Tut mir leid, Herr Luckner, ich muss jetzt dann auch los.«

Enttäuschung legte sich auf die Miene des stellvertretenden Ortsvorstehers von Finsterlohr.

»Aber es war wirklich sehr schön, hier bei Ihnen. Und die Reportage ...« – er hielt die Papierhülle mit der DVD hoch –

»… ist gut geworden, glaube ich. Das sollte Ihnen ordentlich Zulauf bescheren für Ihr wunderbares Oppidum. Meine Frau macht noch Fotos von den Vorführungen, das wird die Geschichte sehr gut abrunden – und von der gedruckten Ausgabe der Zeitschrift lasse ich Ihnen einige Exemplare schicken.«

Sie verabschiedeten sich herzlich, und als Luckner wieder gegangen war, holte Pfau zwei Beamte in Zivil herbei. Der eine sollte mit Frieda Hintze im Oppidum bleiben und sie nach Raidwangen bringen, wenn sie alle Fotos im Kasten hatte. Der andere ließ sich den Schlüssel von Hintzes Geländewagen geben, damit sie das Fahrzeug ohne großes Aufsehen zur Kriminaltechnik bringen konnten.

Noch einmal umarmten sich die Eheleute, dann schulterte Frieda Hintze die Kamera und marschierte davon. Heinrich Hintze sah ihr nach, Tränen liefen ihm über die Wangen. Abrupt wandte er sich ab, atmete ein paar Mal tief ein und aus.

»Danke«, sagte er ernst zu Pfau und Lindner, »vielen Dank.«

Er folgte den beiden Kommissaren und stieg auf den Beifahrersitz von Lindners Kombi. Pfau rutschte auf die Rückbank, behielt den Mann im Auge und forderte übers Handy einen Streifenwagen an, der den Tatverdächtigen auf einem der Parkplätze des Rothenburger Krankenhauses übernehmen und zum Polizeirevier Nürtingen bringen sollte, wo dessen Vernehmung geplant war. Denn auch wenn Pfau zähneknirschend zugestimmt hatte, dass sie den Mann in Lindners Privatwagen vom Oppidum weg und außer Sichtweite etwaiger Bekannter von Werner Luckner brachten – ihn die ganze Strecke von Hohenlohe bis ins Neckartal in Lindners nicht besonders gesichertem Kombi zu chauffieren, war ihm dann doch zu heiß.

Die Befragung Hintzes begann am frühen Nachmittag, und er hielt Wort, legte ein umfassendes Geständnis ab und klärte alle noch fraglichen Details auf.

Mittwoch, 22. Oktober

Als das Maß voll war, als Thaddäus Kremp ihn im Zusammenhang mit seinen Theorien für die frühere keltische Besiedlung des Areals am Roßdorfer Ortsrand ein weiteres Mal blamiert, gedemütigt, vor allen bloßgestellt hatte, wartete Heinrich Hintze nur noch auf einen Tag, an dem alles passte. Dieser Tag war am Mittwoch, 22. Oktober, gekommen.

Hintze verabschiedete sich gleich nach dem Frühstück von seiner Frau, raunte seinem mürrischen Schwiegervater schnell noch eine Unverschämtheit zu, dann saß er auch schon in seinem schwarzen Geländewagen und fuhr ins Hohenlohische. Der silberfarbene Metallkoffer mit den Fotoutensilien und die schwarze Umhängetasche mit Diktiergerät, Notizblock und Stiften, mit Lasermessgerät und Meterstab hatte er noch von seiner vorigen Tour im Wagen, die ihn am Wochenende zwei Tage beschäftigt hatte. Davon waren, wie er schnuppernd feststellen musste, offenbar auch noch die getragenen Kleider übrig, die er vergessen hatte und die im Kofferraum vor sich hin müffelten.

Unterwegs tankte er, kaufte ein Duftbäumchen, zwei belegte Brötchen, eine Limo und mehrere Schokoriegel. Er hängte das Duftbäumchen an den Innenspiegel, verputzte ein Brötchen und einen Riegel gleich und legte das zweite Brötchen und die übrigen Süßigkeiten als Proviant für den Rest des Tages auf den Beifahrersitz.

Gegen Mittag traf er in Finsterlohr ein, das Haus der Familie Luckner war schnell gefunden, und schon als er seinen Wagen auf dem Innenhof des Anwesens ausrollen ließ, kamen die freundlichen Leute zu ihm heraus, begrüßten ihn herzlich, halfen ihm, das Gepäck ins Haus und hinauf in ein Gästezimmer zu tragen, und nötigten ihn dann geradezu, sich mit ihnen an den Mittagstisch zu setzen.

Danach zeigte ihm Werner Luckner die Keltenschanze östlich des Dorfs. Als stellvertretender Ortsvorsteher von

Finsterlohr und als einer der Männer, die vor Jahren das Oppidum-Projekt mit anschieben halfen, hatte er in diesen Tagen natürlich viel zu tun – das 1. Finsterlohrer Keltenfest stand an: Zelte, Pavillons und Verkaufsstände mussten aufgebaut, Helfer koordiniert und alles Mögliche organisiert und vorbereitet werden.

»Derzeit hocken wir jeden Abend beim Kammleiter zusammen, unserer Dorfwirtschaft neben der Kirche«, erzählte ihm Luckner und zwinkerte ihm zu. »Das dauert immer bis spät in die Nacht, aber gegen Ende wird es dann doch meistens etwas gemütlicher.«

Hintze ließ sich die Schautafeln zeigen, die aufgestellt, der Graben, der teilweise freigelegt, und das Stück, das restauriert worden war. Er lobte alles, was er sah, überschwänglich, aber musste sich dafür nicht allzu sehr überwinden: Die Anlage war wirklich gelungen, die Fakten stimmten, und ganz offensichtlich waren hier alle Beteiligten mit viel Herzblut am Werk.

Schließlich verabschiedete er sich von Luckner, der das Lob des Fachmanns sehr genossen hatte, um sich in der Umgebung umzusehen und Fotos für seine große Reportage in der renommierten Zeitschrift zu machen. Etwa 45 Minuten später kam Hintze noch einmal am Oppidum vorbei, um sich Luckner und seinen Mitstreitern zu zeigen. Er musste auf den Erdwall klettern, damit ihn Luckner auch wirklich bemerkte. Er winkte ihm zu, tat so, als schlösse er eben noch eine kleine Fotoserie ab, und schlenderte dann zu ihm hin. Sie unterhielten sich ein paar Minuten, Hintze schwärmte von der schönen Gegend, von den tollen Motiven, die sich ihm hier böten, und ging völlig auf in der Rolle des Keltenexperten, der von seinem Thema ganz vereinnahmt war.

»Ich mach mich jetzt noch einmal zu einer Runde auf, es gibt so viel Schönes zu sehen und zu fotografieren. Und warten Sie bitte nicht mit dem Abendbrot auf mich: Ich habe eine so lange Liste von wichtigen Motiven im Taubertal und hier heroben bei Ihnen auf der Ebene, da wird es vermutlich

später werden, bis ich alles im Kasten habe. Danach würde ich gerne noch das Oppidum in Abendstimmung einfangen, in aller Einsamkeit, wenn Sie alle schon mit der heutigen Arbeit fertig sind.«

»Und wir beim Kammleiter unsere Besprechung abhalten«, pflichtete ihm Luckner bei und grinste wieder knitz. »Sie können gerne dazukommen, wenn Sie Lust haben.«

»Ja, und wenn es nicht zu spät wird.«

»Ach, wir haben eine gute Kondition, wir Finsterlohrer.«

Lachend verabschiedeten sich die beiden Männer voneinander. Luckner ging zu den anderen zurück, Hintze marschierte zu seinem Geländewagen und gab danach Kremps Adresse in Nürtingen-Oberensingen ins Navi ein. Auf der Fahrt zu seinem alten Rivalen verlor er im dichten Verkehr etwa eine halbe Stunde gegenüber der vorab geschätzten Fahrtzeit, aber das machte nichts. Seinen Wagen stellte er im Höhenweg ab, keine hundert Meter Luftlinie von Kremps Haus entfernt. Niemand beachtete ihn, wie er mit einer Plastiktüte unter dem Arm ausstieg und sich auf den kurzen Fußweg machte. Nur Minuten später hatte er sich durch den dicht bewachsenen Garten bis an das Wohnhaus im Sanddornweg herangeschlichen.

Im Schutz einiger Büsche holte er einen Maleranzug aus dem Baumarkt, eine Kunststoffhaube für den Kopf und ein Paar Einweghandschuhe aus der Plastiktüte. Für alle Fälle steckten weitere Handschuhe in der Tüte, dazu noch ein Messer in einer ledernen Scheide, ein paar handliche Werkzeuge, mit denen er an einem Hintergebäude seines eigenen Ladengeschäfts das Aufbrechen von Türschlössern geübt hatte, und einige kleinere Mülltüten.

Weder das Messer noch die Werkzeuge sollte er brauchen. Die Hintertür zu Kremps Haus, zu der vom Garten aus eine schmale Treppe hinunterführte, war unverschlossen. Durch den Keller schlich sich Hintze langsam in Richtung Treppenhaus. Für einen Moment wollte er dem Drang nachgeben, sich Kremps Kellermuseum anzusehen, von dem er schon ge-

hört hatte, doch das konnte auch noch warten, also ging er lautlos Stufe für Stufe zum Erdgeschoss hinauf und lauschte zwischendurch immer wieder.

Im Wohnzimmer lief eine Jazzplatte, die Musik war laut aufgedreht. Und als Hintze den Flur im Erdgeschoss erreichte, war aus der Küche das Klappern von Geschirr zu hören. Ganz behutsam und vorsichtiger, als angesichts der dröhnenden Lautsprecher nötig gewesen wäre, wandte sich Hintze in diese Richtung und sah durch die offenstehende Tür den Rücken von Thaddäus Kremp. Der hatte sich eine Schürze umgebunden, die hinter dem Rücken verknoteten Bändel wiesen ein ausgesucht hässliches Blumenmuster in Orange und Hellbraun auf, darüber trug Kremp eines der blassfarben karierten Hemden, die für ihn so typisch waren. Hintze dachte an das Messer, das er in der Tüte mit sich trug, aber dann fiel sein Blick auf das Spülbecken, das Kremp mit seinem hageren Körper etwa zur Hälfte verdeckte. Links von dem Mann stapelten sich tropfende Schüsseln und Gläser, rechts davon waren einige benutzte Teller ineinandergestellt. Und dazwischen war zu sehen, wie hoch der Schaum des Spülwassers aus dem Becken ragte.

»Schaumschläger«, dachte Hintze finster und verwarf den Gedanken, Kremp einfach von hinten niederzustechen. Er beschloss, dass sein Opfer nicht so einfach davonkommen würde.

Mit einigen schnellen Schritten war Hintze hinter ihm. Mehr als zwei feste, gezielte Schläge gegen die Schläfe waren nicht nötig, und schon sackte Thaddäus Kremp auf dem Boden zusammen, ohne auch nur einen Laut von sich zu geben. Als einzige Geräusche waren das klirrende Aufschlagen der Salatschüssel auf dem bereits gespülten Geschirr und der dumpfe Aufprall von Kremps Körper auf dem Boden zu hören – aber beides wurde von der Musik aus dem Wohnzimmer mühelos verdeckt.

Noch während er zusah, wie Kremp zu Boden ging und als Häuflein Elend zu seinen Füßen liegen blieb, überlegte

Hintze, womit er sich am besten rächen und ihm all die Demütigungen zurückzahlen konnte, die dieser hochnäsige und intrigante Wichtigtuer ihm zugefügt hatte. Das Museum im Keller fiel ihm ein, und als sich sein Plan und der Gedanke an die Ausstellung Kremps zu einem schönen Bild fügten, legte sich ein breites Lächeln auf sein Gesicht.

Er packte den besinnungslosen Mann unter den dünnen Armen, hievte ihn hoch, beugte sich nach unten und konnte den anderen nun mit überraschend wenig Kraftaufwand über die Schulter legen. Dabei rutschten Kremp die Hausschuhe von den Füßen. Hintze ließ sie liegen. Er ging langsam, immer darauf bedacht, nicht von einem Nachbarn durchs Fenster entdeckt zu werden, aber auf der kleinen Straße vor dem Haus war niemand zu sehen. Das Privatmuseum im Keller war schnell gefunden, und von den drei Stühlen in einer Ecke zog Hintze einen heran. Dann ließ er den Bewusstlosen langsam mit den Beinen voraus von seiner Schulter gleiten und setzte ihn auf den Stuhl.

Offenbar war Kremp noch nicht fertig mit der Inszenierung seiner Keltenschau, denn überall lagen einzelne Exponate herum, dazwischen Draht und Schnur und Klebeband, um sie an der gewünschten Stelle zu befestigen. Vom Klebeband riss sich Hintze einige Stücke ab und fesselte Kremp damit so an den Stuhl, dass er sich auch nach dem Erwachen nicht regen konnte. Hintze zog drei Mülltüten hervor, knüllte sie zu einem festen Bündel und steckte sie dem Bewusstlosen als Knebel in den Mund.

Der Kopf des Mannes bewegte sich leicht hin und her, aber noch schien er zu benommen, um mitzubekommen, was mit ihm geschah. Hintze sah sich in dem Raum um. Das grelle Licht der Neonröhre leuchtete die aufgestellten und aufgehängten Sammlerstücke nicht besonders vorteilhaft aus, doch an den Wänden und an der Decke waren auch andere Strahler angebracht, und unter dem Kippschalter für die Leuchtstofflampe sah er einen weiteren Knopf, mit dem vermutlich diese zusätzlichen Strahler angesteuert werden konnten.

Hintze drückte den Knopf, und er wurde nicht enttäuscht: Tatsächlich flammten die anderen Strahler auf, aus versteckten Lautsprechern erklang erst Musik und dann eine Sprecherstimme, die Stimme von Thaddäus Kremp, der etwas steif von der Kultur der Kelten erzählte. Die Strahler wurden passend zu dem Text gesteuert, rückten die jeweils erwähnten Ausstellungsstücke in ein helleres Licht und ließen sie danach wieder in die Dämmerung abtauchen. Die Inszenierung war gut gemacht, das musste Hintze anerkennen, doch dann fiel ihm etwas auf: Auf einem Wandbord standen drei Fundstücke nebeneinander, die bewiesen, wie ahnungslos Kremp in seinem angeblichen Spezialgebiet doch war – niemals gehörten das Schwert, der dahinter an der Wand lehnende Nachdruck einer Zeichnung und einige beieinander liegende kleine Münzen an dieselbe Stelle eines Museums, auch wenn es sich um die Privatsammlung eines Ignoranten wie Kremp handelte!

Der Schwertgriff trug keine andere Verzierung als das einzelne Bild eines Ebers – ein Stil, der erst in der späten La-Tène-Kultur im letzten vorchristlichen Jahrhundert in Mode kam. Die leicht gebogenen, unregelmäßig geformten Münzen, die keine Beschriftung, aber verschiedene Motive trugen, waren über mehrere Jahrhunderte hinweg als keltisches Zahlungsmittel üblich – also konnten das Eberschwert und die Regenbogenschüsselchen genannten Münzen durchaus noch zusammengehen. Doch die Zeichnung, die eine bauchige Kanne mit schräg nach oben zeigendem Ausgießer zeigte, über und über mit Mustern verziert und mit Details wie einem Männergesicht und einem Pferd versehen, stammte zweifelsfrei aus dem Waldalgesheimer Fürstengrab – und das wurde auf 330 bis 320 vor Christus datiert. Zumindest die Kanne und das Schwert konnten also zeitlich nicht in dieselbe Phase der keltischen Kulturgeschichte eingeordnet werden.

Hintze lachte bitter. Das sah Kremp ähnlich, diesem Überexperten, dass er Waldalgesheim Style und Sword Style nicht auseinanderhalten konnte!

Hinter sich hörte er ein ersticktes Husten, dann raschelte es und der Stuhl knarzte. Er drehte sich um und sah Thaddäus Kremp vor sich, der wild mit den Augen rollte, als wollte er ihn auffordern, ihm Knebel und Fesseln abzunehmen. Hintze grinste ihn an und sah spöttisch auf ihn hinunter.

»Na, wie ist das, wenn man von seiner eigenen Stimme aufwacht?«, fragte er. »Ich könnte mir vorstellen, dass Ihnen das gefällt – so selbstverliebt, wie Sie sind.«

Dann trat er zur Seite und gab den Blick frei auf das unpassende Ensemble aus Schwert, Münzen und Zeichnung, auf das er obendrein noch zeigte.

»So viel Schlamperei hätte ich nicht einmal Ihnen zugetraut, Herr Kremp. Das entlarvt Sie endgültig als den Scharlatan, als den ich Sie schon vor Jahren erkannt habe. Leider hat das niemand so klar gesehen wie ich.«

Kremps Gesicht lief rot an, und einen Moment lang befürchtete Hintze, er könnte ersticken. Also zog er schnell den Knebel aus dem Mund. Den kurzen Moment, in dem sein Mund leer war, nutzte Kremp, röchelnd Luft einzusaugen, dann rief er Hintze zu, dass die Ausstellung noch nicht fertig sei und er natürlich wisse, dass Spät-La-Tène und Waldalgesheim nicht … Weiter kam er nicht, weil Hintze ihm bereits wieder den Plastikbollen in den Mund stopfte.

»Dass Sie sich auch da wieder rausreden wollen, überrascht mich kein bisschen, Herr Kremp! Sie elender Schaumschläger!«

Ein paar Mal rang der Gefesselte noch krampfartig nach Luft, bemerkte dann, dass ihn der Knebel nicht wirklich am Atmen hinderte, und er wurde etwas ruhiger.

»Sie elender Schaumschläger!«, wiederholte Hintze

Diesmal schrie er, und dafür hatte er sich ganz dicht zu dem anderen hinuntergebeugt. Der wirkte erst sehr erschrocken, fasste sich aber schnell und versuchte mit zuckenden Mundwinkeln trotz des Knebels eine Art Grinsen. Wütend funkelte Hintze ihn an, dann schlug er ihm mit der flachen

Hand mehrmals ins Gesicht. Damit war Kremp das Grinsen vergangen, und Hintze beruhigte sich ein wenig.

»Schaumschläger!«, zischte er noch einmal, dann kam ihm eine Idee. »Bin gleich wieder da«, sagte er zu Kremp, »laufen Sie mir nicht weg!«

Hintze amüsierte sich köstlich über seine eigene Ironie, und als er kurz darauf wieder vor Kremp stand und auf dem Boden vor sich einige Gegenstände abstellte, sah ihn Kremp fragend an. Hintze zeigte seinem Opfer ein Messer, das er aus einer Lederscheide zog, ihm vors Gesicht hielt und dann auf seinem rechten Oberschenkel ablegte. Kremps Adamsapfel hüpfte nervös auf und ab, und seine Augen weiteten sich panisch. Dann zog Hintze seinem Gefangenen langsam den Mülltütenknebel aus dem Mund und legte ihn auf den Boden. Und schließlich hielt er ihm eine Flasche Spülmittel vor die Nase.

»Los, trinken!«

»Sind Sie verrückt?«, krächzte Kremp. »Das ist Spülmittel, das ist doch sicher giftig! Warum sollte ich das trinken?«

Hintze hielt ihm die Flasche noch etwas näher vors Gesicht. Der Ausgießer der Flasche befand sich nun wenige Zentimeter von Kremps Lippen entfernt.

»Trink, du Arschloch!«, donnerte Hintze ihn an.

Der andere presste die Lippen zusammen und schüttelte den Kopf. Hintze sah den anderen auffordernd an, dann hielt er mit Zeigefinger und Daumen der linken Hand Kremps Nase zu und wartete lächelnd, bis Kremp den Mund aufriss und nach Luft schnappte. Im selben Moment steckte Hintze ihm den Ausgießer tief in den Mund und drückte auf die Flasche. Ein Gurgeln und ein Hustenanfall waren die erste Reaktion. Hintze quetschte noch mehrmals den Kunststoff, dann ließ er von Kremp ab und zog ihm die Flasche wieder aus dem Mund. Kremp hustete, holte vorsichtig Luft und wirkte erleichtert, dass die Tortur vorüber schien. Hintze bückte sich nach vorn, um die Spülmittelflasche auf dem Boden abzustellen und nahm dafür etwas anderes in die

Hand, was Kremp aber nicht erkennen konnte, weil er so straff gefesselt war, dass die Stelle zu seinen Füßen selbst dann außerhalb seines Gesichtsfelds war, wenn er seinen Kopf nach vorn beugte.

»Spülmittel … ist das nicht ein schönes Symbol, Herr Kremp? Nach all den Lügen, die Sie über mich und meine Arbeit verbreitet haben, ist es ja nur angemessen, dass ich Ihnen Ihr Schandmaul mal gründlich reinige, nicht wahr?«

Er ließ ein böses Lächeln um seine Lippen spielen und weidete sich an der Hilflosigkeit seines Kontrahenten.

»Und entschuldigen Sie bitte, wenn ich gerade etwas unsachlich geworden bin, aber Sie sollten mich nicht reizen. Ich habe natürlich auch kein Interesse daran, einen wie Sie zu duzen, das ist mir nur so rausgerutscht, wird nicht mehr vorkommen. Tun Sie einfach, was ich Ihnen sage, ja?«

Kremp sah ängstlich zu seinem Peiniger auf. Der hob den rechten Arm und hielt ihm eine Sprudelflasche hin.

»Was ist da drin?«

»Was draufsteht: Mineralwasser, viel Kohlensäure, die Marke, die Sie trinken, jedenfalls stammt die Flasche aus dem Getränkekorb in Ihrer Küche.«

»Und was haben Sie reingetan?«

»Nichts. Schauen Sie hier.«

Er deutete auf einen kleinen Aufkleber aus Papier, der den Schraubverschluss und den Flaschenhals miteinander verband.

»Ist sogar noch originalversiegelt.«

»Und was soll das?«, fragte Kremp nach kurzem Überlegen. »Warum quälen Sie mich erst, und dann geben Sie mir Mineralwasser zu trinken?«

»Nun trinken Sie schon, Kremp.«

Hintze schraubte die Flasche auf und hielt sie ihm an die Lippen, Kremp beugte den Kopf ein wenig nach vorn und trank, erst in kleinen Schlucken, dann immer gieriger. Als Hintze die Flasche absetzte, war sie halb leer, und Kremp bekam schon die ersten Folgen zu spüren. Er hustete, rang nach

Luft, und als allmählich immer mehr Schaum im Mundraum zu sehen war, begannen seine Augen aus den Höhlen zu treten. Er stemmte sich mit der ganzen Kraft seines schmächtigen Körpers gegen seine Fesseln, rang und rang nach Luft und stierte Hintze flehend an. Ab und zu drang ein Stöhnen oder halb ersticktes Husten aus seinem Hals, dann röchelte er, bäumte sich noch mehr auf, ein Zittern lief zuckend durch den Körper und alle seine Gliedmaßen … Irgendwann röchelte Thaddäus Kremp ein letztes Mal und sank schließlich, Augen und Mund weit aufgerissen, schlaff auf den Stuhl zurück.

Einige Minuten lang blieb Heinrich Hintze schweigend vor dem Toten stehen, musterte die hervorstehenden Augen, in denen einige Äderchen geplatzt waren, den verkrampften Mund, in dem noch Spülschaum auf der herausgestreckten Zunge lag. Dann ging er in die Hocke, drückte die Augenlider nach unten und den Unterkiefer nach oben. Er putzte Kremp mit einem Küchentuch, das er ebenfalls von oben mitgebracht hatte, den Schaum und Speichel ab, der ihm aus den Mundwinkeln bis beinahe ans Kinn gelaufen war, und steckte Tuch, Spülmittelflasche und die zum Knebel geknüllten Mülltüten in die Plastiktüte. Er begann Kremps Fesseln zu lösen, bis die Leiche nur noch gerade fest genug fixiert war, um nicht vom Stuhl zu rutschen. Die Klebebandstücke stopfte er ebenfalls in seine Plastiktüte, die Sprudelflasche schraubte er sorgfältig zu und stellte sie auf den Tisch mit der unpassenden Schwert-Zeichnung-Münzen-Kombination. Dann ging er nach oben und sah in der Garage nach Kremps Wagen, in dem er sein Opfer zu dessen letzter Reise mitnehmen wollte.

Hier wartete nun die erste Enttäuschung auf ihn – die Garage war leer, der Wagen fehlte. Hintze blinzelte verwirrt, für einen Moment kroch Angst in ihm hoch, die Angst, seinen Plan womöglich nicht ausführen zu können, doch dann entspannte er sich wieder. Hatte nicht Kremp kurz nach ihm dasselbe Modell des Geländewagens gekauft wie er, in der-

selben Lackierung und – soweit man das von außen beurteilen konnte – mit identischer Ausstattung? Hintze grinste. Wie gut, dass er dem ersten Impuls widerstanden hatte, sein Auto wieder zu verkaufen, als Kremp ihm auch auf diesem Feld nachgeeifert hatte. Er sah sich in der Garage um, entdeckte die Elektromotoren des Garagentors und fand nach kurzer Suche die Fernbedienung für die Tormechanik. Er schlich durch den Garten hinaus, kehrte zu seinem Wagen zurück, fuhr langsam in den Sanddornweg, ließ per Knopfdruck das Garagentor aufschwingen und rollte gemächlich hinein.

Sobald das Tor wieder verschlossen war, stieg er aus und bereitete seinen Wagen mit einigen Plastikfolien darauf vor, die makabre Fracht aufzunehmen. In der Küche hob er Kremps Hausschuhe auf und trug sie in den Flur. Statt ihrer nahm er ein Paar Slipper mit in den Keller und streifte sie dem Toten über die Socken. Dann löste er die letzten Fesseln der Leiche und schaffte sie ins Auto. Um sie herum legte er die unterschiedlichsten Stücke aus der Kellersammlung, und natürlich durften die Regenbogenschüsselchen, die Zeichnung der bauchigen Kanne und das Schwert als Beweis für Kremps Untauglichkeit als Keltenexperte nicht fehlen. Dann klappte er die Rückenlehne des Beifahrersitzes nach vorn, nahm zwei Bierbänke von Haken an der Wand und legte sie im Wageninneren obenauf. Zum Schluss montierte er Kremps Motorroller hinten an den Geländewagen. Hoffentlich würde die Anspielung trotz der Abweichung verstanden – ein vierrädriges Gefährt würde nicht durch den Zugang des Ortes passen, den er sich für seine Inszenierung ausgesucht hatte.

Schließlich räumte er noch ein wenig auf: den Stuhl in eine Ecke des Privatmuseums stellen, die Spuren verwischen, die der Stuhl durch Kremps verzweifeltes Scharren auf dem Boden hinterlassen hatte, noch einmal nachsehen, ob etwas Verräterisches auf dem Boden herumliegt, die Plastiktüte mit nach oben nehmen, die Sprudelflasche in die Küche bringen.

Nach einem letzten prüfenden Blick ließ er das Spülwasser in der Küche ab, sah kurz nach, ob er alles Nötige im Wagen hatte, und setzte sich dann hinter das Steuer. Er drückte den Knopf des Toröffners, fuhr langsam rückwärts aus der Garage, legte auf der Straße den ersten Gang ein, ließ das Tor wieder herunter und fuhr sachte los, um möglichst wenig Aufsehen zu erregen. Dabei achtete er darauf, dass er den Kopf gesenkt hielt. Zwar hatte schon die Dunkelheit eingesetzt, und man konnte aus der Nachbarschaft vermutlich nicht gut ins Innere des schwarzen Geländewagens blicken, aber er wollte kein unnötiges Risiko eingehen.

Als er kurz danach die Stadt verlassen hatte, atmete er zum ersten Mal erleichtert durch. Der Verkehr war nicht besonders dicht, und ohne Zwischenfälle erreichte er das Waldgebiet westlich von Oberensingen. Auch hier war erfreulich wenig los. Die Autos vor ihm hatte er davonziehen lassen, Gegenverkehr gab es im Moment kaum. Hintze sah kurz in den Rückspiegel. Direkt hinter ihm war kein anderes Fahrzeug zu sehen, erst weiter hinten streiften die Lichtkegel von Scheinwerfern über den Straßenrand, der dazu gehörende Wagen war noch hinter der letzten Kurve verborgen.

Hintze schaltete das Licht aus und rumpelte schnell von der Landstraße nach links auf einen Waldweg. Ein paar Meter weiter hatte er schon einige Büsche als Deckung zwischen sich und die Straße gebracht, er bremste ab und rollte in langsamem Tempo weiter auf sein Ziel zu. Er versuchte, sich an den komplizierten Verlauf des Weges zu erinnern, achtete genau auf die Abzweigungen, die er nehmen musste, aber obwohl er sich zweimal verfranste und umständlich rückwärts durch den dunklen Forst fahren musste, sah er schließlich doch den Waldrand vor sich. Nun war er keine zweihundert Meter Luftlinie mehr von der Stelle entfernt, an der er Kremp zur Ruhe betten wollte. Um die beiden Bauernhöfe, die zwischen ihm und seinem Ziel lagen, ungesehen zu umgehen, würde er allerdings noch einen kleinen Umweg nehmen müssen. Er hielt an, rollte rückwärts vom Waldweg he-

runter und stellte seinen Geländewagen so ab, dass er rundum durch das Unterholz, durch Büsche und die tief hängenden Zweige der Bäume verborgen war.

Hier wartete er, bis es vollends dunkel wurde.

Kurz nach acht startete er wieder den Motor und fuhr das letzte Wegstück. Niemand war auf den Wegen, die er einsehen konnte, unterwegs, die beiden Bauernhöfe waren immer weit genug von ihm entfernt, und nur einen kurzen Moment hatte er ein flaues Gefühl im Magen: Was, wenn nun plötzlich jemand hier auftauchen würde? Doch er hatte Glück. Die Wege lagen so verlassen wie an den Abenden, an denen er sie ausgespäht hatte, und niemand fuhr zu den Bauernhöfen hin oder von ihnen weg. Unbehelligt erreichte er sein Ziel. Vor dem Tor, das in das umzäunte Areal führte, ließ er den Wagen stehen. Er brach erst das Tor auf und dann die Tür zum Vorraum des Trinkwasserhochbehälters Hochen.

Da er sich alles bereits vor Tagen und zuletzt noch einmal während des Wartens im Wald zurechtgelegt hatte, war das Arrangement im Vorraum recht zügig bewerkstelligt. Er hatte zwei batteriebetriebene Campingleuchten mitgebracht, die er jeweils an zwei Seiten abgeklebt hatte. Ihr grelles Licht erleichterte ihm die Arbeit, und doch fiel nicht allzu viel Helligkeit durch die offene Tür des Vorraums hinaus auf den Vorplatz. Der Motorroller kam als Erstes hinein, dann die Bierbänke und die Decken. Als er den Toten auf die beiden aneinandergeschobenen Bänke betten wollte, verrutschte ihm zweimal die Decke. Hintze fluchte, weil ihm auch der tote Kremp noch Ärger bereitete, aber schließlich war diese Hürde genommen, und er schaffte schnell die letzten Accessoires in den Wasserspeicher.

Ein diebisches Grinsen huschte über sein Gesicht, als er ganz zum Schluss die Münzen, das Schwert mit dem Ebermotiv und die Zeichnung der Waldalgesheimer Kanne so kombinierte, wie er sie im Kellermuseum vorgefunden hatte – als schlagenden Beweis für Kremps Dilettantentum. Vielleicht würde nun endlich jeder begreifen, dass Thaddäus

Kremp, Doktor der Biologie und eitler Hobbyhistoriker, nur ein Scharlatan gewesen war – und vielleicht würde nun endlich erkannt werden, dass er, Heinrich Hintze, der wahre Experte in Keltenfragen war.

Wut kochte in ihm hoch, mit geballten Fäusten stellte er sich vor den toten Widersacher und sah mit hassverzerrter Miene auf ihn hinunter. Er hatte sich mehr von dem Mord an Kremp versprochen: ein größeres Gefühl der Befriedigung, eine Stillung seiner Rachegelüste, irgendetwas in der Art. Aber hier im kahlen Vorraum des Wasserspeichers, mit der Leiche vor sich, umgeben von den Sammlerstücken des Toten, wollte keine richtige Zufriedenheit in ihm aufkommen. Fast glaubte Hintze, in Kremps verzerrtem Gesicht ein fratzenhaftes Grinsen zu erkennen, als verspottete der ihn noch im Tod – aber da spielten ihm wohl die Nerven und das unvorteilhafte Licht der Campinglampen einen Streich.

Ganz kurz musste er den Impuls unterdrücken, verächtlich auf den Leichnam auszuspucken, aber auf diese Art wollte er sich dann doch nicht verraten, wo er doch alles andere so gut und sorgfältig geplant und ausgeführt hatte. Er überlegte, wie lange es wohl dauern mochte, bis der tote Kremp entdeckt würde. Aber – eigentlich war das auch egal. Er hatte noch bis Sonntag im Hohenlohischen zu tun, und selbst wenn die Leiche hier erst nach Wochen entdeckt würde, sollte der Todeszeitpunkt genau genug bestimmt werden können, dass sein Aufenthalt in Finsterlohr als Alibi taugen würde. Aber vermutlich würde es nicht so lange dauern, ein Wasserbehälter wurde sicher regelmäßig kontrolliert und gewartet.

Hintze blickte sich noch einmal um. Alles sah so aus, wie er es sich vorgestellt hatte. Dann sammelte er die beiden Campingleuchten ein, im Vorübergehen nickte er Kremp mit einem bösen Grinsen zu. Er ging hinaus, lehnte die aufgebrochene Tür an, schob das Tor der Einfahrt auf, stieg in seinen Geländewagen und fuhr los, ließ aber die Scheinwerfer aus-

geschaltet. Draußen auf dem Feldweg hielt er noch einmal an, ließ aber dann doch das Tor sperrangelweit offen stehen. Es war vielleicht von Vorteil, wenn die Leiche schnell gefunden würde – und da konnte ein offenstehendes Gittertor am Wasserspeicher, das Spaziergänger und Jogger stutzig machen würde, nur hilfreich sein.

Zufrieden fuhr er davon, folgte langsam den Wegen, diesmal in Richtung Osten. Wieder war niemand außer ihm unterwegs, und als er den Stadtrand von Nürtingen erreichte, wo er aus dem Feldweg auf eine reguläre Wohnstraße einbog, war ebenfalls niemand zu sehen. Er rollte langsam den Berg hinunter, passierte das Hallenbad und fuhr zügig in Richtung Stadtmitte davon.

Die Fahrt zur A 8 führte ihn ein Stück weit noch einmal genau auf dem Weg, den er vorhin mit dem toten Kremp im Fond zurückgelegt hatte. Als er Nürtingen hinter sich hatte, löste sich nach und nach die Anspannung, die er erst jetzt wirklich wahrnahm. Die Steigung hinauf, durch das Waldstück auf der Kuppe und auf der anderen Seite wieder den Hang hinunter – immer wieder schaute er in den Rückspiegel, blickte rechter Hand erst auf die Lichter von Zizishausen, dann auf die von Unterensingen, und als er sich in den Verkehr auf der A 8 eingefädelt hatte, drückte er das Gaspedal durch, wechselte auf die Überholspur und brauste zügig erst nach Westen und ab dem Leonberger Dreieck gen Norden.

Während Hintze auf der A 81 gerade die Ausfahrt Neuenstadt am Kocher passierte, rumpelte ein Lieferwagen auf leicht abgefahrenen Reifen auf den Trinkwasserbehälter Hochen zu. Vor der Zufahrt blieb das Fahrzeug mit laufendem Motor stehen, ein drahtiger, eher kleiner Mann Mitte dreißig sprang auf der Beifahrerseite aus dem Wagen und hielt mit einer langstieligen Zange auf das Tor zu. Sofort fiel ihm auf, dass das Tor offen stand. Er stutzte, lud aber dann die Fahrerin des Lieferwagens mit einer Verbeugung zum Hereinfahren ein. Die schüttelte nur den Kopf und folgte der Geste. Sie ließ den Wagen auf dem Vorplatz ausrollen und blieb bei laufendem Motor hinter dem Steuer sitzen, während weitere Männer heraussprangen und die ebenfalls offene Eingangstür in Augenschein nahmen. Zwei Männer, darunter der Drahtige mit der Zange, gingen ins Innere des Wasserspeichers und kamen kurz darauf wieder heraus. Beiden stand der Schreck ins Gesicht geschrieben. Sie kamen zu der Fahrerin heran, die inzwischen die Scheibe ihres Seitenfensters heruntergelassen hatte.

»Da liegt einer drin«, raunte der eine.

»Tot«, fügte der Drahtige mit rollenden Augen hinzu.

»Scheiße!«, entfuhr es der Frau.

Sie fuhr sich kurz mit der Hand über ihren ausrasierten Nacken und spürte den Linien der Tätowierung nach. Dann seufzte sie und nickte knapp zur Beifahrerseite hin.

»Einsteigen! Wir hauen ab!«

»Aber Sina! Wir könnten doch noch ein paar Rohre mitnehmen, wo die Tür doch schon offen ist!«

»Kevin, du bist noch blöder, als ich dachte! Wenn hier einer tot rumliegt, steht demnächst die Kripo auf der Matte, und die drehen hier jeden Kiesel um und suchen nach dem kleinsten Schnipsel, der den Mörder verraten könnte.«

Sie hielt kurz inne und sah die beiden Männer streng an.

»Der Typ da drin ist doch ermordet worden, oder?«

Kevin und der andere zuckten mit den Schultern.

»Man sieht ihm nicht viel an«, berichtete der andere schließlich, als Kevin keine Anstalten machte, etwas zu sagen. Er wirkte beleidigt, Sinas Tadel schien ihn verstimmt zu haben. »Verkrampftes Gesicht, vielleicht wurde er erdrosselt, aber eine Wunde habe ich nicht erkennen können.«

»Na, egal, die Kripo kommt auf jeden Fall. Und wenn wir hier jetzt rumspazieren und gemütlich die Karre noch mit Metall vollladen, hinterlassen wir garantiert Spuren! Dann erwischen uns die Bullen, womöglich wollen sie uns auch gleich den Mord anhängen – darauf kann ich gut verzichten!«

»Aber …«

Kevin verstummte schon nach dem ersten Wort, als ihn Sinas strenger Blick traf.

»Und die Leiche?«, fragte er dann noch, ziemlich kleinlaut.

»Geht uns nichts an«, versetzte Sina patzig. »Und jetzt rein mit euch!«

Dann fuhr sie rückwärts vom Vorplatz, schickte Kevin aus dem Wagen, damit er das Tor zuschob, und schon ging es weg von diesem verdammten Platz und über kleinere Straßen bis zu dem Treffpunkt nahe Linsenhofen, auf dem Sina ihren Wagen abgestellt hatte.

»Sollen wir die Leiche wirklich einfach hier so liegen lassen, ohne jemandem Bescheid zu sagen?«, fragte Kevin, als Sina ausstieg und den Fahrersitz einem der Männer überließ.

»Ja, natürlich!«

Kevins Blödheit war für Sina nicht immer leicht zu ertragen. Er machte alles, was man ihm sagte, er hielt den Mund und war dämlich genug, dass man ihn mit wenig Aufwand manipulieren konnte. Nur wenn er selbst das Denken versuchte, wurde es problematisch.

»Schau, Kevin«, setzte sie noch einmal etwas versöhnlicher an, »der Mann ist tot, das hast du selbst gesehen, richtig?«

Kevin nickte, die anderen feixten hinter seinem Rücken.

»Also, was macht es, wenn er da noch ein paar Stunden oder meinetwegen ein paar Tage liegt, bevor ihn jemand entdeckt? Dem hilft kein Arzt mehr, der ist tot, Ende, aus, vorbei.«

Kevins Nicken wurde nun etwas zögerlicher. Er öffnete den Mund, aber unter Sinas stechendem Blick schloss er ihn wieder, ohne ein Wort zu sagen.

»Alles klar, Kevin?«

Er zuckte mit den Schultern. Sie lächelte ihm aufmunternd zu, dann wandte sie sich an die anderen.

»Bringt ihn jetzt mal nach Hause, heute Nacht gibt's nichts mehr zu tun. Wir versuchen's in ein paar Tagen noch einmal, ich melde mich bei euch.«

Sie verabschiedeten sich. Sina fuhr mit ihrem Auto nach Hause, die Männer rollten mit dem Lieferwagen davon. Einer nach dem anderen wurde ein paar Gehminuten von daheim entfernt abgesetzt, und der Fahrer stellte das Fahrzeug eine gute halbe Stunde später in einem alten Schuppen ab, bevor er sich auf seinen Heimweg machte.

Und während Sina Waller in Owen noch einige Liegestützen machte, um nach der unliebsamen Überraschung zur Ruhe zu kommen, war Kevin Klein mächtig stolz darauf, dass ihm die Sache mit dem Prepaid-Handy eingefallen war. Er wählte die Notrufnummer, verstellte seine Stimme und gab durch, dass im Wasserbehälter Hochen ein Toter liege.

Eine gute halbe Stunde später traf Heinrich Hintze beim Oppidum Finsterlohr ein. Er packte seine Fotoausrüstung aus und machte einige Aufnahmen von der nächtlichen Anlage. Viel war auf den Bildern nicht zu erkennen, aber die Dateien zeigten, dass er sich gegen elf Uhr am Mittwoch Abend nicht irgendwo bei Nürtingen, sondern auf der Keltenschanze nahe Rothenburg befunden hatte.

Schließlich fuhr er ins Dorf, extra über Feldwege, um auch ja nicht den Eindruck zu erwecken, er könne auch von weiters her gekommen sein. Im Gasthaus brannte noch Licht, und als er den Geländewagen im Hof seiner Gastgeber abgestellt hatte, ging er hinauf zum »Kammleiter«, wo wirklich noch einige Keltenfreunde beisammensaßen. Um das anstehende Fest ging es offensichtlich schon eine ganze Weile nicht mehr, und die gehobene Fröhlichkeit am Tisch deutete darauf hin, dass der Abend nicht allzu trocken verlaufen war.

Hintze wurde mit großem Hallo empfangen, schnell wurde ihm ein Bier gezapft, und Luckner schenkte ihm aus einer angebrochenen Obstlerflasche ein Schnapsglas voll.

»Na«, fragte er launig, »genug recherchiert?«

»Ja, bis gerade habe ich noch Bilder vom Oppidum bei Nacht gemacht.«

Er schaltete seinen Fotoapparat ein, den er mitgebracht hatte. Auf dem Display führte er einige der Aufnahmen vor, aber die anderen sahen nur kurz hin, dann erzählte einer einen derben Witz, und schallendes Gelächter erklang im Gasthaus zum Grünen Baum, drang durch die Fensterscheiben nach draußen und breitete sich in der Stille des schlafenden Dorfes aus.

Heinrich Hintze lachte eifrig mit, prostete den anderen zu und war sehr mit sich zufrieden.

Der Anwalt von Heinrich Hintze hatte nicht viel zu tun. Er war während der Befragung anwesend, aber musste kein einziges Mal eingreifen. Hintze hatte ihm vorher mitgeteilt, dass er ein umfassendes Geständnis ablegen wolle. Und Lindner und Pfau, die mit den beiden Männern im Vernehmungsraum saßen, mussten kaum Fragen stellen, weil Hintze alles von sich aus erzählte.

Danach verabschiedeten sie sich per Handschlag. Hintze bedankte sich noch einmal für das Verhalten der beiden Kommissare im Hohenlohischen, dann brachten ihn zwei uniformierte Beamte weg. Der Anwalt hinterließ seine Kontaktdaten, und Pfau versprach, ihn auf dem Laufenden zu halten, sobald er Nachricht vom Haftrichter oder Staatsanwaltschaft bekam.

Eine gute Stunde nach dem Ende der Vernehmung wurde Frieda Hintze zu Simon Pfau durchgestellt. Ihr Mann hatte vergessen, ihr die Mailadresse des Redakteurs zu notieren, an den sie die Reportage samt Fotos schicken sollte. Lindner saß gegenüber, Pfau stellte das Telefon auf Mithören und sah auf Hintzes Laptop nach, fand die Adresse und gab ihr die Daten durch. Frieda Hintze klang halbwegs gefasst, und auf die Frage, ob er ihr denn einen Arzt vorbeischicken solle, lehnte sie freundlich aber bestimmt ab. Im Hintergrund war eine krächzende Stimme zu hören. Lindner glaubte die Stimme des zeternden alten Mannes zu erkennen. Vermutlich stand sein Rollstuhl ein oder zwei Meter vom Telefon entfernt, denn sein Krächzen war nur recht leise zu vernehmen. Sehr laut und schneidend kam dagegen Frieda Hintzes Antwort.

»Noi, Vadder, des mach i net! Ond wenn du jetzat ned oi für älle mol dei henderfotzige Gosch haltesch, no schiab i di en deim vrdammta Rollschtuhl naus uff d' Schtrohß! No kah di mitnemma, wer will!«

Stille am anderen Ende, dann verabschiedete sich Frieda Hintze mit verblüffend ruhiger Stimme von Pfau und legte auf. Die anwesenden Mitglieder der Soko Hochen standen mit offenem Mund im Raum, dann lachte der Erste los, und in der allgemeinen Heiterkeit legte Pfau grinsend den Hörer auf.

Hintzes Aussage passte in allen Punkten zu den Details, die sie kannten. Auf seine Beschreibung hin suchten die Kriminaltechnik noch einmal gezielt nach weiteren Spuren – und tatsächlich fanden sich welche an einem Busch in Kremps Garten und an einigen anderen Stellen. In einem Nebengebäude des Ladengeschäfts Kniele in Raidwangen entdeckten sie einige Schlösser mit Einbruchsspuren – hier hatte Hintze für den Einbruch in Kremps Haus geübt, der sich wegen der offenen Hintertür dann spontan erübrigte. Mit dem Wissen vom Tathergang konnten noch weitere DNA-Funde abgeglichen und zugeordnet werden – alles ergab ein stimmiges Bild, und auch die zeitlichen Angaben Hintzes ließen im Ablauf des Tattages keine Lücke, die sie noch mit zusätzlichen Befragungen etwa in Finsterlohr hätten schließen müssen.

Lindner fuhr noch einmal hinauf zum Wasserspeicher und kletterte durch das Gestrüpp auf den Erdhügel. Er hatte eine große Faltkarte der Umgebung mitgenommen, obwohl ihm Pfau angeboten hatte, ihm für sein tolles Smartphone eine Super-App herunterzuladen, mit der er überall dort Karten- und Bildmaterial unterschiedlichster Art verfügbar haben würde, wo sein Smartphone GPS- und Internetempfang hatte. Lindner hielt die Karte vor sich und versuchte, sich zu orientieren. Bald hatte er herausgefunden, in welcher Richtung Nürtingen-Roßdorf lag – man hatte dorthin vom Wasserspeicher einen ausgezeichneten Blick.

Ob das nun Zufall war oder ob Hintze selbst dieses Detail für seinen Racheplan berücksichtigt hatte, wusste er noch nicht. Aber dieses Roßdorf hatte letzten Endes das Fass zum Überlaufen gebracht. Die von Kremp beauftragten Gutachten waren der sprichwörtliche letzte Tropfen gewesen. Die meiste Zeit über hatte Hintze recht ruhig geschildert, was er getan, und oft auch, was er sich dabei gedacht hatte. Als aber die Rede auf Rossdorf und die von ihm für möglich gehaltenen Keltenfunde kam, wurde er recht heftig. Es war richtig spürbar geworden, wie sehr Kremps Verhalten den Rivalen gekränkt, vor den Kopf gestoßen, verletzt haben musste. Thaddäus Kremp schien damals alle seine Kontakte genutzt haben, um Hintze und dessen Theorie lächerlich zu machen. Und als dieser schließlich ein Gutachten in Auftrag geben musste, nutzte er ebenfalls sein Netzwerk – ob es wirklich nur Zufall gewesen war, dass in dem Gutachterteam ein entfernter Verwandter von Kremp saß, konnte wohl nicht mehr geklärt werden. Und als Hintze nach dem ersten Gutachten noch keine Ruhe gab, schmähte Kremp den Konkurrenten noch heftiger. Dass Kremp erneut ein Gutachten in Auftrag geben musste, sollte Hintzes einziger Sieg bleiben. Obendrein einer, der letztlich zur Niederlage wurde: Erneut kamen die Gutachter zu dem Schluss, es seien im avisierten Baugebiet höchstwahrscheinlich keine Keltenfunde von Bedeutung zu erwarten.

Hintze hatte sich in seiner Erzählung über die Entwicklung der Roßdorf-Geschichte so sehr in seine Wut hineingeredet, dass es Lindner nicht übers Herz brachte, ihn darüber aufzuklären, dass sein Widersacher sehr wohl sicher war, wenn es um die Datierung von keltischen Sammlerstücken ging – dass Eberschwert, Regenbogenschüsselchen und Kannenzeichnung nichts weiter als die geschichtliche Entwicklung der Kelten verdeutlichen sollten und von Kremp nie in dieselbe Epoche eingeordnet worden wären.

Von Bauer Schempff hatten sie für die Tage, an denen Hintze seinem Bekunden nach die Gegend um den Trinkwasserhochbehälter ausspioniert hatte, noch weitere Filmaufnahmen erhalten und Hintzes schwarzen Geländewagen auch wirklich darauf entdeckt.

Und schließlich fuhren Reinhard Peters und Serdar Keskin vom Polizeirevier Nürtingen erneut in den Sanddornweg, um mit der Nachbarin über ihre Beobachtung vom Abend des vergangenen Mittwochs zu sprechen. Die alte Dame bestand darauf, dass die beiden Männer sie ins Wohnzimmer begleiteten. Sie konnte ihre Brille gerade nicht finden und versprach sich von den beiden Polizisten Hilfe bei der Suche. Keskin entdeckte die Sehhilfe auf dem Sofa. Sie hatte ziemlich dicke Gläser, und als er Hermine Ederley die Brille hinhielt, lächelte sie allerliebst und fuhr sich keck durchs graue Haar.

»Ach, wissen Sie, junger Mann, mit Brille wirkt man immer gleich so alt. Man ist halt doch noch eitel, nicht wahr?«

Sie schob sich das Gestell auf die Nase, musterte den vor ihr stehenden Polizisten und lächelte.

»Na, Sie sind mir ja ein Hübscher«, gurrte sie und schlug sich gleich danach mit der flachen Hand auf den Mund, als hätte sie etwas furchtbar Ungehöriges ausgesprochen. »Oh … darf man das denn zu einem Polizisten sagen?«

»Das immer«, versetzte Keskin lachend, und sie unterhielten sich noch eine Weile, bevor er und der Kollege sich wieder verabschiedeten.

Sie ließen eine glückliche alte Dame zurück, von der sie nun wussten, dass sie ohne Brille nur noch wenig sah – und dass sie sich ihre Beobachtungen am Mittwochabend aus einigen Schatten und Silhouetten, aus Geräuschen und Bewegungen zusammengereimt hatte, die sie in Richtung von Kremps Garage verortete.

»Manchmal«, sagte Lindner und schob Pfau die Bechertasse hin, die er gerade mit Kaffee gefüllt hatte, »manchmal muss man auch einmal Glück haben mit den Zeugen. Und manchmal ist es sogar ganz gut, wenn man nicht gleich von Anfang an weiß, dass eine Beobachtung eigentlich nur eine Vermutung ist.«

»Erzähl das bloß nicht diesen Krimiautoren«, warnte ihn Pfau lachend. »Du triffst die wahrscheinlich noch einmal, oder?«

»Das habe ich eigentlich nicht vor, wie kommst du drauf?«

Lindner hatte Catrin Krossny zwar attraktiv gefunden, aber er war in festen Händen und glücklich damit. Wollte ihm Pfau da etwas unterstellen? Der griff nach einem Fax, das oben auf einem der Stapel neben ihm lag, und reichte es Lindner.

»Ein Fax?«

Wer verschickte denn heutzutage noch Faxe? Lindner überflog das Schreiben. Es war eine Einladung zu einer Krimilesung in Altenriet für Donnerstag übernächster Woche. Sie war adressiert an Theodor Kollack, Landeskriminalamt, und unterschrieben mit dem Fantasienamen Fredi Krohmer, neben den jemand drei lachende Strichmännchenköpfe gezeichnet hatte.

Darunter stand mit steiler Handschrift: »Ich nehme an, Herr Lindner, Sie kommen auch?!! Grüße, Kollack«

Die beiden Ausrufezeichen nach dem Fragezeichen ließen keinen Zweifel daran, dass der »Vice Questore« Kollack Lindners Anwesenheit bei dieser Veranstaltung für unbedingt erforderlich hielt. Aber der hatte nicht die geringste Lust, seinen Vorgesetzten nun auch noch über sein Privatleben bestimmen zu lassen.

»Krimilesung«, knurrte er und ließ das Blatt auf den Tisch fallen. »Pfff, das fehlte mir noch! Ich fahre jetzt zu meiner Maria, mach mir einen schönen Abend – und am 6. November fällt uns ganz sicher was Besseres ein, als einen Abend lang mit unserem Krimifan in Altenriet herumzuhocken!«

ENDE

… wobei …

Donnerstag, 6. November

Der Blick über das Neckartal und hinüber zum Albtrauf war überwältigend. Es war ein schöner, milder Novembernachmittag gewesen, und jetzt sandte die Sonne ihre letzten Strahlen und inszenierte einige Wolken hinter Neckartenzlingen in dramatischem Rot und Violett.

Lindner sah nach Osten und dachte an Großbettlingen und Frickenhausen, die in dieser Richtung in einigen Kilometern Entfernung lagen. Er dachte an Thomas und Albin Kremp, die nun wohl finanziell nicht mehr so viele Sorgen haben würden. Er wandte sich ein wenig nach links, wo er dem Neckartal ein Stück weit mit dem Blick folgen konnte. Irgendwo dort hinten, in Neckarhausen, legte vielleicht genau in diesem Moment Bauer Schempff eine seiner Vollmond-DVDs ein, und ein Stück weiter rechts würde Frieda Hintze auf die Zeitschrift warten, in der der vorerst letzte Artikel ihres Mannes abgedruckt war.

Eine samtige und leicht angeraute Frauenstimme holte ihn in den Abend zurück, und als dann auch Maria an seinem Ärmel zupfte, drehte er sich um und kehrte auf seinen Platz zurück. Catrin Krossny hatte sich vor den Gästen aufgestellt, sie hatte die Hände ineinandergelegt und sah sich nun mit einem gewinnenden Lächeln im Publikum um. Hierhin und dorthin grüßte sie mit einem kurzen Kopfnicken, dann traten auch schon Hennes Röhmer und Ferdinand Höckenberg neben sie. Die drei sahen sich kurz an, Röhmers wulstige Lippen schienen lautlos ein »drei, vier« zu formen, dann sagten alle drei wie aus einem Mund: »Guten Abend, meine Damen und Herren, wir sind Fredi Krohmer.«

Lindner fand das Procedere ein bisschen albern, aber weil alle lachten und klatschten, schlug halt auch er brav die Hände gegeneinander. Danach wurde es immerhin recht unterhaltsam. Die drei Autoren lasen ihre Dialoge mit verteilten Rollen, und wann immer Catrin Krossny die Erzählerin gab, genoss Lindner ihr sehr anregendes Timbre. Bald hatte er vergessen, dass es zwei heftige Diskussionen gebraucht hatte, bis er zu einem Besuch in Altenriet überredet worden konnte. Nun saß er neben Maria, warf ihr ab und zu ein Lächeln zu und freute sich, wie inbrünstig seine Freundin den Autoren lauschte.

In der Pause gab es Prosecco und Blanc de Noir, dazu Brezeln, wie sie auch im Ortswappen Altenriets zu sehen waren – und nach der Lesung wollten die Fragen an die Autoren gar kein Ende nehmen. Auch Theo Kollack machte mit einer extrem gespreizten und zugleich ziemlich anbiedernden Frage seinem Spitznamen als »Vice Questore« alle Ehre. Und anders als Lindner schienen die meisten Anwesenden sehr vertraut zu sein mit dem Werk von »Fredi Krohmer«. Eine ältere Frau mit einer fürchterlich altmodischen Brille auf der schmalen Himmelfahrtsnase fragte, warum sich die Autoren denn mit ihrer Romanfigur so auffällig an eine bereits bestehende, bekannte und sehr erfolgreiche Serie von Regionalkrimis anlehnten. Lindner war schon ganz gespannt auf die Antwort, weil er endlich wissen wollte, worauf Catrin Krossny damals während der Fahrt zum Wasserspeicher angespielt hatte, aber genau in diesem Moment flüsterte ihm Maria etwas ins Ohr, und er verpasste Röhmers Antwort, die danach auch gleich im schallenden Gelächter des Publikums unterging.

Dann standen alle auf und stellten sich in eine beeindruckende Schlange vor dem Büchertisch. Ruth Lindner stand relativ weit vorn, musste aber auch warten, bis sie an der Reihe war, ein Buch zu kaufen und es sich von den drei Autoren signieren zu lassen. Lindner fingerte sein Smartphone aus der Tasche. Zwei Tage lang hatte er sich alles geduldig von Maria erklären lassen, sie hatte ihm auch beim Download der App geholfen, und nun wollte er sein neu erworbenes Können demonstrieren.

Aus der Schlange war ein leises Dudeln zu hören, eine kurze Melodiepassage aus einem Lied von Udo Jürgens.

Ruth Lindner griff schnell in ihre Tasche, hob ihr Smartphone vor die kurzsichtigen Augen und wollte es gerade schon wieder wegstecken – als sie sah, was da angekommen war. Ungläubig drehte sie sich zu Lindner um, aber der grinste sie nur an, hob sein Telefon hoch und nickte ihr zu, als Zeichen, dass sie lesen solle, was er ihr gerade geschrieben hatte.

Sie senkte den Kopf, tippte mit ihren gichtigen Fingern recht geschickt auf dem Touchscreen herum, dann lachte sie laut auf, legte sich die flache Hand auf den Mund und kicherte leiser weiter. Dann tippte sie auf den kleinen Bildschirm, und kurz darauf erklang Lindners Klingelton, das markante Pfeifen, das die Grundeinstellung vorsah.

Maria sah interessiert auf das Display. Lindner hatte What's App geöffnet. Zwei Sprechblasen waren untereinander angeordnet.

In der ersten stand: »Wenn du magst, fahr nachher ruhig mit Eugen. Ich kann dich gerne morgen früh wieder abholen, Mutter.«

In der zweiten: »Noi, lieber net, dr Eugen schnarcht, ond heit sott i amol wieder schlofa.«

Vorne in der Schlange drehten sich zwei, drei Leute zu Ruth Lindner um, aber die war mit der nächsten Nachricht schon fertig geworden, und nun drückte sie auf »Senden« und sah gespannt zu ihrem Sohn hin.

Lindners Smartphone pfiff erneut, diesmal war eine Sounddatei eingegangen. Er tippte auf das »Play«-Symbol, und ein leises Schnarchen war zu hören.

Lachend sah Lindner zu seiner Mutter hinüber. Sie strahlte ihn an und glühte fast vor Freude. Dann wandte sie sich dem neben ihr stehenden Apfelzüchter Eugen Rösler zu und drückte ihm einen dicken Kuss auf die faltige Wange.

* * *

Dank

Danke an alle, die sich auch seltsame Fragen gefallen ließen und die diesem Buch informative und skurrile Details bescherten – wenn Sie Fehler finden, kreiden Sie sie einfach mir an.

Sollte sich jemand in diesem Buch wiedererkennen, danke ich für das (unverdiente) Lob: Wie in Krimis üblich, sind Handlung und Personen frei erfunden. Für Versuche, herauszufinden, was an den Schauplätzen real und was erfunden ist, wünsche ich viel Spaß.

Jürgen Seibold